잃어버린 그리움의 저편

잃어버린 그리움의 저편

아득한 시절의 자전적 비망록

차정식 지음

목차

4

그 푸른 생명의 시절,
사소한 얼룩과 무늬의 흔적을 찾아서

'기억(추억)만이 나를 구원할 수 있다.' 이 말의 최초 저작권은 아마 마르셀 프루스트에게 있을 것이다. 그는 또 대강 이런 말도 읊조린 적이 있다. '모든 것은 그 안에 갇혀 있다. 오로지 그 사물에 표현을 줄 때 그것은 그 내면의 감옥에서 해방된다.' 나는 그의 말을 흉내 내어 권태로운 장년의 끝자락에 나를 감각의 구원으로 인도할 어떤 추억의 질료를 호출하고 싶었던가 보다. 나는 이 작가의 명작 『잃어버린 시간을 찾아서』에 나오는 주인공이 마들렌 빵조각을 홍차에 적셔 먹는 순간 잃어버린 시간 속의 기억이 되살아난 신기한 경험과 비슷한 일을 겪었다. 그 경험이 가장 억압이 적고 가난했지만 가장 행복했던 유년의 기억으로 내 마음을 이끌었고 내 마음의 감옥에 갇힌 그 기억의 편린들에 손가락을 꼼지락거려 표현의 날개를 달아주고 싶었다.

이 소박한 자전적 비망록은 내게 자의식이 생긴 대략 너덧 살 어린아이 때부터 내 나이 서른에 이르기 전 내 몸이 겪어낸 자잘한 일상의 기록이다. 어설프고 어리숙했기에 돈키호테의 막무가 내 열정으로 낯선 세계와 부대끼길 두려워하지 않던 시절이었다. 내 키와 몸무게가 늘어나면서 내 정신도 꾸준히 자랐겠지만 어린 시절과 젊은 시절 나를 둘러싼 사람들과 만나고 엮인 인연은 내 생에 다채로운 무늬와 얼룩의 흔적을 남겨놓았다. 당면한 실존은 여전히 버거운 짐이고 노역인 터라 숱한 자기정당화의 번드르르한 말로 치장되는 현재의 현실에 비해 때로 흔적으로서의 삶이 더 명징하게 다가올 때가 있다. 그래서 녹슨 과거의 시간을 애써 벗겨내고 소박한 광택을 살려내어 그 흔적을 내 서푼 어치의 서툰 언어로나마 표현해주고 싶었던 것이리라.

살면 살수록 삶의 비의(秘義)는 마치 무한대로 팽창하는 우주처럼 깊어지고 넓어진다. 그 비의의 소실점을 상상하노라면 삶은 길을 잃고 종종 암전된다. 여전히 좋은 시절이 도래하리라는 예언자들의 희망 어린 담론이 선동의 구호에 섞이고, 반대로 세상이 머잖아 종말을 고하리라는 묵시록적 비관의 전망이 심심찮게 튀어나오는 때, 나는 내 한 몸조차 감당하기 어렵고 내가 싸질러놓은 한 가정조차 건사하기 버거워하는 고달픈 내 자화상을 슬쩍 훔쳐보곤 한다. 그 고달픔은 곧 이 세상살이의 애달픔에 직결되는 터라 그 가운데 서서 나는 자주 한숨 쉬고 탄식한다.

오늘도 단조로운 일상이 반복되고 그 권태 속에 스트레스가 일용할 양식으로 넘쳐날 때, 또 원치 않는 억압적 상황에 부지불식간 포위되어 치일 때 나는 흔적으로 남은 그 아득한 시절의 천연 공간으로 연거푸 피정을 떠나곤 한다. 그러면 다시 과잉 거품 속에 더께 진 내 욕망의 실체가 보이고 세월 속에 오래 풍화된 내 영혼의 몰골이 다시 정리된다. 덩달아 나는 비로소 알아차린다. 아, 내가 잃어버린 그리움의 저편에서 아직 무던하게 생육하고 번성하는 생명의 온기가 바람에 실려 이편으로 불어온다는 사실을! 또 아주 드물게 깨닫기도 한다. 이 덧없는 생이 마무리되는 그 순간, 나는 고통 속에서도 환하게 미소 한 점 남길 수 있으리라고.

이 책은 우발적 은총의 계기로 탄생했다. 애당초 고향과 흙과 생명, 노동과 생태를 주제로 공동 에세이집을 기획하여 글을 쓰다가 어린 시절의 연대기적 소묘 식의 글로 확산되면서 차라리 내 푸르딩딩한 시절의 자전적 비망록으로 별도의 독립적인 책을 내는 편이 더 낫겠다 싶었다. 그 와중에 이런 글이 책이 되어도 괜찮은 걸까 하는 다소간의 의구심도 일었지만 이와 같이 어린 시절 추억담의 소재로 글을 쓰신 한 목사님의 책이 내게 격려가 되었다. 이 모든 영감과 연대의 과정에 힘을 보태며 동기를 부여해주신 백우인 시인님과 최창남 목사님께 감사드린다. 1인 출판의 고단한 역정 속에 환한 책 세상의 꿈을 포기하지 않고 일편단심 정진해오신 꽃자리 출판사 대표 한종호 목사님께도 존경의 마음과 함께 사의를 표한다.

2022년 4월 12일 환한 봄날,

온고을 서재에서

1.
빠금장의 환후

1986~1996년까지 10년간 시카고에서 보낸 이민 생활 겸 유학 여정은 녹록하지 않았다. 처음 겪는 외국이어서인지 낯선 언어와 생활환경에서 오는 문화적 충격이 작지 않았고, 충분히 적응되지 않은 상태로 갓 들어간 신학교에서 공부를 따라가기가 버거웠다. 주중에는 학교에서 강의 듣고 자잘한 보고서 써내며 좌충우돌하다가 주말에는 한인타운의 한 이민교회에서 전도사 사역까지 해야 했다. 토요일 이른 아침에 새벽기도회 설교를 맡아 일어나 샤워할 때마다 코피가 터지곤 했다. 종종 가위눌림에 유체이탈의 공포스런 경험도 밤이면 찾아왔다.

산과 계곡, 강을 좋아하는 내 자연 취향에 시카고의 반반한 대지와 규칙적으로 설계된 도시환경은 권태롭고 따분했다. 탁 트인, 바다 같은 미시간 호수마저 없었다면 시카고의 자연에 더부살이 하던 내 몸의 감각은 더욱 더 밋밋하고 따분했을 것이다.

그렇게 애면글면 적응하면서, 부대끼면서, 방랑하면서 버텨온 디아스포라 세월의 중간지점, 부친은 바퀴벌레 득실거리고 거실

마룻바닥이 삐거덕거리던 로렌스가의 낡은 아파트를 빠져나와 북쪽의 고즈넉한 마을에 작은 집 한 채를 장만하셨다. 그곳에 이사 들어가기 전날이었던가. 무엇인가 확인하러 우연히 내가 홀로 그 집에 들어가 잘 청소된 카펫에 엎드려 그동안 지친 이민생활과 유학살이의 시간들을 더듬어보았다. 피곤함과 외로움이 한 덩어리로 밀려왔다. 그때 나는 다른 교회로 옮겨 교육전도사 일을 맡고 있었는데 세련된 영어로 2세 자녀들 앞에 설교해야 하는 부담감이 컸고, 이미 박사과정에 들어간 공부의 중압감도 만만치 않았다. 이런저런 인간관계의 사소한 일들이 꼬여 생기는 내면의 생채기도 다독여줘야 했던 것 같다. 토요일 새벽기도회에 가서 공식 순서가 끝나면 기도하는 대신 내 생에 가장 억압이 없거나 덜했던, 마냥 자유롭고 즐거웠던 유년의 기억들을 회상하는 일에 재미를 들이곤 하던 때였다.

카펫 위에 엎드려 묵상이 깊어지는 어느 한순간, 낯설기도 하고 친숙하기도 한 냄새가 코끝을 자극했다. 정확하게 표현하자면 그것은 구체적인 감각으로 코끝을 스친 것이 아니라 기억 속의 감각으로 뇌리를 찔렀을 것이다. 환상과 환청이 있듯이, 환후란 게 있다는 걸 실감하는 순간이었다. 익숙하지만 낯선 이 아이러니의 실체가 무엇이란 말인가. 먼 옛날, 내가 흙과 친했던 때, 방목시키던 강아지처럼 산으로, 들로 뛰어놀던 그 어린 시절, 내 식탁의 일상에 늘 오르던 음식과 관련된 냄새였다는 게 익숙함을 떠올려주었을 것이다. 그러나 동시에 그 고향을 떠난 뒤 너무 오랫동안 내 감각과 멀어졌기에 낯설게만 느껴졌던 게다. 내 혼자의 힘으로, 아무리 기억의 창고를 뒤져도 그 환후의 실체를 포착할 수 없었고, 거기에 이름을 붙여줄 수 없었다. 며칠이 더 지났던가. 어느 날 밤, 나는 모친과 옛날이야기 풀어헤치며 대화하던 중 그 환후의 정체가 '빠금장'이란 사실을 확인하게 되었다. 환후로 스친 그 냄새는 아련했고, 그 맛은 정확하게 회억回憶의 자장으로 끌어내기 어려웠다.

　1990년대 초반 어느 시점이었을 외국에서의 한 기억할 만한 순간, 그 빠금장이란 이름을 소생시켰지만, 거기서 더 진도가 나가지 못한 채, 다시 이 어휘는 기억의 창고에 처박혀 세월의 먼지를 뒤집어쓰고 30년 가까이 시간이 흐르고 나서야 나는 이 어휘를 구글 검색창에 넣어 개념을 파악해본다. 청국장과 된장의 장점을 뽑아 배합한 맛, 메주를 빻아 가루를 내서 숙성시켜 만드는 장이라는 설명이 눈에 띈다. '빡지기장'이라고도 불리며 동지부터 늦봄까지 내 고향 충청도에서 이것을 만들어 먹었다는데, 지금도 판매하는 영농조합이 있어 당장 한 병을 주문했다. 나는 이 빠금장의 환후를 매개로 내 유년기를 얼마나 풍성하게 재현해낼 수 있을까. 마르셀 프루스트의 『잃어버린 시간을 찾아서』에서 주인공은 어느 날 마들렌 빵 냄새를 열쇠구멍 삼아 그의 풍성한 유년기를 복원해냈다. 그만큼은 아니더라도 내 그리움의 원형인 그곳을 흑백사진의 희미한 윤곽이라도 살려 내 지친 중년의 삶에 한 바가지 시원한 샘물을 공급할 수 있을까.

2.
작은 집 안팎의 지형, 물상들

내 생의 가장 오래된 기억은 지붕 낮은 초가 한 채의 흑백 이미지에 머문다. 내 나이 너덧 살쯤 되었을까. 소년은 초가의 우편에 불쑥 솟아오른 굴뚝과 그 안의 모서리에 걸쳐놓은 나무 사다리에 올라 붕붕거리는 걸 좋아했다. 이 초가의 실내는 방 한 칸에 앞으로는 광택이 번들거리는 마루가 붙어 있었고 옆으로 부엌이 나 있었다. 그 부엌은 앞뒤로 문이 나 있고 방 쪽으로 음식상 내가는 출구가 구멍처럼 열려 있었다. 바닥은 딱딱하게 다져진 흙바닥이 깊고 가마솥 올려놓은 컴컴한 아궁이와 왼편으로 나무로 만든 찬장을 갖춘 구조였다. 당시 흔하게 볼 수 있는 여느 초가와 다를 바 없는 조그만 집이었지만 내가 태어났을 이 흙집이 어린 내 몸에 편하게 느껴졌던 것 같다. 방 뒷문을 열면 가느다란 대나무들이 숲을 이루어 바람 불 때마다 스삭스삭 서늘한 소리를 냈다.

그 대숲과 뒷문 사이로 장독대가 자리했고, 그 좌우편에는 감나무가 두 그루 늠름한 자태로 서 있었다. 왼편의 감나무는 끝이 뾰족한 감이 달리는 비교적 젊은 땡감나무였고, 우편의 감나무는 족히 수십 년의 생을 살아 노년기에 접어들어 해마다 기력이 쇠하여 가는 단감나무로 높이 솟구친 잔가지들이 무성했다. 봄이면 상큼한 향기를 풍기는 그 감꽃을 주워 허기진 배를 달래기도 했고, 실에 꿰어 목걸이로 만들어 멋을 부리기도 했다. 초가을에 익기도 전에 떨어지는 땡감은 소금물에 담궈 떫은맛을 우려내 간식거리로 먹었던 기억도 아련하다. 물론 가장 맛난 것은 잘 익은 단감과 홍시였다. 그것을 힘들게 하나씩 따서 귀한 이국적인 과일처럼 정성껏 아껴먹던 추억도 솔찬하다. 그 두 감나무 사이로 장독대 뒤편에 대나무숲 밑둥 근처 앵두나무가 한 그루 있었는데 그 빨갛고 작은 열매를 입에 넣을 때 탁 터지면서 입안에 퍼지는 새콤한 맛의 여운이 소년에게 퍽 신기하게 느껴졌다. 앵두 열매의 그 발그레한 이미지에서 소년은 어렴풋이 모종의 순정을 감촉했을까. 앵두가 익어가는 봄날엔 소년의 여린 감성의 촉수도 덩달아 벙그는 듯했다. 그 좌편에 햇살 잘 깃드는 자리에는 봄마다 해당화가 새싹을 틔우고 꽃을 피웠다. 이 초가가 언제 허물어지고 그 자리에 기와집이 들어섰는지 정확한 기억은 없다. 아마도 1970년대 언제쯤 국가적으로 시행된 새마을운동 사업에 발맞춰 동네의 대부분 초가들이 이렇게 하나씩 기와지붕으로 변해간 것만은 확실하다. 그래도 집 전체의 구조는 별반 차이가 없었다.

새 기와집으로 바뀌고 난 뒤 그 실내 공간 중에 소년에게 가장 아늑했던 곳은 벽장과 다락방이었다. 방 왼편으로 문을 열면 잠자리 뒤에 이부자리를 개켜 넣는 벽장이 있었는데 소년은 이곳에 가끔 숨어 혼자만의 상상 여행을 했다. 아늑하고 컴컴한, 이불의 오래된 광목 냄새 나는 그 공간에 마음을 붙이며 말을 건네곤 했다. 우편으로 나무 계단을 몇 단 밟고 오르면 지붕 낮은 다락방이 있었다. 그곳에 이런저런 집안의 안 쓰던 잡동사니들이 어지럽게 널브러져 있었는데, 명절 때 남은 음식도 서늘한 그곳에 두고 조금씩 가져다 먹곤 했다. 그 가운데 설 명절이 지나고 남은 식혜를 그곳에 넣어두면 추운 날씨에 꽁꽁 얼어붙었다. 그 얼음을 깨고 차가운 식혜를 몰래 훔쳐먹곤 하던 추억이 꿈만 같다. 그밖에도 내가 좋아하던 곶감과 이런저런 과일, 한과 등을 아무도 모르게 조금씩 먹으면서 간식거리 삼던 그 가난한 시절이 마냥 풍성하게 그리운 풍경 속에 펼쳐진다.

늙은 감나무를 기둥 삼아 그 집의 우편은 찔레나무로 자연 담장이 만들어져 있었고 그 찔레 담장이 맞닿는 지점에 당시 뒷간이라고 부르던 변소가 있었다. 재래식 변소의 컴컴한 공간, 퀴퀴한 냄새와 함께 무슨 불순한 창고처럼 널찍했던 그 공간의 신화적 분위기가 여전히 생생하게 떠오른다. 특히 해가 진 뒤 그 뒷간을 가야 할 때는 어린 심정에 누군들 그랬겠지만 무서운 공포감이 엄습했다. 주로 이 뒷간을 중심으로 동무들 사이에 귀신 이야기의 다양한 버전들이 만들어지고 퍼져나갔다.

집보다 큰 공간이 마당이었다. 담장 안에 들어선 마당 한 가운데 펌프가 박힌 샘이 있었고 그 샘터 위로 포도 넝쿨이 드리워져 있었다. 포도는 모든 알알이 검게 익을 때까지 기다리지 못하는 소년의 조바심으로 조금만 검은 빛이 돌고 말랑말랑해지면 한 송이, 두 송이 다 익기도 전에 조금씩 사라져갔다. 기와집으로 바뀌고 난 뒤 큰 벽돌을 시멘트로 붙여 올린 담장 좌편엔 사과나무가 한 그루 있었다. 담장 위로 가지들이 뻗어 웃자랐지만 거기에 달린 익은 사과를 제대로 먹어본 기억이 별로 없다. 아마도 해충이 심해 사과들이 풍성하게 결실하지 못했던 것 같다.

언제부턴가 누렁이라는 개가 한 마리 생겨 집안 식구로 설거지 뒤에 우리 부엌의 잔반을 먹어치웠고 늙은 감나무와 뒷간이 연이어진 찔레담장 앞으로는 돼지를 서너 마리 키우던 축사도 생겼다. 엄마는 젊어서부터 농사를 거들고 나중에 장사도 아버지와 함께 하면서 부지런히 이 집 저 집 다니면서 돼지들 먹을거리를 구해 날랐다. 돼지는 비대한 몸집으로 소년이 다가갈 때마다 꿀꿀거리며 먹을 것을 달라는 몸짓으로 달려들었다. 그 꺼먹돼지들이 언제 어떻게 사라졌는지 기억에 남은 게 없지만 어느 순간 팔려가 도살장에서 분해되었을 것이다. 누렁이라는 개는 꽤 친해져 가끔 장난도 치고 머리도 쓰다듬으면서 함께 놀곤 했다. 그러다 어느 날 소년은 이 개를 말처럼 타고 멋지게 달리고 싶다는 터무니없는 환상에 이끌려 힘도 없는 누렁이 위에 기어코 올라타고야 말았다. 소년의 몸무게를 감당하기 힘들었던 이 개는 소년의 이 장난에 발끈하며 종아리를 순식간 콱 물어버리고 말았다. 소년이 우는 소리에 놀라 달려온 할머니와 부모님 등이 그 개의 꼬리털을 잘라 불에 태우고 기름과 섞어 그의 상처 부위에 발라주었던 것 같다. 그것이 무슨 민간요법으로 어떤 효험이 있었는지 알 길이 없다. 그러나 지금도 내 종아리에 남은 그 누렁이의 이빨 자국은 작은 흉터로 새겨져 어느 날 사라진 그 강아지, 지금처럼 애완견으로 대접받지도 못하고 날마다 영양가 없는 쓰레기 음식으로 배를 채우기 급급한 누렁이의 소문을 전하고 있다.

이 고향 집에서 나는 태어났고 자랐으며, 초등학교 4학년 때까지 살았을 것이다. 단순 구조의 그 집이 지금 생각하면 퍽 불편했을 텐데 내 가난한 몸은 그 집에 친밀하게 적응하며 늘 정겹게 식구들과 함께 먹을 것과 쉴 곳을 제공받았다. 자연이 절반쯤 깊숙하게 들어선 그 집은 몇 년 전 찾아봤을 때 여전히 허물어지지 않은 채 살아남아 있었지만 마당과 문, 담장, 나무들, 뒷문 앞에 들어선 자연이 다 잘라지고 사라진 상태였다. 이제 사망선고를 받은 병자처럼 이 낡은 집은 옹색하게 몸뚱이만 남은 채 새로 들어선 낯선 신식 집들에 둘러싸여 숨을 헐떡이고 있었다. 기괴한 감옥처럼 변한 그 집과 주변의 퇴락한 이미지에 다 큰 소년의 가슴이 쓰라렸다. 그 마지막 소멸의 현장까지 보지 않으려고 이후로 다시는 찾지 않았다.

3.
안동네의 자연 배경

언제부터 누가 처음 그렇게 부르기 시작했는지 모르겠지만 우리 마을은 '안동네'라고 불렸다. 행정구역상으로 청주시에 속했지만 북쪽의 한 변방에 뚝 떨어져 있었고 사방이 논밭으로 둘러싸인 전형적인 시골 마을이었다. 대략 30여 호 가구가 아담한 동산 아래 남향으로 집을 짓고 살고 있었고, 그 앞으로는 꽤 너른 농지가 펼쳐져 있었다. 우편의 동네 끝에서 조금 떨어진 다음 산동네로 이어지는 곳 중간쯤에 언제 세워졌는지 전기를 공급하는 변전소가 들어서 자리를 차지했다. 그 뒤편으로는 논을 경계선으로 평퍼짐하게 넓게 퍼진 야산이 병풍처럼 둘러쳐져 있었다. 그 산 앞에도 길게 동네가 형성되어 있었는데 우리 동네에서는 이 지역을 연당리라고 불렸고, 그 산도 연당리산이라는 별명으로 호칭되었다. 한참 뒤에 생긴 일이지만 이 산은 백제 시대 고분이 대량으로 분포되어 있어 그걸 발굴하면서 화제가 되었고, 이후 고려시대 금속활자를 찍어내던 유적지로 알려져 금속활자박물관이 근처에 생기는 역사 복원 작업이 이루어졌다.

우리 안동네 뒷산과 연당리산 중간 지점에 아주 가늘게 도랑 같은 개울이 느리게 흘렀다. 내가 고모할머니와 가끔 새뱅이(민물 새우)를 잡으러 가던 곳이었고, 물이 불면 붕어와 미꾸리 같은 각종 민물고기를 잡던 깊은 수렁이었다. 그곳의 지리적 명칭이 사천이라는 걸 어디서 듣게 되었는데 그곳에서는 삼국시대 제작된 비석이 발견되기도 하였다. 고고학적으로 중요한 값어치가 있다고 들었다. 그 비석과 비슷한 널따란 돌판이 동네 아줌마들이 빨래하러 갔을 때 빨래판으로 사용된 기억이 희미한데 바로 그 돌판이 그 유명한 유물일 줄은 꿈에도 몰랐다.

대학 시절 중원지역의 고적 답사를 하던 중 내가 선발대로 이행사의 각종 예약 절차를 책임지고 예비답사를 다녀온 적이 있었다. 내 고향이기도 해서, 좀 아는 척하면서 이런 일련의 에피소드를 버스 안에서 들려주었더니 당시 고대사 전공 교수였던 노태돈 선생님이 내가 언급한 '사천'이란 지명에 주목하며 이것저것 꼬치꼬치 물어보셨던 기억이 남아 있다. 그런 지리 명칭이 삼국사기 등 고대 사료에 종종 등장한다는 이유에서였다.

뒷동산 너머의 지세는 까마득한 평야 일변도로 소년의 좁은 시야로는 지평선이 보일 정도로 매우 광활하였다. 나는 뒷동산에 올라가 그 밑으로 지나가는 기차를 가끔 바라다보며 언젠가는 이 시골을 떠나 저 평야 건너 미지의 세계로 나가 광활한 바깥세상을 탐험하고 싶은 열망을 불태우곤 하였다.

동산 뒤쪽이 논이 대부분인 평야였다면 동네의 좌편으로는 논

과 밭이 뒤섞인 평지가 펼쳐졌고 그 끝이 무심천에 잇닿아 있었
다. 그래서 더운 여름날이면 그 평지의 논두렁 밭두렁 길을 따라
무심천으로 나아가 미역을 감으며 더위를 달래며 놀곤 하였다. 그
때만 해도 이 하천의 물은 거의 1급수에 가까울 정도로 맑고 시원
했다. 모래톱이 잘 발달해 모래무지와 붕어 등의 물고기도 심심찮
게 눈에 띄었다. 무엇보다 이곳에서 재첩 조개를 잡을 수 있었던
건 내 유년의 추억에 소중한 경험이었다.

　뒷동산은 고작 해발 1백 미터 미만 높이의 평범하고 아담한 산
이었다. 그래도 막상 그 속으로 들어가면 소년의 마음을 넉넉하게
품어줄 만한 오밀조밀한 구조와 풍성한 지형으로 다종다기한 재
미를 선사했다. 산세는 동네 집을 기준으로 좌편 동쪽 지역이 가
파른 바위 지형이었고 동편 우측 지형은 완만한 흙산으로 그 언
저리에는 조금 높은 위치에 옹기종기 들어선 조그만 집들이 다닥
다닥 붙어 이웃을 이루고 있었다. 우리 집 쪽의 입구에서 산으로
올라가면 약간의 풀섶으로 개활지가 있었고 그 우편으로는 아카
시아 잡목들이 우거져 있었다. 그 뒤로 참나무 숲이 동쪽 경사지
에 들어 있었는데 그 위로 갈수록 바위들이 촘촘히 박혀 급경사
의 절벽으로 지세가 바뀌었다. 산 정상에는 소나무들이 빼곡했는
데 한여름이면 사방에서 불어오는 바람에 노란 송홧가루 날리는
진풍경이 연출되었다. 그 가파른 바위 지형을 조심해서 내려가면
쑥 들어간 제단 같은 공간이 있어서 겨울철이면 소년들이 거기에
숨어들어 불을 피워 추위를 달래고 동면하던 개구리 뒷다리를 구

워 먹었던 삼삼한 기억이 진하게 남아 있다. 더구나 그 언저리는 옻나무 등과 같은 독이 있는 잡목과 수풀이 무성하게 우거진 곳이었다. 그 아래는 상엿집이 있어 그 주변에 귀신이 출몰한다는 속설로 인해 소년들에게 동네에서 가장 무서운 곳으로 악명이 높았다. 아마도 죽음을 두려워하는 본능으로 이곳에 갈 때마다 공포스런 심사가 동해 은연중 이 언저리가 접근해서는 안 될 금기의 공간으로 자리 잡았기 때문이었을 것이다.

4.
안동네의 전반적 인문지리

동네의 30여 호 집들은 이 동산을 배경 삼아 그 아래로 나란히 길게 들어서 있었다. 그 중간지점에 공용우물이 있었는데 그곳을 기준으로 우리 쪽 마을을 소년들은 '이쪽 모퉁이'라고 불렀고, 그 너머 마을을 '저쪽 모퉁이'라고 불렀다. 그 두 모퉁이 사이의 마을 사람들은 무슨 사연이 있었는지 서로 교류가 뜸한 편이었고 친소관계가 서로 달랐다. 소년들은 언제부턴가 무의식 속에 저쪽 모퉁이 사람들을 향해 적대감을 품게 되었고 서로 어울려 잘 놀지도 않았다. 그것이 저쪽 모퉁이 사람들을 불량 족속으로 취급한 이쪽 모퉁이 사람들의 도덕적 우월의식이었는지, 아니면 6.25 전쟁 때로 소급되는 일로 서로 무슨 원한이 쌓여 그렇게 뒤틀린 관계로 고착되었는지 자세히 알 수 없었다.

증조할머니와 아버지의 구전을 통해 들은 바로는 6.25 전쟁 때 이 동네의 한 사람이 의용군 징발대의 선봉에 서서 개별 집안마다 상세한 정보를 제공하는 바람에 전쟁이 끝나고 그 사람이 명석말이를 당해 맞아 죽었다고 들었다. 그런데 그 사람이 그 악역

을 맡기 전에 인민군 상관에 의해 이 임무가 최초 할당된 사람이
내 증조할아버지였다. 내 증조부는 동네 사람들의 자식 목숨을
중개하는 이 엄중한 명령의 현실을 무겁게 생각하여 뒷동산에서
딴 할미꽃을 짓이겨 다리에 붙여 다리가 그 독소로 험악할 정도
로 퉁퉁 붓게 돼 그걸 핑곗거리 삼아 그 일을 맡지 못하겠다고 고
사했다고 한다. 내 증조부의 생존 지향적 지혜로 우리 집안은 멸
문지화의 액운을 면했지만 그 대타로 나선 사람이 끔찍한 후환을
겪은 셈이니 이를 두고 잘잘못을 따지기란 민망한 일이었을 것이
다. 아마도 그렇게 멍석말이 당해 맞아 죽은 사람이 '저쪽 모퉁이'
사람이었던 것 같은데, 그것이 이쪽 모퉁이와 저쪽 모퉁이 사이에
정서적 고립감을 심화시켜 긴장의 원인을 제공한 게 아니었을까
싶다.

이러한 잠복된 적대감으로 인해 소년의 가슴 속에도 은연중 저
쪽 모퉁이 사람들은 뭔가 음침한 사람들, 추레하고 험악한 사람
들, 거짓되고 흉측한 사람들이란 선입견을 달고 대했던 것이 사
실이다. 그래서 이 작은 한 동네에 살면서도 '저쪽 모퉁이' 마을로
들어가게 되는 기회는 드문 편이었다. 1년에 두어 번 명절을 맞아
하필 그쪽에 살게 된 작은 증조할머니 댁에 찾아가 제사를 지낼
때 부득이하게 저쪽 모퉁이를 찾아야 했다. 그밖에 아주 불가피한
사정이 있을 때 외에는 그곳은 금단의 땅으로 각인된 나머지 발
걸음이 냉큼 이끌리지 않았다. 상황이 악화된 것은 아마도 대보름
을 맞아 불놀이를 하고 야간 패싸움이 벌어진 일과도 어느 정도

연관이 있었던 것 같다. 누가 연출을 한 것인지, 아니면 자연스럽게 불거졌는지 알 수 없지만 언젠가 밤늦게까지 깡패 같은 저쪽 모퉁이 소년들과 이쪽 모퉁이의 의로운 우리 편 소년 동지들이 뽕나무 가지로 날카로운 창칼을 만들어 패싸움을 벌였다. 돌팔매질까지 벌였던 것 같은데 어린 내가 던진 돌팔매는 멀리 떨어진 적진의 과녁을 명중하지 못했다. 어쩌다 저쪽 모퉁이 사람 하나가 포로로 잡혀 우리 진영으로 끌려왔는데 우리 진영의 소년병들이 그 뽕나무 가지로 그 포로를 두들겨 패는 자리에서도 나는 세게 때리면 너무 아플까 봐 내 나무칼에 힘을 주지 못한 채 때리는 시늉만 했을 뿐이다.

그러나 우리가 항상 원수처럼 지냈던 것만은 아니었다. 저쪽 모퉁이 산기슭에 사는 춘식이 형은 넓은 얼굴에 호쾌한 웃음이 근사했는데 가끔 이쪽 모퉁이로 넘어와 우리 소년 동무들과 함께 구슬치기를 하며 놀기도 했다. 또 지리적으로 이쪽과 저쪽 아무 데도 속하지 않은 채 동네에서 외떨어진 밭 한가운데 살던 형들도 우리랑 가끔 즐겁게 어울리며 함께 놀았다. 동네는 집집마다 바싹 붙어 있어 서로 집안 사정 속속들이 아는 이웃 사촌지간이었고 무슨 철조망도 경계선도 없었다. 외길로 통하는 동네 앞 대로로 길게 이어져 있었기에 언제든지 왕래와 소통이 가능한 마을이었다. 무슨 경사가 있어 우리 집이나 다른 집 마당에 천막을 치면 '이쪽 모퉁이' 사람들뿐 아니라 '저쪽 모퉁이'에서도 사람들이 와서 명석 위에 차린 음식상을 함께 나누었고, 떡을 해서 동네 사람들에게 돌릴 때도 '저쪽 모퉁이' 몇몇 곳을 포함해 돌리기도 했다.

어떤 부유한 집에는 소가 한두 마리 있었고, 그렇지 못한 집들 중 돼지 몇 마리씩 키우던 집도 몇 가정 있었다. 우리 집 뒷담 너머 살던 대영이네 집은 닭장을 근사하게 만들어 닭들을 키웠는데 그곳에 갈 때마다 닭똥 냄새가 좀 역겨웠지만 날마다 싱싱한 계란을 먹는 그 집 식구들이 좀 부러웠다. 그때만 해도 계란이 퍽 고급 음식 재료에 속했던 것 같다. '저쪽 모퉁이'의 한 집에서는 아예 전문적인 양계장 시설을 운영하기도 했다. 어쩌다 그 앞을 지나칠 때면 수백 마리 닭이 꼬꼬댁거렸는데 그 닭들의 세계가 어떠한지 늘 궁금해서 틈새로 빼꼼하게 들여다본 양계장은 컴컴했다. 거기 갇힌 닭들은 수시로 모이를 쪼아대며 알을 낳는 것 같았고 나는 그들이 감옥에 갇힌 수인처럼 불쌍하다고 생각했던 것 같다. 닭장 주변에 천막이 쳐져 컴컴한 그곳은 내가 살던 인간 세상과 동떨어진 전혀 낯선 공간으로 연상되었고 날마다 무슨 마법이 펼쳐지면서 황금알이 만들어지는 어떤 금단의 세계라고 상상하곤 했다.

저녁이면 아궁이에 불을 때서 가마솥에 밥을 했고, 누룽지를 먹는 일은 소년들에게 즐거웠다. 집집마다 굴뚝에서 연기가 솟아오르면 왠지 푸근한 느낌이 들었다. 아, 오늘도 무사히 제 끼니 챙기며 잘 살았구나 하는 뿌듯한 마음이 들어서였을까. 저녁 무렵에 또 한 가지 안식의 느낌을 준 것은 시간 맞춰 뒷동산 너머로 길게 들려오던 증기기관차의 요란한 기적소리였다. 초가로 된 집에 살던 시절 철길은 바로 동네 앞에 놓여 있었지만 그 집들이 기와지붕으로 바뀌는 새마을운동과 함께 추진된 도시계획의 일환이었는지 그 철로는 뒷동산을 싹뚝 잘라낸 5분의 4지점으로 옮겨져 매일 규칙적으로 기적소리를 뿜어댔다. 근대화의 상징인 철로와 기차는 우리 동네의 명물이었지만 이 충북선 철로는 그 뒤로 한참 뒤에 한 번 더 멀리 떨어진 변두리로 옮겨갔다.

이 동네를 품에 안듯이 너그럽고 다정했던 그 동산은 이후 내가 이 동네를 떠날 즈음 청주시 도시계획에 따라 까뭉개져 서서히 사라져갔다. 먼저 나무들을 잘라냈고, 그 뒤로 불도저가 수시로 들락거리며 산을 바깥 바닥에서, 또 몸통을 뚫고 들어간 한 가운데서 양동작전을 펴면서 허물어대기 시작했다. 위아래로 수많은 트럭이 흙을 실어나르느라 들고나면서 이 아름답던 동산의 자취는 그 풍성했던 인문지리의 사연과 소년의 추억을 삼키면서 지상에서 사라져갔다. 그때 연기를 뿜으며 달리던 용맹스런 기차의 기적소리는 어디로 다 스러져간 것일까. 그 뒷동산에서 내가 미끄럼을 타면서 놀던 금잔디 덮인 커다란 묘지는 이 동산이 없어질 때 어디로 이장은 제대로 했을까. 그 동네를 주거 삼아 살던 사람들은 흩어져 지금쯤 어디서 어떻게 살고 있을까. 똘똘 뭉친 공동체로 서로 가끔 다투기도 했지만 늘 제 일처럼 남의 일들을 보살펴주던 다정한 동무와 이웃들은 얼마나 늙고 또 얼마나 이 세상을 하직했을까.

5.
먹을거리들-식물성

고봉밥을 매일 먹어도 소년들의 올챙이배는 금세 꺼져버렸다. 주
전부리감은 요즘처럼 흔하게 그 손에 와닿지 않았다. 내가 좋아
하는 꿀짱구 과자가 그때도 동네 가게에 널려 있었더라면 얼마나
좋았겠는가. 그런데 이 마을은 외떨어진 위치 때문인지, 워낙 그
때 구멍가게가 흔하지 않아서 그랬는지 그런 평범한 상점 하나가
없이 대부분의 먹을거리를 자급자족하는 구조였다. 꼭 필요한 것
들은 멀리 시내까지 나가서 사왔을 테지만 이 마을에는 대장간까
지 있어 농기구마저 스스로 만들어 조달하는 상황이었다. 희미한
기억을 더듬어보자면 우리 집 우편에 위치한 의규네 집 사랑방
창문에 조그만 좌판을 마련해 사탕 같은 아주 소소한 주전부리감
을 파는 곳이 간헐적으로 생긴 적이 있긴 하다. 우리가 기옹이 할
머니라고 부른 노인이 심심풀이로 시작한 작은 장사였을 것이다.
내 나이 네 살이나 다섯 살쯤 되던 때, 아직 우리 집이 초가였을
그 희멀건 시절, 어린 소년의 소원 한 가지는 기옹이 할머니네 벼
룩 좌판에 가서 눈깔사탕 하나 사서 먹는 것이었다. 그 소원을 한

두 번 이룬 것 같기는 한데, 그 창밖으로 나온 좌판은 대체로 멀리서 쳐다보며 침을 흘리며 입맛을 다시는 별세계였다.

이후 초가지붕이 기와로 바뀌기 시작할 무렵, 동네 중심에 조그만 구멍가게가 하나 들어서 아주 기초적인 생활필수품을 팔게 되었다. 나는 증조할머니 허리춤에 찬 주머니에서 동전 몇 개 얻어낼 때마다 그곳으로 달려가 사탕이나 껌, 라면땅 같은 과자를 사서 몰래 나 혼자 먹거나 동무들과 나눠서 먹곤 하였다. 이런 특별한 간식을 먹을 때마다 우리는 친한 동무들끼리 의리를 다지면서 다른 애들이 그런 기회가 생기면 반드시 서로 나눠 먹는 걸 철칙으로 지키곤 했다. 그만큼 이 구멍가게 간식이나 기웅이 할머니네 벼룩 좌판의 눈깔사탕은 매우 특별한 먹을거리로 1년에 몇 차례 아주 드물게 우리에게 제공된 하늘의 선물과 같았다.

그러나 일상의 먹을거리는 주로 산과 들, 논과 밭에서 공급되었다. 학교를 가기 전 둥그런 밥상에 우리네 남매가 둘러앉아 아무 말 없이 부지런히 숟가락질하면서 밥을 퍼먹던 기억이 떠오른다. 밥상의 한 가운데는 빠금장이 자주 올랐다. 반찬은 김치와 무장아찌 두세 개만 되어도 푸짐해 보였다. 그것을 허겁지겁 한 숟가락이라도 더 먹으려고 마치 엄마돼지 젖을 파고들며 경쟁적으로 젖꼭지를 빠는 새끼들처럼 우리 다섯 남매는 그렇게 줄기차게 밥을 먹고 뛰놀았고 나이가 차서는 멀리 떨어진 한별국민학교를 다녔다. 아직 증조할머니 등 집안의 어른들이 살아계실 때 엄마는 가마솥에 밥을 해서 상을 차려 올리면 다 먹고 남은 것들을 챙겨

드시면서 뒤늦게 부엌 바닥에 쭈그려 앉아 식사를 하실 때도 더러 있었던 것 같다.

다들 가난한 시절이었지만 끼니를 때우지 못해 굶주린 경험은 별로 기억나지 않는다. 논과 밭이 있으니 거기에 벼 심고 푸성귀 심어 먹을 것을 자급자족했다. 다만 그것을 시장에 내다 팔아 돈을 만드는 정도는 아니었기에 교육비나 다른 생활필수품을 구입하는 게 빠듯했을 것이다. 가장이 별도의 안정된 직업이나 직장이 있는 경우는 그나마 괜찮았지만 그렇지 못한 집들은 이런 필요를 충당하기 위해 돼지도 키우고 내 부친처럼 멀리 떠나 양복쟁이 기술을 배워 별도로 돈벌이를 해야 했을 것이다.

그렇게 줄기차게 세 끼를 먹어도 소년들은 늘 올챙이배가 허전해서 수시로 무엇이든 챙겨 먹는 일에 열중했다. 소년은 춘궁기에 학교에 갔다 오면 가방을 내팽개치고 마치 보급투쟁을 하는 빨치산 병정처럼 산으로 들로 쏘다니면서 먹을 만한 것은 뭐든지 챙겨 먹었다. 남의 밭에 들어가서 서리하는 것은 기본이었고, 자연에서 채취해 먹을 수 있는 것은 가리지 않고 두루 뜯어 먹었다. 가장 먼저 떠오르는 것은 봄날에 마늘밭에서 솟아오르는 마늘종을 뽑아 집에 있는 고추장독에 담긴 고추장을 찍어 먹은 일이었다. 여러 날 반복된 이런 시식 행위는 그 매콤하고 알싸한 생마늘종이 소년에게 자극적인 맛을 선사하면서 혀의 감각에 각인된 어떤 중독성 때문이 아니었을까 싶다. 그밖에도 무밭에서 무를 뽑아 이빨로 흙이 묻은 껍데기를 긁어내고 우적우적 씹어먹는 것도 서리의 기본 코스였다. 5월이면 뒷동산 입구는 키 작은 아카시아꽃이 만발했다. 그 상큼한 향기에 취해 꽃을 통째로 입에 쑤셔 넣고 게걸스럽게 씹어먹는 맛도 참 삼삼했다. 땅속에는 풀뿌리 중 삘기라는 것이 있어 아무리 많이 먹어도 배부를 것 같지 않은 그 하얀 풀의 대궁 속을 긁어먹기도 했다. 또 담장에 찔레꽃 피는 철이면 그 찔레 순을 꺾어 먹는 재미도 빼놓을 수 없는 먹을거리의 추억이다.

김장철이면 배추 뿌리를 잘라 땅속에 묻어 동그란 무덤처럼 표시를 해놓고 구멍 입구를 볏짚 더미로 막아 겨울철이면 눈으로 덮인 밭으로 가서 그것을 몇 개씩 꺼내 깎아 먹는 일도 쏠쏠한 재미이고 기쁨이었다. 추수가 끝난 뒤 그 이삭을 주워 말리고 알뜰하게 손에 비벼 햅쌀을 먹는 것도 그 시절의 반복된 일과였다. 그 양이 부족하면 동무들끼리 무슨 계조직 비슷한 걸 만들어 집안에 탈곡한 쌀을 한 주머니 몰래 빼내서 '벌레쌀'이라는 암호와 함께 주변 경계하면서 훔쳐낸 쌀을 간식거리 삼아 허옇게 웃으며 씹어먹던 소년들의 얼굴 표정이 눈에 선하다. 뒤꼍에 있는 과실수에 달리던 감과 앵두, 앞마당에 여름철 익어가던 검은 포도 같은 과실은 아주 귀한 것들로 1년에 한 차례씩 구진할 때마다 우리의 허전한 입을 달래주던 보배로운 먹을거리였다.

6.
먹을거리들-동물성

우리의 주전부리감이 식물성에 국한된 것은 물론 아니었다. 벼가 노랗게 익어갈 때면 소년들은 볏줄기 사이로 뛰어놀던 메뚜기를 잡아 소금 간을 입혀 볶아 먹곤 하였는데 그 짭쪼롬하고 고소한 맛이 좋아 도시락 반찬으로 싸간 적도 많았다. 추수가 끝나고 논에 물기가 마른 늦가을로 접어들면 어른, 아이들 모두 삽과 바께스를 하나씩 들고 나가 논의 구멍들을 찾아다니면서 파대기 시작했다. 그곳에서 밤톨만 한 우렁이 많이 나왔고, 재수 좋으면 겨울잠 자러 들어간 씨알 굵은 미꾸라지도 잡았다. 나이 어린 소년들은 엄마의 자궁에서 탈출한 연한이 짧아 이른바 '자궁회귀 콤플렉스' 때문인지 이 구멍에 늘 관심이 컸다. 그 작고 컴컴한 구멍 속에서 그렇게 맛있는 먹을거리가 나온다는 게 시각과 촉각, 미각이 총동원되면서 흥미진진하고 신기했던 것이다.

미꾸라지 잡이의 성수기는 여름의 장마철이었다. 물이 동네 도랑에 넘칠 때 거기에 철사로 엮어 만든 삼각형의 체를 대면 굵은 미꾸라지들이 우글우글 몰려들었다. 가끔 붕어, 미꾸라지가 회오

리바람 속에 빨려들어와 마당에 떨어진 채 꿈틀거리는 희한한 광경도 목격한 적이 있다. 미꾸라지를 많이 잡는 장마철이면 막 자란 호박잎으로 그놈들을 막 치대며 문질러서 거품으로 몸속의 오물을 토해내고 끈적거리는 물질을 제거한 다음 갖은 양념을 넣어 매운탕을 끓여냈다. 내가 어린 시절 먹어본 음식 중에 가장 맛있는 메뉴였다. 거의 매일 반복되는 빠금장 찌개가 질릴 무렵 이런 단백질 음식이 내 몸에 들어가니 어찌 아니 반길 수 있었겠는가. 내 입맛은 그것이 오늘날 우리가 추어탕이라고 알려져 먹는 그것과 비교하여 훨씬 더 맛있는 음식으로 기억한다.

민물고기 잡이의 추억으로 빼놓을 수 없는 것은 웅덩이 물 퍼내기 작업이었다. 우리 동네에서는 논밭 구석에 조성된 물웅덩이를 '툼벙'이라고 불렀다. 가을철 추수를 마치면 논의 물은 메말라 땅속에 스미거나 이 툼벙으로 물고기와 함께 모아졌다. 한 번은 동네 어르신들이 함께 마을 좌편 논 구석에 있는 툼벙을 퍼내는 단체 노역을 하였다. 도랑물, 빗물이 모여 생긴 모든 물을 거의 다 퍼내니 그곳에 참게와 미꾸라지, 붕어 등 온갖 다양한 민물고기들이 바글거렸다. 그런 신기한 광경을 목격한 뒤 어느 날 소년은 동무들과 그곳에 가서 놀다가 웅덩이 둑에 뚫린 구멍에 손을 넣어 무언가 물컹, 하는 놈을 잡아냈는데 기절초풍하는 줄 알았다. 뱀도 아니고 뱀장어와 닮았지만 딱히 그것으로 분류되지 않은 그 미끄러운 놈은 나중에 '웅어'라는 종자로 밝혀졌다. 두 번 다시 반복하고 싶지 않은 경험이었다.

또 언젠가 하루는 동무 한두 명과 좀 멀리 무심천 모래톱에 가서 장난치며 놀던 때였다. 내 뒤에서 무언가 파닥거리는 소리를 듣고 돌아보니 손바닥보다 더 큼직한 붕어 한 마리가 모래톱으로 실려 와 버둥거리고 있었다. 횡재했다고 소리치며 환호작약한, 내 소년 시절에 가장 감격적인 순간이었다. 그 근처 용화사라는 절 앞에는 언제 만들어졌는지 물방앗간이 들어섰고 그 밑으로 깊은 수렁이 흘렀는데 언젠가는 그곳에서 어른들이 자라 잡는 걸 본 적이 있다. 그 이전에 나는 자라나 거북이 같은 파충류를 본 적이 없었기에 그 생김새와 그걸 먹는다는 사람들이 신기할 뿐이었다. 내가 동네에서 경험한 파충류는 언젠가 상여집 근처에서 동무들과 전쟁놀이 할 때 발견한 구렁이가 전부였다. 형들이 그 구렁이 꼬리를 잡고 발로 몸을 밟아 입 쪽으로 훑었는데 그 입으로 비릿하고 허연 알들이 토해져 나오는 걸 본 경험은 내 유년기의 가장 끔찍한 기억 중 하나였다. 그렇다고 그 뱀을 구워 먹을 용사는 우리 가운데 아무도 없었다. 그런데 우리는 왜 그 알을 품은 그 짐승을 그렇게 심한 만용을 부리며 잔인하게 학대하고 쾌재를 불렀던가. 아마도 그 구렁이가 상엿집에 빌붙어 산다고 믿은 귀신의 이미지를 뒤집어쓴 탓이 크지 않았을까 싶다. 게다가 아직 성경을 읽기 훨씬 전이었는데도 뱀이라는 짐승의 흉측한 형상이 주는 공포가 우리 소년들의 무의식 가운데 달라붙어 그 무섬증을 몰아내기 위해 더욱 큰소리를 지르며 그렇게 끔찍한 폭력을 가한 게 아니었을까.

먹을 수 있고 먹을 만한 모든 것을 향해 모험하며 그것을 에덴의 경우처럼 채집하여 먹고자 몸을 놀렸던 그때, 그 시절이 가난한 중에도 참 행복했던 것 같다. 땅과 친하게 어울리면서 그 땅이 제공하는 것들을 맘 놓고 먹고 즐기던 유년의 시간들은 농약이란 게 거의 없었고 있더라도 아무도 사용하지 않던 때였다. 그런데도 소출은 대개 풍성했고, 먹고 탈 나는 경우는 거의 없었다. 다만 위생 관념이 약해 인분을 밭에 퇴비로 자주 뿌린 탓에 거기서 생긴 해충들이 뱃속에서 알을 까고 번식하였다. 이런 형편을 감안하여 초등학교에서 해충약을 나눠주던 때였다. 비누와 샴푸가 발달하기 전이라 자주 감고 돌보지 않던 머리에 기생하던 이와 서캐가 무성했지만, 그냥 그대로 동거 동숙하면서 서로 견디고 서로 참아내며 살던 때였다.

7.
이웃들(1)

우리 집은 '이쪽 모퉁이'의 좌편에 위치해 있었다. 우리 집보다 더 왼편에 있었던 집은 두 집뿐이었다. 먼저 이 마을의 맨 끝에 해당하는 집은 창환이네 집이었다. 창환이는 나보다 두 살 위였고 그 여동생 혜숙이가 나랑 동기였다. 혜숙이는 늘 양 갈래로 딴 머리를 길게 늘어뜨리고 다녔고 창환이 형은 치아를 드러내놓고 늘 환하게 웃는 표정이 참 좋았다. 그들의 엄마는 주변의 텃밭에서 일군 채소를 멀리 시장에 내다 파는 일로 생업을 삼아 열심히 일했다. 그것만으로는 부족했던지 창환이 엄마는 리어커와 장비를 마련해 시내 서문시장 한복판에서 사과도 떼다 팔고 호떡 장사를 해서 생계를 보탰다. 창환이 엄마가 만든 호떡은 아주 맛있지는 않았지만 그럭저럭 먹을 만했다. 이 집의 아버지를 본 적이 드물었는데 아마도 일찌감치 세상을 떠났거나 오래 전에 헤어지지 않았을까 짐작된다. 그 엄마가 모시고 살던 할머니가 시모가 아니라 친정엄마로 그 집에 함께 살고 있었기 때문이다. 이 집의 엄마 말투는 가끔 상쾌했다가 화가 나면 무섭게 돌변했는데 혼자 살면서 억척스럽게 자녀들 키워야 하는 이 시절 엄마들이 대체로 그 변덕스런 정서를 공유했다. 이 집의 할머니는 엄마보다 훨씬 더 무서웠는데 그 쪽진 허연 머리의 할머니 때문에 그 집 앞을 지나치는 게 항상 조심스럽고 불안했다. 집 주변 밭둑에서 얼쩡거리기만 해도 할머니의 불호령이 떨어졌다. 한 번은 집 옆에 쌓아놓은 두엄더미 근처에 토란 줄기가 무성하게 자라 있었는데 그 잎사귀에 빗방울 고인 게 신기해 한참을 쳐다보다가 '너 이놈 거기서 뭐하느냐'라는 그 할머니의 독살스러운 호통 소리를 듣고 깜짝 놀라 삼십육계 줄행랑을 친 적이 있다.

그 다음 왼편의 집으로 의규네 집이 있었다. 창환네 집과 마찬가지로 의규네 집도 담장이 없이 집과 마당이 앞의 논밭으로 탁 트여 있었다. 나보다 두 살 위의 형인 의규는 창환이와 동갑내기로 두 명의 누나가 있었는데 큰 누나는 키가 크고 귀가 쫑긋한 기옹이 누나로 기린 같은 이미지를 풍겼다. 작은 누나는 얼굴이 동그랗고 귀여웠는데 소녀들은 이 집 마당에 모여 핀치기나 고무줄놀이 같은 놀이를 즐겨 했다. 소년들도 이 집의 햇살 좋은 마당에서 다마치기, 딱지치기 등의 놀이를 종종 하며 무료를 달랬다. 이 집 마당에는 내가 좋아하는 포도나무가 널찍하게 가지를 뻗어 잘 관리되어 있었는데 나는 그 포도넝쿨 밑으로 주렁주렁 매달린 탐스러운 이 집의 포도송이가 늘 부러웠다. 어쩌다 한두 알 맛본 적도 있었지만 남의 집 포도를 넉넉하게 얻어먹기란 당연히 쉽지 않은 일이었다. 가끔 서리의 유혹을 받았고 한두 번은 성공했던 것 같은데 의규네 아버지가 경찰관이라서 붙잡히면 감옥 간다는 생각에 늘 조심했던 것 같다.

이 집과 우리 집 사이에 산으로 올라가는 샛길이 나 있었는데 그 한 가운데 아주 잘 생긴 은행나무 한 그루가 위치해 동네 소년들에게 사랑을 많이 받았다. 나뭇결이 부드럽고 2-3미터 오르면 잘 뻗은 가지들이 균형 잡힌 몸매로 소년들의 몸을 잘 받아주었기에 나도 이 나무와 특별한 우정을 나누었다. 심심할 때나 답답하여 멀리 바깥을 내다보고 싶을 때 이 나무에 올라 소년은 자신의 내면에 자라던 센티멘탈리즘의 충동을 달래곤 했다. 나중에 동네에서 두 번째로 우리 집에서 흑백 TV를 사들여 동네 사람들이 마당에 멍석을 깔고 함께 보던 무렵, 당시 주현이 주연배우로 나오며 이순신 장군 역을 멋지게 연기하던 사극을 본 적이 있는데 나는 그 주제곡을 다 외워 부를 정도로 그 드라마의 이순신 장군에 푹 빠져 매료되었던 것 같다. 그래서 시간 날 때마다 나는 혼자 큰 나무 칼을 옆에 차고 이 나무에 올라 그 주제곡을 부르면서 큰 칼 옆에 차고 한산섬 달 밝은 밤에 나라의 안위를 걱정하던 충무공 장군에 감정 이입을 하며 온갖 근사한 폼을 잡곤 하였다.

의규네 집에 내가 범한 작은 죄를 이 자리에서 이실직고하며 뒤늦은 사과를 하나 하겠다. 그것은 산에 오를 때 오솔길 나뭇가지 담장 틈새로 비집고 들어가 몰래 이 집 뒤꼍에 있는 앵두나무의 앵두를 몇 개씩 따먹은 일이다. 우리 집 앵두나무보다 크고 튼실한 나무였는데 그 나무의 앵두는 우리 집 앵두보다 더 크고 보암직도 했지만 먹음직도 하여 뒷동산에 놀러 갈 때마다 그 유혹을 뿌리치기 어려웠다. 몇 년 전 고향 방문 때 의규네는 아직도 그 집터에 새로 집을 지어 계속 살고 있었는데 너그러이 용서해주시리라 믿는다. 또 한 가지, 의규 형은 누런 콧물을 코에 매달며 살았는데 사시사철 그 콧물을 들이키느라 늘 훌쩍거렸다. 형은 나를 친하게 대해주며 집에서 몰래 훔쳐낸 쌀도 가끔 나눠주었는데 나는 콧물 찔찔 흘리며 훌쩍거리는 형이 추해 보여 은근히 속으로 무시하곤 했다. 듣기로는 어려서 머리를 다친 형이 언제부턴가 말과 행동거지가 좀 띨띨하게 되었다고 한다. 그래도 마냥 착하고 순한 형을 무시하고 깔보았던 게 내심 미안하다.

앞서 말한 기웅이 할머니네의 벼룩 좌판은 눈깔사탕과 빈약한 몇 개의 상품으로 별 돈벌이가 안 되었는지, 아니면 기웅이 할머니가 이후 곧 돌아가셨는지 오래 머물지 못하고 사라져버렸다. 의규 엄마는 앞으로 삐죽 나온 뻐드렁니에 다부진 성격이었는데 나에게는 착한 마음씨를 몇 차례 표한 적이 있다. 내가 오줌을 싸서 소금을 얻으러 갈 때 너그럽게 소금을 한 바가지 주신 분도 바로 이분이었다. 의규네 아버지는 경찰관으로 봉직했다. 공부하고 시험을 치러 정식으로 들어간 게 아니라 특채 형식으로 연줄 따라 들어간 직책이었을 것이다. 그래서인지 연세는 꽤 들었지만 계급은 늘 밑바닥이었다. 그렇지만 마음씨가 온순하고 착실하여 내 코흘리개 여동생이 창환네 여동생 혜숙이의 꼬임으로 자기 엄마가 장사하는 호떡 사준다고 나갔다가 혼자 집으로 돌아오던 중 길을

잃어 동네가 발칵 뒤집혔을 때도 이 의규네 아버지가 경찰 정보
망을 통해 곳곳에 수소문해 자기 집 일처럼 도와준 고마운 일도
있었다. 모두가 마을 공동체를 이루어 서로 도와가며 의지하던 사
이였기에 가능한 일이었다.

8.
이웃들(2)

우리 집 뒤꼍 대나무숲 위로 조금 높은 곳 산기슭에 들어선 집은
신자 누나 집이었다. 신자 누나는 나보다 몇 살 위였는데 신체가
조숙하고 키도 컸다. 얼굴은 펑퍼짐한 평범한 얼굴이었지만 덩치
와 키가 돋보여 십대 중반의 나이에도 처녀티가 났다. 동네의 짓
궂은 소년들은 신자 누나의 엉덩이가 아주 크다고 '방팅이'라는
별명을 붙여 자주 놀려대곤 했다. 지금의 기준대로라면 글래머 스
타일의 섹시 몸매로 여성적인 매력을 뽐내며 자부심의 요인이 될
수도 있었건만 당시 이 동네의 문화적 감각과 그 수준은 그리 세
련되지 못했다. 이런 호칭을 부끄럽게 생각한 누나는 조무래기 소
년들에게 험한 표정으로 소리를 고래고래 지르며 때리려 사납게
달려들기도 했다. 그때 소년들의 장난질은 감춰진 성적인 호기심
이 그렇게 왜곡된 방식으로 표출된 것이었지만 지금 생각하면 누
나가 속으로 은근히 상처를 받았을 것 같다. 나는 다른 아이들처
럼 누나를 짓궂게 놀리지는 않았다. 그렇지만 그 대열에 휩쓸려
누나에게 몹쓸짓하는 걸 막아주기는커녕 은근히 그 상황을 즐긴

것에 대해 미안한 맘이 든다. 늦었지만 사과하고 싶다. 신자 누나는 우리 동네의 촌스러운 문화가 혐오스러웠는지 늘 고고한 자태로 홀로 다녔고 동네 다른 누나들과의 어울림도 아주 뜸했다. 그러다가 초등학교를 졸업한 뒤 그녀는 돌연 가출을 감행해 독립적인 생활을 꾸려갔고, 그렇게 살다가 일찌감치 짝을 찾아 결혼했다는 소문이 자자했다.

신자 누나의 동생은 이름이 검표였는데 얼굴이 건빵 같이 생겼다고 그 별명으로 불리곤 했다. 신자네 엄마가 아들을 낳지 못해 어디서 어떻게 주워왔다는 소문이 동네에 자자했지만 아무도 그 사실을 대놓고 내색하지 않았다. 검표의 이 출생 비밀로 인해 그때부터 우리 집도 그렇고 다른 집도 아이들이 부모 말을 잘 안 들어 매정하게 대할라치면 그때마다 '너는 서문다리 밑에서 주워온 자식이라서 그러냐. 왜 그렇게 빤질거리고 말을 안 듣냐'고 서운한 감정으로 쏘아붙이곤 했다. 검표는 직사각형에 가까운 두상에 눈이 작았는데 늘 조용했고 소심한 내 동생뻘 아이였다. 딱히 놀리거나 괴롭힌 일은 없지만 그렇다고 살갑게 잘 대해준 기억도 없다. 동네 소년들끼리 놀 때도 잘 끼지 않았던 것 같다. 그런 그가 장성하여 그 노모를 잘 모시며 돈도 잘 벌고 효자 노릇 하고 있다는 소식을 내 모친에게 지금 전화로 물어 확인했다. 신자네 아버지는 시내에서 구둣방을 하고 있었다고 하는데, 그 얼굴과 표정 등 그분의 일상에 대해 자세한 기억이 없다. 신자 엄마의 여장부 같은 늠름한 덩치에 화통을 삶아 먹은 듯한 목소리로 신자와 검표를 부르던 그 뒤꼍 너머의 메아리는 지금도 귀에 쟁쟁한데 연세는 얼마나 되었는지 여전히 건강하게 살아 계신지 알 수가 없다.

우리 집 우편은 대영이네 집으로 가는 약간 경사진 오르막길이었다. 그 길 끝에 다다르면 동네에서 드물게 운치 있는 철제대문이 나왔다. 철제대문과 주변은 장미꽃으로 단장되어 맵시 있는 집의 분위기를 더했다. 그 대문을 열고 들어가면 널따란 마당이 있었고 그 마당 좌편에 기와집 본채가 자리했고 우편에는 사랑채와 광이 위치해 있었다. 우리 동네 어른들은 이 집을 최 선생댁이라고 불렀다. 최 선생은 우리 동네에서 유일하게 사범학교를 마치고 당시 국민학교에서 교편을 잡고 있었다. 이 집의 아들 중에서 내 또래의 소년이 대영이었다. 대영이는 머리의 뒷부분이 난봉처럼 튀어나온 약간 짱구 머리였는데 딴에는 그게 멋있어 보이기도 했다. 그는 주먹을 잘 써서 동네에서 민첩하고 날쌘 소년으로 명성이 자자했다. 나도 동갑내기인 그를 늘 조심하고 경외하는 마음으로 대했다. 한 번은 무슨 일로 티격태격하다가 그가 내 얼굴을 주먹으로 쳐서 코피를 왈칵 쏟은 적도 있었다. 이 일로 2대 독자의 면상을 다치게 했다고 우리 집 증조할머니와 엄마가 대영이네 집에 가서 항의해 대영이 엄마의 사과를 받아내기도 했다.

대영이네 엄마는 덕망이 높은 중전마마의 품위에 걸맞은 인상으로 그 말투과 행동에 매사 교양 있고 자애로운 분위기를 풍겼다. 선생의 부인이어서 더 처신을 조심했을는지 모르겠다. 대영이 아버지도 말수가 적고 온유하며 점잖은 분이었다. 그래서 대영이네 집에 놀러갈 때나 그 집의 식구들을 대할 때는 인텔리겐지아 배경이 없던 우리 집안으로서 계급적인 열등감이 조금 생겨 주눅이 들곤 했다. 대영이 형 관영이는 한때 복싱을 배운다고 열심을 냈다. 날렵한 몸매와 눈매가 늘 우러러봐야 하는 아우라를 머금고 있는 듯했다. 무엇보다 내가 은연중 흠모한 이 집 식구는 대영이의 누나 둘이었다. 큰 누나가 순영이였고 작은 누나가 남영이였는데 큰 누나가 엄마를 닮아 세자빈 같이 조신했다면 작은 누나 남영이는 발랄하고 명랑한 캔디 소녀를 빼다꽂은 이미지였다. 나는 특히 남영이 누나를 좋아했고, 그 앞에서 무슨 짓을 해서라도 조금이라도 잘 보이려고 퍽 애를 썼던 것 같다. 내가 남영이 누나를 좋아한 여러 이유를 되짚어보니 그 집 식구들이 대체로 그랬지만 무엇보다 동네의 여느 소년 소녀들과 달리 차려입은 복장이 단정했고 인상이 정갈했기 때문이었던 것 같다. 그 용모도 누런 콧물을 달고 다니는 꾀죄죄한 동네의 평균치 아이들과 달리 말끔한 자태였다. 더구나 남영이 누나는 그 근엄한 분위기에서 명랑한 미소가 늘 꽃처럼 환하게 피어났으니 얼마나 멋있었겠는가. 나는 나중에 꼭 남영이 누나 같은 사람을 짝으로 만나고 싶다는 생각을 누나를 대할 때마다 속으로 은연중 품었던 것 같다.

그러다 대영이 엄마가 중병에 들면서 이 집에 그늘이 드리우기 시작했다. 그 병환은 지금 생각해보니 암이었던 것 같다. 당시 의술의 수준도 열악했겠지만 대영이 엄마의 중년기 몸은 점점 더 망가져 마침내 머리가 다 빠진 중처럼 흉측한 몰골로 세상을 떠났다고 한다. 소년은 이 이야기를 고향 집을 떠나 다른 동네로 이사 간 뒤에 듣게 되었다. 그 슬픈 일은 훗날 우리 집 식구들이 순복음교회에 다니던 무렵 우리 엄마의 권유로 대영이 엄마를 전도하기 위해 찾아가서 보았다는 교회 전도사님의 구전으로 알려졌다. 그를 통해 들려진 이야기에 의하면 대영이 엄마가 세상 뜰 무렵 그 얼굴이 미륵불 같았고, 나중에 죽을 때 머리가 다 빠진 게 중과 같았다고 했다. 전도사님은 대영이네 엄마가 부처를 열심히 섬겨 우상숭배의 죄가 컸기 때문에 그렇게 된 것이라고, 지금 생각하기론 악담을 했던 걸로 기억한다. 암 환자는 방사선 치료를 받아야 하기 때문에 그 독성으로 머리털이 빠지게 되는 것은 의학적인 설명이 가능하고 그런 관점에서 이해하면 당연한 결과였다. 그런데 그것이 무슨 귀신의 장난이라고 우상숭배의 형벌처럼 이야기한 그 전도사님의 신학적 수준과 목회자로서의 자질이 너무 저열했던 것 같다.

대영이 엄마가 죽은 뒤 대영이네 집은 많이 혼란스러워졌다. 대영이 아버지가 새 부인을 들이고 어린 자식을 낳으면서 엄마를 잃은 본부인 자녀들 네 명은 방황하며 종종 탈선의 소문을 뿌리고 다녔다. 내 친구 대영이와 관영이 형은 무슨 소소한 범죄와 오토바이 교통사고에 연루되어 부모님 속을 어지간히 썩인다고 동네 어른들이 혀를 끌끌 차곤 했다. 두 누나들도 많이 의지하고 사랑해온 엄마를 잃고 오래도록 시무룩한 시간 속에 마음에 진한 그늘이 드리워져 있었을 터였다. 지금은 결혼해 중년을 거쳐 노년의 입구에 다다랐을 순영이 누나와 내가 특히 흠모한 남영이 누나는 어디서 무엇을 하며 살고 있을까. 남영이 누나는 아직도 그 싱그런 미소와 명랑한 표정에 말꼬리를 올리는 다정한 말투로 동무들을 불러내 고무줄놀이하던 그 시절을 가끔 추억하고 있을까.

9.
이웃들(3)

대영이네 집의 닭장 낀 사랑채 아래로 이어진 곳은 기운이네 집
이었다. 창환이 형이나 의규 형같이 나보다 두 살 위인 기운이 형
은 위로 경숙이라는 누나가 있었고, 밑으로 나와 같은 또래인 혜
숙이(창환이네 혜숙이 성이 이 씨였다면 이 소녀는 김 씨였다)와 그 동생 호
숙이였다. 막내 호숙이는 '코찔찔이'라고 불렸는데 늘 누런 콧물
을 달고 다녔기 때문이었다. 촌스런 단발머리 속에는 서캐가 쫙
깔려 있었는지 엄마가 마루에 그애를 눕혀 머리털을 뒤지며 서캐
를 잡던 모습이 소년의 눈에 좀 추레해 보였다. 그 언니 혜숙이는
호숙이보다 조금 더 나았지만 그렇다고 깔끔한 자태는 아니었다.
경숙이 누나의 인상은 지금 희미하지만 그나마 점잖고 핀따먹기
놀이 할 때도 떼를 쓰지 않고 대체로 쿨했다. 딸들이 이런 모습으
로 일상에 노출되었던 것은 그 엄마의 집안 살림 스타일과 무관
치 않았던 것 같다. 기운이네 엄마는 털털했다. 너털웃음을 입에
달고 다닐 정도로 별일 아닌 것에도 자주 웃었다. 막걸리 몇 잔 들
이키면 더 기분이 좋아져 기운이네 엄마는 덩실덩실 춤사위를 펼

치면서 흥얼거리곤 했다.

기운이네 아버지는 연초제조청에 다니는 직원이었는데 과묵하였다. 동네 어르신들끼리 어울릴 때도 말이 별로 없었던 것 같다. 동네 공동행사 자리에서도 별로 얼굴을 본 기억이 없다. 그 아버지를 닮았는지 기운이 형도 행동거지가 둔하고 말이 어눌했다. 저음으로 허허거리면서 무슨 말을 깔끔하게 마무리짓지 못한 채 얼버무리는 식으로 말을 하던 이 기운이 형은 그래도 덩치가 좋았고 씨름을 잘했다. 그의 크고 두툼한 손은 듬직한 느낌을 주었다. 기운이네 집 담벼락 쪽으로 외양간이 있었던 것으로 기억한다. 아마 소를 한두 마리 키웠을 것이다. 그래서인지 그 외양간 축사 밑바닥으로 소가 싸질러놓은 분뇨가 담벼락 밑의 구멍으로 흘러내려 길가로 번지곤 했다. 그것은 또다시 길에 오목한 도랑을 만들며 그 밑의 논으로 빠져나갔으니 적잖은 환경오염원이었을 것이다.

더구나 견디기 어려웠던 것은 거기서 풍겨오는 냄새였다. 고약했고 미관상 좋지도 않았지만 다들 집안 사정이 그만그만했기에 누구도 이것을 지적하며 대놓고 불평하지 않았다. 그곳에 살던 사람도, 짐승도, 집도, 길거리도, 식물도 정지용의 향수란 시에 나오는 시구대로 "아무렇지도 않고 예쁠 것도 없는" 수더분한 모습 그 자체였고, 아름다움과 추함의 경계 또한 무덤덤하게 체념되던 시절이었다. "사철 발 벗은 아내"는 물론 부모 형제, 이웃의 형들과 누이동생들이 그런 누추한 환경을 무던하게 견뎠고 소박한 일상은 부족한 대로, 때묻고 냄새나는 대로 그렇게 흘러갔다.

기운이네 형 집에서 대각선 앞으로 위치한 다음 이웃은 재완이네 집이었다. 재완이는 나보다 한 살 더 많았지만 나이 차이 내세우지 않고 서로 엉기며 편하게 놀았다. 재완이 위로 덕림이, 덕희 누나가 있었는데 이 세 남매는 얼굴이 까무잡잡했다. 그 엄마가 연탄배달업을 했는데 홀엄마였다. 그래서 그 까만 연탄을 집 앞에 쌓아놓고 집 주변 구석구석 공간이 그 연탄 가루로 까맣게 물들다 보니 이 집 사람들의 얼굴도 그렇게 까맣게 되었나보다 생각했다.

언제인지 이 재완이네 엄마가 연탄공장의 아무개와 정이 통해 함께 살기로 했다는 소문이 동네에 퍼졌다. 이 소문은 동네 또래 소년들에게도 알려져 늘 심심한 동무들은 무료를 달랠 겸 호기심이 동해 어느 날 몹쓸짓을 하고야 말았다. 그 재완이네 엄마가 살던 흙집에 헤진 곳을 찾아 구멍을 내서 옛날 사람들이 신혼부부 첫날밤을 치르는 신혼방 문에 구멍을 내서 들여다보았듯 무슨 진기한 광경을 탐색하려고 삼삼오오 몰려들어 수군거리곤 했다. 그러나 그 수수깡 틈새로 난 구멍으로 눈을 들이댄 아이들 누구도 무슨 특별하게 재미있는 걸 봤다는 이야기는 없었다.

재완이네 집의 지붕은 다른 집보다 좀 높았다. 그 옆으로 기운이네 축사 바닥 밑으로 악취 나는 오폐수가 찔끔거리며 흘러나왔지만 그 냄새에 괘념치 않고 소년은 겨울에 추울 때마다 햇살이 나오면 재완이네 담벼락으로 달려가곤 했다. 거기 그 황토 흙벽에 기대 쪼그려 앉은 채 처마 밑에 달린 고드름 녹아 떨어지는 물방울을 응시하면서 그 너머에서 들어오는 햇볕을 쬐는 일은 가장 큰 위안이었다. 아마도 소년이 등덜미를 대고 있는 그 수수깡 흙집의 주인이 연탄을 배달하는 일을 해서 그 집 전체와 주변이 연탄불처럼 뜨뜻할 거라는 무의식적 착각이 들었을지도 모르겠다. 무엇보다 그 공간이 자잘한 여러 길들이 합류하는 조그만 광장 같은 곳이어서 거길 찾아가면 사람들 얼굴을 볼 수 있고, 또 트인 곳으로 쏟아지는 햇볕을 온몸으로 받기에 맞춤한 공간이라서 그랬던 것 같다.

내 유년기의 겨울은 유난히 길었다. 추위를 견딘다는 것은 두툼한 털옷을 잔뜩 껴입는다든지, 아궁이에 군불을 잔뜩 때서 방의 윗목까지 다음날 아침에도 뜨끈하게 덥혀놓는 것 이상의 감각으로 다가왔다. 그것은 무엇보다 무료한 대낮의 긴 시간을 무엇인가 화끈하거나 재미있는 것으로 충일하게 만드는 걸 의미했다. 내게 그 무료한 시간은 많은 경우 여러 가지 놀이로 달래지곤 했다. 하지만 그조차 여의치 않은 상황에서는 나 홀로 재완이네 담벼락에 기댄 채 쪼그려앉아 햇볕을 희롱하며 더불어 사물과의 놀이에 골몰할 때도 더러 있었다. 햇볕에서 흘러들어온 그 따뜻한 감각이 소년의 고독 깊숙이 스며들기를 바라면서 현재의 시간이 흘러갈 머나먼 미지의 세계를 꿈꾸는 일이 그렇게 뭉실뭉실 내면을 수놓으며 잦아졌다. 소년에게 바야흐로 몽상과 사색을 징검다리 삼아 내면의 풍경이 그려지기 시작한 것이다.

10.
이웃들(4)

사람들의 얼굴은 그 오묘한 이미지로 입으로 내뱉은 말보다 훨씬 더 많은 말을 한다. 이미지가 인상을 만들고 그 인상은 오래 다듬어지고 관계 속에 유통되면서 어떤 운명의 흔적으로 남아 그 사람의 자화상을 축조해간다. 지금까지 살핀 고향 사람들의 인상은 그들의 평상시 행동이나 습관, 언어와 아주 잘 어울리는 것 같았다. 그 동네에 수십 년 함께 살아오면서 서로를 길들이고 서로에게 길들여진 때문인지 그들은 서로 설렁설렁 들어도 감쪽같이 그 메시지를 알아챘고, 또 그 메시지에 적실한 각자다운 반응으로 교감했다. 그래서 말과 그 어휘들은 투박했지만 충청도 사투리의 구수한 톤과 여운 사이로 그들의 얼굴은 웃거나 울거나 탄식할 때 그 표정의 언어로 서로 스며들거나 감싸거나 하며 소통했다.

동네 앞길 쪽으로 툭 튀어나온 지붕 높은 재완이네 집을 에둘러가면 안쪽으로 깊숙하게 들어가는 갈림길이 나왔다. 그 길의 끄트머리는 동네 어른들이 표 서방댁이라고 부르는 집과 맞닥뜨렸고 그 직전 왼편에는 동네에서 가장 부잣집으로 알려진 파란대문집이 자리했다. 그 파란대문집 맞은편으로는 순자네 집으로 기억하는 마당이 아주 넓은 집이 또 한 채 있었다. 순자네 집과 파란대문집 사이 작은 공간에 또 하나의 우물이 있었는데 동네 아줌마들이 거기서 채소도 씻고 물을 길어가기도 했다. 순자네 집의 아래쪽으로는 대장간이 들어서 있었는데 모 대장으로 불리던 대장장이 아저씨는 머리에 지푸라기 같은 것을 엮어 띠처럼 쓰고 그 컴컴한 초가지붕 아래서 늘 불을 피웠고 흙가마에 달궈진 벌건 쇠붙이를 뚝딱거리면서 주로 호미나 괭이, 쇠스랑 같은 농기구를 만들었다.

이름만 기억하고 얼굴이 통 기억나지 않는 순자 누나는 내 또래보다 나이가 훨씬 많았고 그 파란대문집 건너편 우물 앞집 주인의 여동생이라고 했다. 전해지는 일화에 의하면 초가에 살던 시절 한 번은 신자 누나가 우리 누나 어렸을 때 나물 뜯으러 데리고 나간 뒤 자기만 철둑을 건너고 우리 누나를 그 철둑 위에 두고 왔다고 했다. 기차가 다가오고 누나는 그 위에서 무서워 멍하니 울고 있는 위험한 상황에서 그 너머 풍덕샘에서 빨래하던 순자 누나가 달려와 우리 누나를 안고 철로를 벗어나 구사일생으로 살아났다고 한다. 모친은 몇 차례 그때 그 일을 회상하시면서 누나에게 생명의 은인인데 그 은혜에 보답할 기회도 얻지 못한 채 순자 누나는 멀리 다른 곳으로 시집을 갔다고 아쉬워하셨다.

최고 부잣집 파란대문집은 늘 문이 견고하게 닫혀 있었다. 담장도 짧고 높아 그 문 안으로 어떤 집이 어떻게 들어서 있었는지

한 번도 들어가 본 적이 없는 수수께끼 같은 집이었다. 내가 기억하는 것은 이 집의 주인이 이 동네에서 펌프도 처음으로 마당에 박고 흑백 TV를 제일 먼저 샀다는 사실이다. 우리 집은 이 집 다음으로 두 번째로 펌프도 박고 흑백 TV도 샀다. 우리가 흑백 TV를 사온 날 이쪽 모퉁이 동네는 시끌벅적했다. 그것을 사서 마당에 멍석 깔고 동네 사람들을 초청해 함께 시청한 것이다. 동네 형들은 내게 쌀을 가져다주면서 자기도 그 TV를 보게 해달라고 은근히 청탁을 해왔다. 그런데 우리가 이렇게 TV를 동네 주민들과 함께 본 것과 달리 이 파란대문집은 TV 시청 공유는커녕 항상 문이 꽁꽁 잠겨져 있어서 집안에 누가 살며 무슨 일을 하는지 도통 알아챌 수 없었다. 우리 마을공동체에서 유일한 금단의 성역이 바로 이 집이 아니었을까 싶다.

그러나 그 윗집 표 서방네 댁은 큰 나무 대문이 항상 열려 있었다. 그 집의 운수는 나와 동갑내기로 눈이 크고 부리부리한 로마 군인 상이었다. 그의 누이 석영이도 마찬가지로 눈이 크고 이목구비가 선명한 얼굴이었다. 아마도 아버지 엄마 모두 눈이 크고 자태가 두루 훤칠하여 유전자의 영향이 그렇게 자식들에게 나타났을 터였다. 이 집은 소를 두세 마리 키웠고, 동네 곳곳에 농지를 가장 많이 소유한 대농장주였다. 그만큼 그들의 몸짓과 말이 느리고 여유가 있어 보였다. 운수는 나와 친한 편이었고 딱지와 다마치기 놀이에도 자주 합류하곤 했다. 순박한 미소가 일품이었고 이는 석영이 누나도 마찬가지였다. 이들의 얼굴에는 한국인의 가장 순박한 이미지 같은 게 박혀 있었는데 지금 생각해보니 그것은 무엇보다 건강미의 한 표본처럼 연상된다. 운수 아버지 표 서방은 머리에 기름을 발라 윤이 나는 머리카락을 양쪽에 하이칼라로 단정하게 빗어 넘긴 점잖은 모습으로 다닐 때가 많았다. 그가 정장으로 잘 차려입고 꼿꼿한 포즈로 키 큰 신사처럼 점잖게 운신하는 모습을 먼 데서 몇 차례 응시한 적이 있는 것 같다. 그러나 표 서방은 중년의 나이를 넘기면서 큰 병을 얻어 60세 전후 시름시름 앓다가 일찍 세상을 떠났다. 참 안타까운 가인의 종말이었다.

무엇보다 아들을 먼저 보낸 그의 어미 심정은 절통했을 것이다. 소년들은 그 할머니를 호랑이 할머니라고 부르면서 다들 무서워했다. 둥그런 얼굴에 쪽진 머리를 한 채 상기된 듯한 불그레한 얼굴로 꽤 듬직한 덩치를 흔들면서 동네 골목을 오가거나 인근 논밭에서 폼을 잡을 때면 우리 같은 조무래기들은 늘 긴장했다. 무 서리 하나만 해도 불호령이 떨어져 죽일 듯이 고래고래 소리를 치면서 쫓아와 끈질기게 응징하는 거의 유일한 분이 바로 이 호랑이 할머니였기 때문이다. 그러나 이 호랑이 할머니도 아들이 일찍 세상을 떠나면서 점점 더 기력이 쇠해갔다. 예전처럼 움직이는 몸이 빠릿하지 못했고 목소리도 우렁찬 천둥의 기세가 사라져 그르렁거리는 가래 기침에 섞인 쇳소리가 났다. 부리부리한 호랑이 눈동자도 처진 눈꺼풀에 덮여버렸고 집안에 몸져누웠는지 언제부턴가 동네 골목이나 논두렁 밭두렁에서 그를 대하는 일이 확 줄어들었다. 시간을 이기는 장사가 없다고 아무리 독살스럽고 혈기방장한 어른도 그렇게 세월의 흐름에 역류하지 못하고 시름시름 앓거나 쭈글쭈글한 주름과 함께 쪼그라들면서 스러져갔다.

순자 누나네 집의 햇살 가득한 그 넓은 마당… 그 뒤로 땅땅거리는 대장간의 망치 소리… 꽉 닫힌 파란대문집의 수상한 분위기… 표 서방네 집 운수와 석영이 누나의 싱그런 건강 미소와 반들거리던 피부… 그 외양간에 움메~ 움메~ 울던 누렁이 황소들… 그 깊이를 알 수 없었던 그 골목의 컴컴한 우물과 그 주변에 쭈그려 앉아 재잘거리던 아줌마들, 처자들의 정담 소리… 이 모든 것이 흑백사진처럼 굳어진 기억의 응결체로 이제 희미하게 내 뇌리를 스치며 상상을 자극할 뿐이다. 소년은 그들과 함께 울고 웃으면서 세월의 때를 묻혀왔다. 땅꼬마 소년은 그렇게 작은 몸으로 그 동네 길목과 골목으로 뒹굴면서, 또 논두렁 밭두렁으로 뛰어다니면서 나이를 먹었고 키가 자랐다. 이제 60을 코앞에 둔 중년의 고비에서 복원할 수 없는 그 시절의 짧은 순간을 스냅사진보다 희미한 몇 가지 특징적인 이미지로 간신히 더듬어 낚을 수 있을 뿐이다.

11.
호모 사케르, 중팔이의 추억

호모 사케르(home sacer)는 조로조 아감벤이 오늘날 국민주권을 설명하기 위해 조탁한 개념으로 문자 그대로 '신성한 생명(인간)'을 뜻한다. 고대 로마 사회의 맥락에서 제기된 이 부류의 인간은 기이하고 특별한 모순적 존재의 표상이다. 그들은 신성한 희생제물로 선택된 자로 공동체의 합의로 살해될 수 있고 그 행위에 대하여 예외적으로 면책될 수 있는 대상이다. 그러나 실제로 이러한 희생제물은 전쟁포로나 범죄자 중 민회의 의결을 통해 간택된 자였기에 '신성한' 존재로 볼 수 없었다. 합의된 희생제물로 그를 죽여도 아무도 아무런 책임을 지지 않았으나 그 벌거벗은 생명의 살해 행위가 법정의 재판에 회부되어 살인죄로 처벌받을 대상이거나 희생제의로 인정될 수도 없었다는 점에서 '예외 상태'의 존재였다는 것이다.

신성한 희생제물로 발가벗겨져 제공되지만 추방된 범죄자이기에 신성하다고 할 수 없는 양가성, 합의된 제물로 누구나 살해할 수 있고 아무도 아무런 책임을 지지 않아도 되지만 그것이 살인죄로 거론되어 애당초 법적 책임의 대상으로 인정될 수조차 없다는 모순성, 그것이 바로 호모 사케르의 특이한 운명의 자리다. 아감벤은 이 고대 로마의 개념을 유비적 맥락으로 끌어들여 법질서를 만들어 그 영향을 받지만 또 그 법질서를 변혁할 수 있기에 그 안과 밖에 동시에 머무는 근대 이후 '주권'의 개념을 설명하고자 하였다.

신성한 대상은 때로 만지거나 가까이 다가갈 수 없는, 가까이 가면 갈수록 부정을 타는 금기의 대상으로 인식되기도 한다. 아니, 어쩌면 금기의 대상으로 신성시하는 공동체의 합의된 눈짓으로 그 호모 사케르를 경원시하며 공동체 바깥의 예외적인 이웃으로 방치하려는 속셈을 암시하는 것인지도 모른다.

예로부터 공동체를 이룬 마을에는 이런 호모 사케르 유의 기이한 인간이 꼭 한 사람 있었다. 근대화가 본격적으로 시작되기 이전 한국의 농촌 공동체에도 이런 유형의 사람이 드물지 않았는데 내 고향 안동네에는 증팔이가 바로 그런 사람이었다. 그는 일정한 거처가 없이 동네의 궂은일을 도맡아 했다. 그가 하는 대표적인 궂은일은 동네 주민들의 집 뒷간에 채워진 인분을 퍼서 밭에 뿌려주거나 그것을 담아두기 위해 공지에 만들어놓은 거름더미에 그 배설물을 모으는 노역이었다. 냄새나는 불쾌한 현장이라 아무도 그것을 감당하려 하지 않고 누구라도 싫어하는 일이었다. 그런데 그는 그것을 당연히 감당해야 할 제 몫의 일이라고 여겨 늘 뒷간의 인분을 퍼 운반했고, 그 악취가 그의 몸과 허름한 옷에 배여 사람들은 그를 멀리했다.

증팔이는 표 서방네 집 헛간에서 짚더미를 깔고 혼자 잤고 늘 혼자 기동했고 혼자 살았다. 동네 어른, 아이 할 것 없이 그를 호칭 없이 증팔이로 불렀다. 한편으로 우리 마을의 궂은일을 대신해 주는 똥통의 성자인 양 요긴하게 보면서도 만지거나 다가서길 금기시한 것은 단순히 그의 몸에서 나는 냄새 때문만은 아니었다. 그의 얼굴은 흉터로 험상궂게 보였는데 특히 심히 일그러진 코 부위의 형상은 흉측했다. 눈도 사팔뜨기 눈으로 흰자위 부분이 좀 무섭게 생겼고 머리는 늘 산발이었다. 나중에 들은 이야기지만 그는 표 서방네의 먼 일가친척으로 젊어서 매독을 심하게 앓아 그렇게 신체가 많이 상하고 망가졌다고 했다.

그러나 힘은 장사였다. 많은 짐을 산더미처럼 얹은 나무지게를 지고 그는 대낮에 늘 이동 중이거나 일을 하고 있었다. 동네의 조무래기 아이들은 그가 다가오면 슬슬 피했고, 무서움을 이겨보려 더러 놀리기도 했다. 우리가 그를 놀리는 방식은 '증, 증, 증팔이…' 하면서 그의 이름을 넣어 우스꽝스러운 선율로 노래를 만들어 그 뒤에서 조롱하듯 따라붙는 것이었다. 그러다 그가 화가 나서 지게 지팡이를 들고 쫓아오면 와~ 소리를 지르며 삼십육계 줄행랑을 치는 게 스릴 넘치고 재미있었던 모양이다.

가족이 없던 증팔이는 먹는 것도 헛간에서, 또는 거리에서 혼자 먹었다. 큼직한 바가지에 동네 사람들이 거지에게 동냥 주듯 밥과 각종 먹다 남은 반찬을 주면 그것을 비벼서 우걱우걱 급하

게 먹었다. 그는 늘 맨발에 검정 고무신을 신고 다녔으나 겨울에
는 동상을 예방하려고 헝겊 같은 것으로 발을 둘둘 감싸서 무슨
거지발싸개 비슷한 것을 양말 대신 사용했다. 나는 그가 한 번도
소리 내서 크게 웃는 얼굴을 보지 못했다. 자세히 봐도 그게 웃는
표정인지 우는 표정인지 알 수 없을 정도로 살짝 찡그린 얼굴이
었다. 일그러진 코를 잡고 여기저기 킁킁거리며 흐르는 콧물을 방
출하는 동작을 여러 번 보았고, 그가 잠자던 헛간의 갈라진 나무
벽 틈새로 옷을 벗고 이를 잡는 기이한 풍경도 몇 번 훔쳐본 적이
있었다. 그러나 그가 동네 우물가나 도랑에서 몸을 씻는 모습은
한 번도 본 적이 없다.

증팔이는 어느 추운 겨울, 헛간에서 혼자 자다가 얼어 죽었다.
한동안 그가 보이지 않아 어른들에게 물어보니 그의 동사(凍死)
소식을 전해주었다. 그는 마을의 희생제물같이 늘 벌거벗은 생을
살았다. 그러나 아무도 그의 몸에 손을 대길 꺼리던 금기의 존재
였다. 그에게 가까이만 다가가도 우리는 부정을 탈 것 같은 두려
움을 느꼈다. 그는 무엇을 해도 괘념할 필요가 없는 면책특권을
가진 예외 상태의 이웃 같았으나 그가 괘념하는 일, 괘념치 않는
일, 그 무엇 하나에도 우리는 관심을 기울이지 않았다. 그는 그저
풀을 베고 이 집 저 집 땔감을 해다 주었고, 뒷간의 인분이 차오르
면 부지런히 그것을 퍼다가 거름통으로 실어나르며 간신히 거친
양식을 받아 생존을 이어가는 게 유일한 일과였던 변두리의 이웃
이었다.

아무도 그를 살갑게 대한 사람이 없었지만 그는 아무런 불만이 없는 것 같았다. 똥통의 언저리를 배회하며 안동네의 호모 사케르를 자처한 벌거벗은 증팔이의 생은 결국 똥통을 관조하며 힘든 노역으로 수련하다가 마침내 똥통의 성자로 거듭나 도통하였을까. 철이 들면서 증팔이의 추억이 내 생에 새겨놓은 여러 흔적은 내게 죄책감이 무엇인지를 깨우쳐주었다. 안과 밖, 인사이더와 아웃사이더, 중심과 변두리 등의 대척적 사유의 현장에는 늘 증팔이의 사팔뜨기 눈과 일그러진 콧등이 포개지곤 하였다.

12.
사랑채의 사람들

안동네의 집이 기와집으로 다시 태어난 뒤 그 구조를 보면 본채
가 남향으로 들어서 있었고 그 우편에는 별도로 독립된 사랑채가
있었다. 본채는 또 정면으로 들어가면 마루와 안방, 옆방, 부엌 등
이 촘촘하게 붙어 있었고, 왼편 옆쪽으로는 별도의 출입구를 지닌
방이 하나 있었다. 이 가운데 중앙의 방들은 우리 가족이 사용했
고, 사랑채에 딸린 방 두 개는 친척이나 셋방을 얻어 사는 외지인
들이 거주하였다. 사랑채에 세 들어 살았던 이웃이 많았다고 하는
데 내가 특히 선명하게 기억하는 사람 중에 희준이네 가족이 가
장 먼저 떠오른다. 희준이는 나보다 한 살 아래 동생뻘이었는데
집안 마당을 놀이터 삼아 종종 어울리며 함께 놀았다. 희준이 아
버지는 경찰관으로 날마다 출퇴근했고 희준이 엄마는 정이 많고
부지런한 몸으로 억척스럽게 집안 살림을 잘 꾸려갔는데 우리 엄
마와도 사이가 좋았다.

어느 날 희준이 아버지가 희준이에게 세발자전거를 사줘 그걸
우리 집 안마당에서 타는 게 부러웠다. 처음 보는 그 자전거가 신

기했고 은근히 시샘이 생겼다. 아직 학교도 들어가기 이전의 나이로 어려서 차분하게 대화하는 법을 몰랐던 탓이었을까. 나는 그 세발자전거를 타고 싶어서 희준이에게 무슨 말을 하다가 안 통했는지 희준이를 확 땅바닥으로 밀쳐버리고 그 자전거를 탈취해 마당에서 빙빙 돌았다. 놀라고 억울한 희준이가 엉엉 울어버리며 이 부당한 폭행을 자기 엄마에게 일러바쳤고, 놀란 희준이 엄마와 우리 엄마가 부엌에서 나와 이 광경을 목격한 뒤 사태를 수습했다. 희준이네 엄마는 내 행동이 못마땅했지만 험하게 야단치기가 민망했는지 안쓰러운 표정이었고, 우리 엄마는 세발자전거에서 나를 끌어내리고 미안한 심사를 표하면서 그 자전거를 희준이에게 돌려주었다. 그러자 내 쪽에서 나는 왜 저런 자전거가 없냐며 온 동네가 떠나갈 듯 희준이보다 더 큰 소리로 울면서 떼를 쓰기 시작했다. 설득의 능력이 없는 어린 약자로서는 엄마 앞에서 엉엉 큰 소리로 울어버리는 것만큼 더 큰 무기가 없었다. 엄마는 어쩔 줄 몰라 하면서 나를 달랬고, 똑같은 자전거를 사주겠다는 약조를 받아내고서야 울음을 그쳤다. 아버지는 며칠 뒤 비슷한 자전거를 사다 내게 주었고, 나는 그 뒤로 집주인 아들다운 기세등등한 자태로 희준이 보라고 그 자전거를 타면서 뽐내곤 하였다. 아, 유치찬란한 어린아이들의 치열한 소유권 투쟁의 날들이여!

희준이네가 대전으로 이사 간 뒤 그 사랑채 셋방에는 용훈, 용학, 용철이 세 아들을 키우던 부부가 들어왔다. 삼형제 아버지는 건축공사장에 나가 거친 막일을 했고 엄마는 고구마를 쪄서 내다

팔면서 가난한 생계를 유지해나갔다. 세 아들 모두 나보다 몇 살 더 위의 형이었는데 다들 개성이 특이했다. 키가 큰 용훈이 형은 듬직하고 점잖았고, 얼굴이 넓죽하고 직모의 날카로운 머리털로 덮이고 머리통이 큰 편이었던 용학이 형은 늘 쾌활한 표정을 달고 웃음이 만연했으며, 키가 다소 작은 용철이 형은 코맹맹이 소리를 잘 내면서 징징거리듯 말하곤 했는데 인상도 막내티가 확연했다. 이들 세 아들은 학교에 갔다 돌아와 배가 고프거나 엄마가 장사 나갔다 늦게 돌아오면 자기들끼리 빨간 고추장에 아무것도 넣지 않고 그냥 찬밥을 쓱쓱 비며 먹곤 했는데 지금도 그 빨간 고추장 색깔과 그 매운 비빔밥을 먹고 벌게진 얼굴로 냉수를 들이키던 용학이네 삼형제 표정이 생생하다.

그 옆의 사랑채 방에는 한때 외가의 큰외삼촌과 둘째 이모가 살면서 각각 청주고등학교와 조치원에 있는 중학교를 다녔다. 첫째 큰이모는 엄마보다 위였고 엄마 바로 밑의 둘째 이모는 한참 어려서 멀리 청주에 와서 중학교 공부를 하였다. 내 둘째 여동생과 이름이 같은 정숙이 이모였는데 당시 용모가 말쑥하고 하얀 셔츠와 까만 치마의 교복이 퍽 잘 어울렸던 것 같다. 이 이모는 청주 시내에 처음 들어서 유명한 제과점에 언젠가 나를 한 번 데려가 그때로서는 퍽 귀한 서양 빵과 양과자를 내게 사준 적이 있었다. 당시 내가 맛본 빵이라면 설탕 뿌려 먹는 흰색의 찐빵이 유일했는데 전혀 먹어본 적 없는 그런 고급스런 빵을 접하니 황홀감이 들었다. 그것을 집에 가져와 자랑도 하면서 조금씩 아껴서 먹

을 심산으로 봉지에 싸서 이동하던 중이었다. 그런데 내 걸음걸이
가 바르지 못했는지 기우뚱하다가 봉지의 빵 하나를 길에 떨어트
리고 말았다. 깜짝 놀라 그것을 얼른 주워 먹었더니 정숙이 이모
는 그게 창피했는지 그냥 버리지 거지같이 주워 먹느냐고 핀잔을
주었다. 이모의 숙녀다운 말쑥한 용모와 차림새에 내가 공연히 흙
탕물을 한 방울 떨어트린 듯하여 그 순간 나는 미안해하며 어쩔
줄 몰랐던 것 같다. 이 이모는 외가가 모두 이민 갈 때 일찍 한국
을 떠나 미국 시카고에 살았는데 안타깝게도 이후 외국인과의 결
혼생활이 순탄치 않았고 고생을 많이 하셨다. 나중에 내가 시카고
에서 20여 년 만에 다시 만난 이모는 거친 세월, 고단한 생의 길
을 통과하면서 얼굴도 많이 상해 있었다.

한편 공부를 잘하던 큰외삼촌은 청주고등학교를 다니면서 우
리 집에서 자취를 하였다. 엄마 덕분에 집세를 내지는 않고 무료
로 사시면서 김치 같은 밑반찬을 많이 얻어먹었던 것 같다. 이후
큰외삼촌은 우리가 두 번째로 이사가 살던 청주 시내 대로변 3층
집에 살 때도 나와 같은 방을 쓰면서 충북대학교에 다녔다. 대학
생으로 나와 함께 방을 쓰는 게 불편했을 텐데 그 건물에 방이 세
개밖에 없었기 때문에 서로 그런 불편함을 감내하는 수밖에 없었
다. 이후 큰외삼촌은 서울에서 사업을 한다면서 아버지의 신용보
증으로 은행에서 돈을 빌렸다가 망해버려 그 채무를 고스란히 서
울의 동업자에게 떠넘기고 우리에게 인사도 없이 미국에 일찍 이
민을 떠나셨다. 거기서 오랫동안 세탁업을 하셨는데 집도 장만하

고 장로로서 교회를 섬기며 신실하게 신앙생활을 하시다가 50대 후반에 위암에 걸려 아쉽게도 젊은 나이에 돌아가셨다.

본채의 옆방에서 살던 분들은 작은고모할머니였다. 증조할머니의 둘째 딸로 부산에서 살다가 남편이 사업에 망하여 청주에 올라와 머물 데가 마땅치 않아 우리 집에 옆방을 얻어 한동안 살다가 우암산 뒤쪽에 자리한 고아원에 몸을 의탁하며 그곳의 고아들을 위해 밥을 해주었다. 나도 그 고아원에 한두 번 놀러 가서 미국에서 구호품으로 전달받은 시리얼 비슷한 이국적 음식을 얻어 먹었는데 내 혀에 착 감기던 그 이국적인 맛의 신기한 느낌이 아직도 내 혀끝에 살아 있다. 우리 식구들은 촌수가 낮아 작은고모할머니라는 호칭 그대로 부르지 않았고 그냥 작은고모라고만 불렀다. 착하고 온유한 심성을 지닌 이 작은고모에게는 네 아들이 있었고 우리는 그들을 '아재비'라고 불렀다.

첫째 아재비 동혁이는 비교적 일찍 독립하여 가구공장에서 일하다가 결혼해 분가했는데, 고생한 홀엄마를 저버렸다고 동생들과 집안 식구들에게 숱하게 비방과 원성의 대상이 되었다. 둘째 동훈이 아재비는 고등학교 때 복싱을 했는데 나중에 고아원 인척의 추천으로 경찰서에 들어가 이후 경찰관으로 사셨다. 특히 내가 대학 마치고 미국 들어갈 때 출국일 며칠을 앞두고 학생운동권 도피자를 몰래 보호해주는 사람으로 억울한 누명을 써서 서초경찰서 정보과에 붙잡혀 곤욕을 치를 때 근무 중에 찾아와서 내가 석방되도록 도와준 인연이 있다. 셋째 동석이 아재비는 일찌감치 서울에 올라가 가구제작 기술을 배워 그쪽으로 계속 생계를 이어 갔다. 막내 동호 아재비는 어른들 사이에 '똘똘이'라는 별명으로 불렸다. 이 아재비는 우리가 안동네를 떠나 평리상회 앞 양옥집으로 이사 갔을 때도 우리를 따라와 사랑방에 살면서 중학교를 다녔는데 당시 국민학생인 나는 똘똘이 아재비를 형처럼 잘 따랐고 아재비도 나를 귀엽게 봐주셨다. 인생의 선배처럼 종종 좋은 교훈을 들려주면서 똘똘이 아재비는 여드름 많은 얼굴에 멋을 부리며 무지개를 쫓는 소년처럼 맑은 눈망울로 은은한 미소를 흘리곤 하였다.

우리가 큰고모라고 부르던 큰고모할머니는 시내 도청 근처에서 '대화집'이라는 술집을 열고 영업을 했다. 고모부는 도박중독증이 있어 집안을 여러 차례 벼랑 끝으로 내몰았고 큰고모가 자식들 키우며 억척스럽게 살림을 꾸려갔다. 큰고모는 슬하에 두 딸에 아들 하나를 두셨는데 둘째 딸 명주 누이가 퍽 예쁘고 명랑했다. 늘 정갈한 옷을 입고 사랑스러운 표정을 지으며 명절 때마다 만난 명주 누이는 그 명징한 이미지 하나만으로도 친척들에게 기쁨을 선사했다. 증조할머니처럼 두 분 고모님 모두 만년에 중풍으로 고생하시다가 세상을 뜨셨는데 큰고모는 당시 우리가 다니던 순복음교회에 출석해 치병을 위해 기도하며 애썼으나 처음에 조금 차도를 보이다가 더 악화되어 나중에 뼈만 남은 앙상한 몸으로 아주 불쌍하게 돌아가셨다. 어려서 대화집에 놀러 가면 취객들이 흥청거리며 젓가락 장단에 노래를 부르곤 했다. 큰고모는 그들의 술 시중을 드느라 늘 바빴고 색상 화려한 저고리와 치마를 입고 들락거리던 젊은 색시들은 술손님들의 비위를 맞추며 젊은 미모에 웃음을 파느라 분주했다. 나는 어린 눈으로 이들의 이국적인 신세계 같은 풍경에 한없는 호기심을 드러냈고, 이곳에 심부름으로 찾아갈 때마다 이 낯선 사람들의 언행과 몸짓에 주목하면서 눈을 동그랗게 뜨고 그곳의 풍경을 구석구석 관찰하는 재미를 누리곤 했다.

13.
수상한 방문객들

안동네는 도심지에 멀리 떨어져 논밭으로 둘러싸인 다소 소외된 곳이었다. 그래서 공동체 의식이 탄탄했고 도심지와 시골에서 이 동네로 통하는 흙길은 있었지만 포장된 이른바 '신작로'는 없었다. 그래서 외지에서 누가 이 동네로 들어오면 금방 티가 났다. 그 옷차림과 행색, 운송수단까지 확연한 차이가 났다. 그 몇 가지만 쓱 훑어봐도 누가 동네 주민인지 누가 외지인인지 곧바로 구별이 됐다. 영화 '웰컴 투 동막골'(2005)에 나오는 동막골만큼은 아니었지만 안동네는 동네 주민들끼리의 응집력이 상당해서 외지인이 들어오면 누군가 싶어 그 주변에 모여 따라다녔고 특히 우리 소년들은 외지인에 대한 호기심이 유별났다.

한 번은 '저쪽 모퉁이' 집에 누군가 찾아왔는데 오토바이를 타고 왔고 또 다른 한 번은 승용차를 몰고 왔다. 아주 어려서 자동차를 자주 보지 못하던 터라 우리 소년들은 그 자동차 주변에 신속히 몰려들어 이 차의 출처에 대해 이런저런 물음을 던지면서 그 수상한 자동차를 심문이라도 할 듯 째려보았다. 이런 신식 탈것에 대한 호기심은 그것을 운전하여 타고 온 주인들에 대한 호기심으로 전이되어 그들을 몰래 미행하면서 그들이 입은 옷과 인상착의, 얼굴 표정 등을 면밀하게 관찰하여 그 모든 정보를 우리끼리 공유하였다. 그 정보는 우리의 천진한 상상력과 다시 만나 가공되어 변용되었고 거기서 그들은 각종 서사의 등장인물로 변신하여 탐정 놀이의 꼭두각시 역할을 해주었다. 특히 소년들은 여성들의 옷차림에 민감했는데 그것이 한복이든, 서양식 숙녀복이든, 이 동네에서는 좀처럼 보지 못한 낯설고 이질적인 의상을 왜 그들이 입고 나타난 것인지 마치 먼 외계에서 온 우주인 탐색하듯 신경을 곤두세워 그들에게 수상한 시선을 던지곤 하였다.

어쩌다가 방문하는 특이한 차림새의 외지인들은 아주 드문 일이었지만 설과 추석 등 명절에 마을을 찾아오는 낯선 방문객들은 동네 주민들의 친인척인 경우가 대다수였다. 그래도 뽀얀 얼굴에 환한 새 옷을 입고 이 동네를 찾는 그들은 분명 어린 소년들의 시선에 희소성 있는 구경거리였다. 소년들은 그들의 친척인 친구 아이들을 통해 누구냐고 물어보면서 불필요한 다양한 신상 내용을 캐물으며 정보를 수집했다. 혹시 그쪽과 연줄이 생겨 친해지면 그 미지의 외지인을 징검다리 삼아 우리 안동네를 떠나 먼 곳 드넓은 세계로 탈주하고 싶은 열망을 그런 호기심의 탐정 마인드로 표출한 것이 아니었을까 싶다. 그렇다. 그 동네의 울타리를 벗어나지 못한 채 경계선을 집적거리며 동동거리던 우리에게는 낯선 미지의 세계를 향한 그리움과 동경이 필요했다. 상상 속에 지도를 그리면서라도 어떻게든 탈주하려는 준비작업이 요청되었다. 수상한 방문객들은 그런 폐쇄된 공동체를 벗어나기 위한 이음줄로 여겨져 그들이 묻혀온 바깥 공기를 쐬며 대리 만족이라도 느끼고 싶었던 것이리라.

그밖에도 수상한 방문객은 더 있었다. 그 하나는 목발을 짚고 연필을 팔러 다니는 상이군인이었다. 그들은 전쟁통에 팔다리를 잃어 손 대신 철제 쇠고랑을 달고 나타나 무서운 표정으로 연필을 사달라며 무뚝뚝하게 요구하곤 했다. 우리는 이들이 출현할 때면 방 안에 숨거나 뒤꼍으로 피하며 긴장했으나 어른들이 불쌍하게 여기는 마음으로 그들의 물건을 흔쾌히 사주거나 완곡하게 거절하면서 대체로 잘 대응했던 것 같다. 그러나 이들 상이군인 중에 심통이 나면 물건을 땅바닥에 내팽개치면서 마구 화를 내는 사람도 있었다. 그럴 때마다 우리 조무래기들은 다들 꽁꽁 숨어서 숨을 죽이곤 했다.

또 다른 이방인은 철마다 찾아오는 사냥꾼들이었는데 그들은 바람을 넣어 공기압으로 새를 잡는 공기총을 가지고 주로 참새같이 작은 새들을 잡아 허리춤에 차고 다녔다. 그 작은 새를 어떻게 먹는지도 궁금했고 또 불쌍한 마음도 들었으나 그보다는 사냥꾼들이 날아다니는 조그만 새들을 명중해서 잡을 때면 환호를 하며 그 놀라운 사격 솜씨에 더 시선이 쏠렸다. 하여튼 우리는 창과 칼이 그랬듯, 총과 같은 무기에 호기심이 많았다. 살아 생동하던 생명을 빼앗아 사냥꾼의 허리춤에서 축 처진 그 참새들의 가족은 그 뒤로 어떻게 되었을까. 새삼 궁금해진다.

어느 날, 아주 특별한 방문객이 우리 동네로 잠입했다. 그들은 동네 어귀나 마을길을 어슬렁거리지 않았다. 우리의 파수꾼을 따돌린 채 뒷동산으로 올랐다. 양복과 숙녀복을 차려입은 20대 초중반의 말쑥한 신사 숙녀였다. 남자의 머리는 하이칼라로 잘 빗겨져 있었고 여성의 행색도 우리 동네와 전혀 어울릴 것 같지 않은 단정한 모습이었다. 조무래기 부대는 즉각 소집되었고 몰래 숨을 죽이며 그들을 산속으로 미행하기 시작했다. 산 위로 올라 커다란 나무 뒤에 마주 선 그들의 동태가 우리 일행의 정보 안테나에 포착되었다. 우리 조무래기 부대 척후병 서너 명은 풀밭 위로 납작 엎드려 그들이 나무 뒤에서 무엇을 하는지 숨을 죽이며 긴장된 표정으로 관찰하였다. 팔을 펼쳐 서로의 몸을 감싼 것으로 미루어 포옹 동작이 분명해 보였다. 그러나 얼굴은 나무 뒤에 숨겨져 보이지 않아 그 면상의 밀접도와 상호 간의 접촉 상황은 우리의 상상 속에서만 대강 가늠될 뿐이었다.

이후 몇 명 더 조무래기 부대의 일원이 추가되었고 그중에 한 아이는 새총까지 준비해왔다. 나무 뒤에서의 동작들이 마무리된 뒤 그 커플은 우편으로 이동하더니 무덤가 잔디밭에 나란히 앉는 동작이 확인되었다. 우리 소년부대 아이들도 그 움직임을 멀찌감치 쫓아 그쪽으로 민첩하게 움직였다. 아지트나 다름없었던 그 산과 숱하게 어울려 놀면서 오랫동안 그 속에서 적응하고 단련된 아이들이었다. 우리는 멀리서 숨어 살펴보았기 때문에 그들의 얼

굴과 몸체 윤곽만 희미하게 시야에 잡혔지 얼굴의 이목구비까지
자세히 포착할 수는 없었다. 아무리 기다려도 우리가 예상했던 극
적인 동작은 시선에 잡히지 않았다. 남자가 누웠다 일어나면 여
자가 또 눕고 둘이 무언가 이야기를 나누는 것만은 확실한데 무
전기도 도청장치도 없던 우리는 그저 추측과 상상만 할 수 있었
지 이 수상한 방문객의 출신 배경과 출현 동기 등 제반 정보는 감
감했다. 기다리고 기다리다가 지친 아이 중 하나가 저들은 어차피
이 동네와 무관한 수상한 방문객이고 불온한 침략자일 수 있으니
우리가 힘을 합쳐 내몰자고 제안했고, 나머지는 동의해주었다.

한 아이가 가져온 새총에 작은 실탄을 장착해 그 무덤 쪽으로
쌩~하니 날렸다. 다른 아이도 무엇인가 던져 연발타로 과녁을 향
해 총공세를 퍼부었다. 처음에는 무언가 어리둥절한 표정을 짓더
니 그 청춘남녀는 주변의 인기척을 느끼고 놀라 벌떡 일어났다.
우리가 조무래기 동네 아이들인 걸 알고는 다소 안심한 자세로
그들은 뭐라 뭐라 우리를 향해 씨부렁거렸지만 도통 알아들을 수
없는 소리였다. 그들은 다른 쪽으로 하산해 내려갔고 우리는 그들
이 앉고 누웠던 자리를 철저히 수색했다. 뭐 하나라도 수상한 단
서가 발견되면 그것을 빌미로 그들에게 엄청난 범죄의 누명이라
도 뒤집어씌울 기세였다.

그러나 소년들은 어렴풋이 알아채고 있었을 것이다. 그 곱고
말쑥한 청춘남녀가 연인이었고 아름다운 청춘의 한때를 불태우
기 위해 우리 동네를 안식처 삼아 놀러 왔다는 것을. 우리도 저렇

게 근사한 데이트를 하고 싶은데 아직 너무 어리고 더구나 저렇게 멋지게 차려입을 형편이 못되어 은근히 화가 나고 시샘이 생겨 이렇게 새총질을 하며 못되게 구는 것이라는 것을. 그들을 친절하게 환대하고 공손하게 영접하지 못하는 것, 그들의 그 아름다운 인연을 축복하지 못하는 것은 우리의 결핍이 너무 부끄러워서이고, 그래서 그것을 은폐하고 위장하기 위해 그런 위악적인 행패를 부렸다는 것을… 속으로는 다 인정하고 있었을 것이다. 그 위악적인 행패로 오래 준비했을 그들의 멋지고 환한 데이트를 방해하고 괴롭힌 것에 대해 당시 소년부대 악동을 대표해 심심하게 사과드린다.

14.
공동체의 대소사들

안동네 사람들은 이웃들끼리 가끔 티격태격하였다. 별일 아닌 것들로 마음이 사나워질 때가 있었고, 사소한 오해가 뒤엉켜 이웃들끼리 얼굴 붉히고 목청을 높여가며 말싸움하는 현장을 더러 목격하곤 했다. 그러나 그런 일로 뒤끝이 길게 늘어져 서로 원수처럼 대하는 사례는 거의 없었던 것 같다. 그만큼 지리적으로 한 울타리 안에 살면서 의지할 수밖에 없는 환경이기도 했지만, 무엇보다 공동체적 연대감이 있어서 그로부터 소외될 경우 그 외로움을 견딜 수 없기 때문이었을 것이다. 그래서 말싸움을 하고 나서 그 원한의 감정이나 오해가 다 풀리지 않은 상태에서도 그들은 무덤덤하게 다시 어울려 말을 섞고 웃고 떠들면서 이웃 간에 미운 정과 고운 정을 골고루 쌓아갔다. 참 무던한 이웃들이었다.

이 안동네 사람들이 공동체적 연대로 묶여 있음을 확인하는 가장 대표적인 사례는 한 집안에서 상(喪)을 당할 때였다. 노인이 병들어 죽으면 동네 사람들은 누가 시키지 않았는데도 그 일을 다 제 집안일의 일부로 받아들였다. 이웃 아줌마들은 너나 할 것 없이 상가로 가서 상례에 필요한 음식 만드는 것을 도와주었고, 아저씨들은 삼삼오오 찾아들어 염을 하는 데 필요한 새끼를 꼬거나 장례를 치르는 데 필요한 기구와 물품을 준비하며 동참하였다. 안동네 뒷산 우편 기슭에 있는 상여집도 바로 이 때에 맞춰 문이 열렸다. 그 안에 보관되어 있던 상여를 꺼내 새로운 포장으로 단장하였고, 문상 기간이 지나면 격식을 갖춰 염한 시신을 넣은 관이 상여 위에 올랐다. 동네 장정들이 상여 받침대를 어깨에 올려 들었고 만장의 행렬이 유족과 함께 길게 늘어서 긴 줄로 장지로 이동하는 풍경을 나도 몇 차례 보았다. 그때 작은 종을 흔들면서 상여 앞에서 만가를 선창하는 어르신의 목청이 참 낭랑하고 구슬프다는 느낌이 들곤 했다. "이제 가면 언제 오나…" 하면서 인생의 덧없음을 슬픈 목소리로 읊조리면 상여를 맨 사람들이 '어허, 어허…' 하면서 추임새를 넣었다. 그 박자를 맞추면서 종을 흔들며 딸랑거리면 그 슬픈 소리의 분위기에 베로 만든 상복을 입은 유족들은 더 가슴 저리며 "아이고, 아이고…" 하며 애통하게 울었고 그 소리는 바람에 실려 멀리까지 메아리치는 듯했다.

이러한 공동체의 연대감은 마을의 애사뿐 아니라 경사에도 동일하게 실현되었을 텐데 전통적인 동네 혼인식을 본 기억은 너무 희미하다. 그 사실성의 확인조차 어려운지라 언어로 표현하기가 너무 아득하고 다만 가끔 동네 어르신의 환갑이나 진갑 잔치 때 마당에 멍석을 펴놓고 음식을 나누던 기억은 좀더 선명하게 남아 있다. 각종 부침개와 막걸리 등이 멍석 위에 차려진 상에 올려졌고, 각지에서 온 손님들은 차려진 상에 둘러앉아 잔치 음식을 먹으며 떠들어댔다. 그 왁자지껄한 분위기에 섞여 어디서 찾아왔는지 거지들도 깡통 같은 것들을 들고 얼굴을 내밀었고, 동네 개들도 이런 잔치 분위기에 등장해 남은 부스러기 음식이라도 챙겨 오랜만에 몸에 기름기를 담으려고 꼬리치며 다들 분요한 몸짓이었다.

공동체의 연대감은 노동의 현장에서도 나타났다. 봄철에 땅이 녹아 움이 틀 무렵이면 동네 사람들은 몸이 바빠졌다. 이때가 되면 농사일에 익숙한 어른들이 주변의 논과 밭을 소를 앞세워 쟁기질하면서 갈아엎었고 모판에 모를 쪄서 모를 심었다. 진흙 수렁인 이 논으로 발을 들이면 거머리가 달라붙어 종아리에서 피를 빨았다. 나는 몇 차례 어른들의 모내기에 좀 거들어보려 들어갔다가 수시로 달려드는 그 거머리란 놈의 흡혈에 기절초풍한 뒤로 줄곧 모내기를 즐기질 못했다. 거머리의 미끈하고 끈적거리는 촉감이 아주 싫었고 피부에 찰싹 달라붙어 아무리 떼어내려 해도 끈질기게 달라붙어 애를 태우던 놈의 집착성에 기가 질렸던 탓이다. 모내기는 품앗이로 이루어졌다. 논에 벼농사하는 집들끼리 무슨 묵계가 있었는지 서로 돌아가면서 모를 심는 날을 정해 노동력을 공유하였다. 미끈거리며 빠져드는 진흙탕 논의 감촉과 거머리에 질려버린 나는 줄곧 논둑에 쭈그려 앉아 턱을 괴고 어른들이 모를 심는 광경을 골똘히 관찰하곤 하였다. 논두렁 양쪽에서 줄을 잡은 두 사람이 줄을 맞춰 대면 논에 들어가 있는 사람들이 그 줄에 맞춰 모를 심었다.

한참 땀을 흘리며 노동을 하다가 시장기가 돌 무렵, 집안의 아줌마들은 새참이란 걸 내왔다. 광주리 같은 데다 국수와 막걸리, 부침개, 쑥떡 같은 먹을거리를 풍성하게 담아와서 '새참 왔다'고 소리치면 너도나도 서둘러 밖으로 나와 논두렁, 밭두렁에 무질서하게 털퍼덕 앉아 게걸스럽게 음식을 먹었다. 이때 나도 눈치껏 꼽사리 끼어들어 그 음식을 나눠 먹었는데 나는 아마도 이때 땀 흘리며 일하다가 먹는 음식이 가장 맛있다는 것을 직감적으로 알아차렸던 것 같다. 이 시절에 나는 어른들이 먹는 막걸리의 맛을 얼추 본 경험이 있었고, 그 시금털털한 맛에 감춰진 달램의 효과를 골똘하게 사유하기 시작하지 않았을까 싶다. 노동은 고역이면서 향유의 조건인데, 그 고역을 시시각각 달래주지 않으면 향유는 찾아오기 어렵다는 것, 대강 그런 식의 논리가 내 유년기의 머릿속에서 꼼지락거렸을 것이다. 그래서 구약성서에도 나실인 등 특수한 부류의 사람들에게 포도주를 입에 대지 말 것을 명령하신 거룩하신 하나님이 추수철에 고단한 공동 노역을 마치고 지친 몸을 달래줘야 할 때 십일조로 포도주와 독주, 수육을 장만해 먹고 마시며 하나님 앞에서 뛰어놀라는 정반대의 명령으로 인간의 복지에 대한 지극한 배려를 하신 것이리라.

나는 추수 노동에 더 적극적이고 열심이었다. 훗날 엄마도 내가 어렸을 때 추수한 볏단을 미친 듯이 열심히 나르던 동작이 인상적이었는지 두고두고 회고하면서 말씀하시곤 했다. 나는 메말라 가는 가을 들판의 황금빛 벼들의 풍경이 너무 좋았다. 거기서 잡는 메뚜기도 살이 포실하게 올라 있어 좋았고, 벼를 벤 땅 밑자리 여기저기 구멍 난 곳에서 우렁이를 잡고 미꾸라지를 잡는 것도 아주 큰 재미였다. 그뿐 아니었다. 볏단이 말라 집 마당에 깔아놓은 멍석에서 탈곡하는 일은 내게 매우 흥미로운 놀이였다. 수동식 탈곡기 앞에서 발로 아래 판을 밟아 탈곡 원통을 돌리면 그 철심에 벼의 알곡이 털려 멍석에 쌓이는 그 풍요로운 광경이 꽤 신기하고 푸근하게 느껴졌던 것이다. 그렇게 탈곡하고 남은 볏단은 논바닥이나 공터에 높이 쌓였는데 나는 그 짚더미도 퍽 사랑했다. 알곡이 다 털려 가벼워진 그 짚더미는 겨울 햇살을 받으면 따스한 열기를 머금고 동네 골목을 어슬렁거리던 조무래기들에게 찬바람의 방패막이가 되어주었다. 또 그 속을 파내서 새 둥지 같은 공간을 만들어 안으로 들어가면 엄마의 자궁처럼 포근한 온기가 느껴졌고 바람과 햇살에 풍화된 구수한 지푸라기 냄새가 친근하게 콧등을 스치곤 하였다. 무엇보다 겨우 내내 우리 식구들이 굶지 않도록 먹을 양식을 공급한 이 식물의 잔해에게 내 무의식은 감사하는 마음을 바치며 친구 삼아 위로를 하고 싶었는지도 모른다.

추수철 가장 풍성하던 시간, 나는 그 풍경 속의 일부가 되어 맘껏 그 풍성함을 누리며 놀던 어린 생명이었다. 자주 추웠고 종종 눌리며, 가끔 울기도 했지만, 그런 시절의 은총, 시간의 은혜가 있었기에 그 누림의 힘에 의지해 컴컴한 겨울밤을 견딜 수 있었으리라. 이후에 내 생명이 깊은 고통 속에 힘들어할 때마다 나를 치유하고 회복시켜준 것은 바로 그 시간의 넉넉한 은총과 그것이 시절을 쫓아 내 생명에 수놓아 주었던 그 풍성한 삶의 무늬들이었다. 그 시간은 지났고 또 지나고 있지만, 또다시 새로운 표정으로 찾아와 또 다른 풍경을 수놓고 있다.

15.
씻기

그 시절 안동네의 신화적인 세계에는 샤워라는 개념 자체가 존재하지 않았던 같다. 아이들은 순박한 얼굴이었지만 얼굴부터 몸 전체가 대체로 꼬질꼬질했다. 소녀들의 머리에 서캐가 쫙 깔리는 건 기본이었고 여기저기 들춰보면 이도 슬금슬금 기어다녔다. 햇볕 좋은 날, 머리에서 엄마나 언니가 그들 무르팍을 베고 누운 어린 소녀들의 머리털을 헤집으며 이를 잡거나 서캐를 훑어주는 것이 드물지 않은 풍경이었다. 서캐는 양손의 엄지손톱 사이에 대고 누르면 '똑' 소리를 내며 죽었다. 그것은 살아 있는 통통한 알맹이 서캐일 때만 그렇고 쭉정이는 납작한 게 그런 소리가 나지 않았다. 나는 여동생들 머리털에 가끔 이런 서캐를 잡는 재미를 즐겼는데, 머리만 잘 감아주었어도 이런 거추장스러운 서캐 사냥을 안 했을 텐데 그때 샴프는 물론 세숫비누조차 충분히 보급되지 않을 때여서 그랬던 것 같다.

또 한 가지 이유는 그 당시 물이 풍성하지 않았기 때문이었을 것이다. 그 동네에 우리 집 말고 집안에 펌프가 박힌 집이 많지 않왔다. 대부분 우물물을 길어다 먹었고, 처자들은 그 우물가에 쭈그려 앉아 채소를 씻거나 양잿물을 가지고 그릇을 닦곤 했다. 소년들은 소녀들보다 더 잘 안 씻었던 것 같다. 세수도 잘 안 하는지 얼굴에 때가 끼어 꾀죄죄한 아이들이 꽤 많았다. 무엇보다 볼썽사납고 남세스러운 것은 누런 콧물을 코에 달고 다닌 아이들의 얼굴이었다. 그것을 확 풀어버리지도 못하고 훌쩍거리는 면상에 들락거리는 콧물은 참 보기 흉했는데 당사자들은 괜찮았는지 지금 생각해도 의문이다. 어떤 경우는 그 콧물을 혀를 내밀어 빨아먹는 아이들까지 있었다. 특히 이웃 중에 의규 형과 호숙이의 콧물이 가히 최고 수준이었는데 누런 그들의 그 콧물은 언제부터 그 얼굴의 일부 풍경처럼 자리 잡아 오히려 그것이 안 보일 때가 더 이상하게 느껴질 정도였다.

내게도 콧물이 아주 없지는 않았던 것 같다. 어려서는 침을 많이 흘려 초등학교 입학하는 날 엄마가 내 가슴에 손수건을 접어 핀으로 꽂아주었던 기억이 있다. 나 말고도 적잖은 다른 아이들도 그런 손수건을 가슴에 차고 다녔는데 내 기억에 그 용도는 콧물 흘러내리지 않도록 잘 닦으라는 것이었다. 엄마는 비교적 깔끔하신 분이었다. 돼지 여물을 길어다 먹이고 농사일에 장사일까지 거드시면서 몸에 오염물질이 더러 묻거나 안 좋은 냄새가 배여 있을 법한데 자주 빨래를 하셨고, 집안 청소도 열심히 하셨다. 엄마는 내가 남들에게 추하게 보이는 게 싫으셨는지 자주 내 얼굴을 닦아주셨다. 세숫대야에 펌프 물을 받아 큰 손바닥을 내 얼굴에 문질러대면서 먼지와 땀으로 더러워진 내 얼굴을 닦아주셨고 마지막으로는 꼭 코를 쥐고서 흥, 하라고 코를 풀 것을 명했다. 내 얼굴을 문지르시던 엄마의 그때 그 손의 감촉이 지금 퍽 그립다.

비누가 나와 많이 사용되면서 그것으로 찬물에 머리를 감던 기억도 눈에 선하다. 쭈그려 앉은 포즈로 먼저 세숫대야 물에 머리를 담가 적신 뒤 네모난 빨랫비누를, 나중엔 세숫비누를 머리에 대로 막 색칠하듯이 문지르고 손가락으로 마구 긁어댔다. 그렇게 한참 긁어댄 뒤 비눗물로 범벅이 된 머리를 다시 세숫대야 물에 담그고 헹구면 잿빛 때가 비눗물과 섞여 물 위로 둥둥 떠다녔다. 다음에 새로 받은 물로 한두 번 더 헹구면 머리 감기가 완료되는 것이다. 이런 일을 추운 겨울에 자주 한다는 게 참 괴로웠던 터라 종종 생략했는데 그래서 겨울에는 머리와 얼굴이 더 지저분해 보였다. 겨울에는 아주 가끔 '다라'라고 부르는 큰 플라스틱 통에 가마솥에 끓인 물을 찬물과 섞어 부어 적정 온도를 만든 뒤 그 속에서 엄마가 목욕을 시켜주었다. 기저귀를 떼고 나서 한참 뒤에도 밤중에 오줌을 쌌던 내게 엄마는 내 몸의 구석구석을 씻겨주면서 '이 귀한 2대독자 아들 오줌 싸지 않도록 이 오줌싸개 병을 고쳐달라'고 아마 간절히 빌었을 것이다. 이렇게 특별한 겨울 목욕은 엄마에게 기도였고 간구였다. 제 몸을 찢고 나온 소중한 혈육이 무럭무럭 자라나 그 앞날이 훤하게 뚫리기를 바란 축원이었을 것이다.

여름철에는 등목이란 걸 종종 했다. 펌프가 있던 우리 집에 식구들뿐 아니라 이웃들도 와서 주변에 엎드려뻗쳐 자세를 취하면 그 위로 시원한 물이 부어졌고 그 물과 함께 등을 양손으로 밀고 엎드려뻗쳐 한 사람은 한 손으로 자신의 가슴과 겨드랑, 배 주위를 문지르는 식으로 이 등목이 진행되었다. 고된 농사일을 한 뒤나 땀 흘리며 뛰어논 다음에 뜨거운 햇살을 받으며 이 등목하는 재미는 참 쏠쏠했다.

그밖에 몸을 씻을 기회는 도랑과 개울에 장마철 물이 넘칠 때였다. 처음엔 황토가 섞여 물빛이 탁했지만 며칠 지나면 흙이 가라앉아 맑고 시원한 물이 흘렀다. 동네 소년들은 그곳에 발가벗고 들어가 멱을 감았다. 우리 증조할머니 자식 중에 어려서 방죽에 빠져 죽은 혈육이 있다고 해서 2대 독자인 나는 이런 물과 친하지 못했다. 내가 수영을 제대로 배우지 못한 것은 부분적으로 어려서 귀가 따갑게 들은 이러한 집안의 내력과 상관이 있었던 것 같다. 그렇지만 무심천의 물은 내 키에도 그리 위험하지 않아 여름철이면 동네 아이들과 함께 가끔 거기까지 나가 물놀이를 하면서 시원한 냇물로 몸도 씻었다.

제의의 일부로 목욕재계하는 풍습은 성경에 보면 모세 때부터 엿보인다. 그들은 몸과 의복의 부정을 씻기 위해 빨래를 권장했고 특히 절기를 맞아 하나님 앞에 서야 할 때는 반드시 목욕을 해서 자신의 몸으로 마음의 정결함을 표현해야 했다. 비록 열악한 씻기의 환경이었고 동네 소년들의 몸은 목욕에 굼뜨긴 했지만 우리 소년들에게는 물이 있었다. 황토 흐르는 흙탕물이 있었고, 미꾸라지 득실거리는 도랑물도 있었으며, 먹고 마시고 씻는 우물물도 있었다. 좀더 다리품을 팔아 바깥으로 나가면 거기 넓고 얕게 퍼지며 유유하게 반짝거리는 무심천 같은 큰 개울이 무심하게 흐르고 있었다. 그 물과 함께 어울려 놀다 보면 시간이 빨리 지났고 찐득한 더위에 지치고 호된 겨울 추위에 웅크렸던 우리 몸의 감각은 싱그럽게 되살아났다. 우리 몸을 스쳤던 그 시절 그 고마운 물은 지금 제 몸을 갈고닦아 도통했을는지 모를 일이다. 모두 바다에 모여 옛날 우리 동네를 맴돌면서 만난 추억을 그리워하며 도란도란 이야기를 나누고 있을까. 먼 데 하늘 위로 올라 구름으로 두둥실 떠다니며 다시 또 다른 곳, 다른 아이들 위에 비로, 눈으로 내리게 될 날을 고대하면서 가슴 설레고 있을까.

16.
우물들

고대 그리스의 종교를 공부하다가 거기에 우물신앙이란 게 있는
줄 알았다. 샘물신앙이라고 해도 무난할 이 종교적 정서는 땅속
깊은 미지의 영역에서 싱그런 물이 흘러나오니 그 근원을 묵상하
며 신기하게 생각한 데서 비롯되었을 것이다. 나아가 그 물로 일
상의 생존을 뒷받침한 것은 물론이고 인간 문명의 기초를 이루었
으니 퍽 감사하게 여겼을 것이다. 그래서 그 물을 신의 선물로 받
으면서 그 선물의 출구에 신상을 세우고 그 앞에 복을 빌며 경배
하는 종교 제의적 습속이 생겨나지 않았을까 싶다. 특히 흥미로웠
던 것은 이 샘물 또는 우물이 처녀성 신앙과 결부되어 있었다는
점이다. 이는 샘물이 아직 이 땅의 인간들에게 손이 닿아 때가 묻
지 않은 원시적인 상태의 천연수라는 특징에 의미를 부여한 결과
였을 것이다.

베스타(Vesta)라는 로마의 국교는 동정의 처녀를 여사제로 선발
하여 국가 번영을 표상하는 불을 지키는 소명을 맡겼는데 그들은
그 처녀성의 권위로 나름의 종교적 권위를 행사하였다. 신약성서

에서 바울 사도 또한 그의 한 편지에서 혼인을 금하지 않으면서도 처녀로 남아 영과 몸을 두루 정결하게 하는 것이 이 땅의 신앙생활에서도 유익하지만 그리스도를 신랑 삼아 섬기는 그 일편단심에 더 큰 내세의 보상이 있을 것처럼 암시했다. 우물물의 처녀성 또한 그러한 신성한 의미를 담고 그 주변이 종교제의의 현장으로 치장되었을 게 분명하다.

우리나라 이 땅에서도 새벽에 집안 여인이 샘에서 길어 올린 첫 번째 물을 정화수라 하여 특별한 의미를 부여하였다. 이 샘물을 한 종지 떠서 그 앞에서 비는 기도행위는 그 샘물의 정결한 처녀성에 의지하여 신성한 힘을 부르거나 신의 호의를 얻어내려는 뜻을 담고자 한 것이다. 정화수(井華水)라는 말이 우물에 핀 꽃과 같은 물이라는 뜻일 테니 그만큼 새벽에 정성을 담아 길어 올린 우물물에 사람들이 의지한 신앙적 희원이 이렇듯 각별했던 것이다.

당시 안동네에는 모두 네 개의 우물이 있었다. '이쪽 모퉁이'에 하나, '저쪽 모퉁이' 양계장 집 너머에 하나, 그 둘 사이 경계에 하나, 그리고 철둑 건너 외떨어진 곳에 하나, 그렇게 네 우물이었다. 동네 길목에 위치한 세 개의 우물은 주로 식수나 채소 씻는 물, 더러 손발을 씻는 물로 활용했다. '이쪽 모퉁이'와 '저쪽 모퉁이'를 가르는 지점, 곧 화영이네 집 앞에 위치한 우물과 '이쪽 모퉁이' 파란대문집 앞에 위치한 우물, '저쪽 모퉁이' 동네 끝 지점에 위치한 우물이 바로 그런 용도의 우물이었다.

작은 얼굴이 넓죽하고 반반했던 화영이는 나보다 세 살 정도 위의 형뻘이었는데 어느 만화영화에서 본 날쌘돌이 인상을 풍겼다. 그러나 그는 가끔 다마치기할 때 만나기는 했으나 개인적으로 친하게 어울린 기억이 별로 없다. 화영이 형은 '이쪽 모퉁이'와 '저쪽 모퉁이'의 경계 지점에 살고 있어서 '이쪽 모퉁이' 아이들과도 친하고 '저쪽 모퉁이' 소년들과도 종종 어울렸다. 그렇지만 그 어느 쪽 모퉁이에도 소속감이 뚜렷하지 않아 특별히 친한 친구는 없었던 것 같다. 그것이 경계선상에 선 사람들의 피할 수 없는 운명이란 생각이 든다.

또 하나 네 번째 우물은 동네에서 조금 떨어진 곳, 옛 철둑 건너 농지 틈새로 자리를 잡고 있었는데 사람들은 그 우물을 풍덕샘이라고 불렀다. 그리고 그 우물물 건너편에는 그곳의 물들이 흘러들어 모인 툼벙이 하나 있었다. 다른 동네 우물 입구의 윗부분이 둥그렇게 올라온 형태였는데 비해 이 네 번째 동구 밖 우물은 네모난 바위를 쌓아 올려 사각형의 테두리를 만든, 좀 다른 외양의 우물이었다. 동네 사람들은 이 우물물의 수질이 다른 두 우물의 것에 비해 좀 떨어졌는지 이 물을 음용수나 채소 씻는 것으로 사용하지 않고 주로 몸을 씻거나 빨래하는 데 썼다. 철둑 너머 그 우물가에는 항상 방망이로 빨래 두드리는 소리가 우렁차게 들려왔다. 노부모님의 전언에 의하면 그 풍덕샘의 물도 옛날에는 수질이 좋았는지 음용수로 마셨다고 했다. 그 뒤로 갑작스레 수질이 악화된 것 같지는 않고 거리가 먼데다 동네에 이미 충분한 우물이 있고 또 자기 집 마당에 펌프를 박는 사람들이 늘어나면서 그곳에 물을 길으러 갈 필요가 없어졌기 때문에 자연스럽게 용도가 빨래 정도로 바뀌지 않았을까 싶다. 실제로 내 모친도 약한 몸에 먼 풍덕샘까지 마실 물을 길으러 가는 게 안 되어 보여 증조할아버지가 마당에 펌프를 박아주었다고 했다.

이 동구 밖 풍덕샘 우물에서는 몇 가지 위험한 사고가 발생했었다. 한 번은 동네의 한 아이가 장난을 치다가 이 우물 속에 빠져 난리가 났었다. 그때 119 소방차가 있었던 것도 아니어서 다급한 위기 상황이었다. 그러나 동네 어른들에게 알려 빠진 아이를 간신히 건져내 죽지는 않았던 것 같은데 사고 이후의 뒤처리 부분이 자세히 기억나지 않는다. 듣자 하니 어떤 어르신이 두레박 신공을 발휘하여 그것으로 건져냈다고 했다. 그렇게 수월하게 건져낼 수 있었던 것은 이 우물의 테두리가 낮고 우물 속 또한 아주 깊지 않았기 때문이었을 것이다. 이에 비해 동네의 둥근 테두리 우물들은 물이 닿는 바닥도 아주 깊고 그 아래 물속은 더 까마득해 그곳에 무엇이 빠지면 건져내기가 거의 불가능했다. 또 한 번은 내 여동생이 증조할머니의 틀니를 가지고 저 동구 밖 풍덕샘 우물가에서 놀다가 그것을 이 우물 속에 빠트려 혼이 난 적이 있다. 집안 식구들, 이웃들이 모두 동원되어 여러 가지 방법으로 이 틀니를 건져내려 노력했지만 결국 허사로 끝났다. 그 뒤로 증조할머니가 어떻게 음식을 씹어 드실 수 있었는지 그것도 잘 기억이 안 난다.

또 다른 기괴한 사건은 어느 보름달 환하게 뜬 날 밤, 동네 파란대문집 우물 주변에서 격렬한 소동과 함께 일어난 칼부림이었다. 그 사건의 주인공은 그 우물 앞 파란대문집의 한 청년 영섭이 형이었던 것 같다. 그는 우리의 형뻘이라고 하기에는 나이가 너무 많았고 그렇다고 아저씨라고 부르기엔 다소 젊은 축에 속하는 청년이었다. 술에 불콰하게 취한 벌그레한 얼굴로 윗옷을 벗어버린 채 파자마 바람으로 이 청년은 칼을 들고 우물가와 순자 누나네 마당 사이를 뛰어다니면서 고래고래 소리를 질렀다. 그 칼로 원한 관계에 있는 누군가를 죽일 기세였다. 그 소동에 주변 이웃들이 다 깜짝 놀라 뛰어나와 그 상황을 지켜보면서 수군거렸다. 소년도 콩닥거리는 심장을 다스리며 그 군중의 틈에 끼어 그 현장을 조마조마 지켜봤던 것 같다.

날이 바뀌고 또다시 평범한 일상이 회복된 뒤 어른들 사이에 설왕설래가 있었지만 아무도 그 소동의 내막 전모를 정확하게 파악하지 못했다. 그래도 동네 어른들 사이 그 누구도 그 청년의 광태 어린 그 달밤의 소동과 우물가로 내리던 푸르딩딩한 달빛 아래 험악한 분위기를 구설수에 올려 타박하지도 않았다. 가난하고 억압적인 일상에 눌려 살다 보면 이런 정도의 일탈에 눈감고 귀 닫으며 묵묵히 관용하는 것이 안동네 사람들의 기본 정서였던 것 같다. 지금 다시 되짚어보면 어떤 열정적인 사내가 벌인 치정 사건이었거나 특정 가족이나 친족, 이웃에 대한 원한이 쌓여 술기운에 울분을 토하면서 벌인 광란극이었을 가능성도 있겠다 싶은데 그날 밤 그 내면의 진실은 오로지 당사자만이 알 수 있을 것이다.

이 특이한 풍경이 기괴한 이미지로 내 기억 속에 박혀 있는 것은 아마도 그 우물가로 그 날밤 내리비치던 교교한 달빛의 후광 때문이었을 것이다. 우물과 달빛이 그런 귀신스런 환상을 불러일으킬 수 있다는 것을 소년은 그때 어렴풋이 느꼈던 것이다.

17.
불우한 가계

"사람의 원수가 자기 집안 식구이리라"(마태복음 10:36)

예수는 혈통 가족의 선교적 장벽을 이렇게 한 마디로 단호하게 후려친다. 공동의 대의명분을 지향하면서 무언가 그럴듯한 일을 하고자 하면 가장 먼저 가로막으며 방해하는 게 가족이다. 그러한 도발적 탈주가 가족의 안정을 해치기 때문이다. 그래서 하나님 나라라는 대의를 내세우고 제자를 모아 운동을 벌인 예수는 이들 제자가 그 안정된 생활의 울타리를 찢고 허허벌판으로 나서면서 겪게 될 우환을 생생하게 예감하고 예고했다. 모름지기 혈통이란 게 필연코 보수적이다. 동물적인 속성을 가지고 최대한 안정된 환경에서 종족 번성을 최우선의 목표로 삼기 때문이다. 예수는 이러한 끈적거리는 혈통의 늪에 사는 이들을 제자로 불러내면서 그 족쇄를 벗어던지라고 과감한 탈주를 종용하였다. 심지어 아비의 장례식을 치르고 따르겠다는 제자 후보자에게 예수는 "죽은 자들로 죽은 자를 장사 지내게 하고 너는 나를 따르라"고 명함으로 인류지대사마저 티끌처럼 가벼이 여겼다. 그러나 다른 한편으로 그는 이런 혈통적인 유대로 엮인 가정을 하나님이 선물로 주신 창조질서의 일부로 긍정하면서 이혼을 강력하게 반대했고, '고르반'의 예화를 통해 진정한 효도와 부모 공경을 다른 각도에서 중시하는 역설과 역동을 보여주기도 했다.

1960년대 후반에서 70년대 초반, 대체로 가난한 시절이었지만 우리 집은 안동네에서 아주 가난한 축에는 속하지 않았던 것 같다. 꽤 넓은 논이 있었고 채소 갈아먹을 밭떼기도 있어 양식을 대부분 자급자족할 수 있었다. 동네에서 TV와 펌프를 두 번째로 일찍 사들이거나 박았고, 널찍한 음반을 얹어 음악 듣는 전축도 꽤 일찍 사들여 그때 당시 유행했던 배호, 이미자, 나훈아, 남진 등의 트로트 노래를 어려서부터 집안에서 자주 들었다. 아버지가 술에 잔뜩 취하여 들어오는 날이면 어김없이 전축의 엘피판을 틀어 음악 소리가 실내에 울려 퍼졌고, 기분이 좋을 때 흥에 겨운 아버지는 곱사등이춤을 곧잘 추었다. 어느 날 어린 나는 전축판을 넣는 아래 서랍에서 오래된 흑백사진 한 장을 발견했다. 작은 증명사진이 아니라 성경책 펼친 크기만 한 큰 사진이었다. 거기에 이목구비 반듯한 청년의 얼굴을 보았는데 부모님께 물어 그분이 내 부친이 세 살 때 돌아가신 내 조부라는 사실을 듣게 되었다. 이후 내가 왜 조부모의 얼굴을 한 번도 본 적 없고 증조할머니를 할머니로 부르며 살게 되었는지도 알게 되었다.

내 조부는 키가 훤칠하고 영화배우처럼 잘생긴 청년이었다. 통

소를 잘 불어 보름달 뜬 날 밤 철둑에 앉아 폼 잡고 퉁소를 불 때면 동네의 젊은 처자들이 그 소리에 이끌려 몰려드는 등 인기가 대단했다는 전설 같은 이야기가 여러 채널로 내 귀에까지 들려왔다. 그는 20대 초에 결혼하여 충주 시골에서 아내를 맞아들였다. 증조부를 비롯해 집안 어른들이 중매로 맺어준 인연이었을 것이다. 할머니는 할아버지와 반대로 키도 작고 작게 뭉친 얼굴이 약간 찡그린 듯 보이는 왜소한 체구였다. 서울에 몇 차례 다녀와 도시바람을 쐰 할아버지에게 이런 아내가 성에 찰 리가 없었던 것 같다. 아들 하나 달랑 낳더니 할아버지는 서울에 올라가 외지생활을 하셨다. 당시 할아버지는 명문 청주농업고등학교를 마치고 서울 중앙청 총독부의 사무관으로 취직해 일하던 중이었다고 했다. 서울의 신식 문물을 맛본 할아버지는 시골뜨기인 할머니에 깊은 정을 붙이지 못한 채 앞 동네인 운천동의 지 서방네 딸과 눈이 맞아 서울에 딴살림을 차렸다. 얼굴값을 하려고 그러셨을 것이다. 그러던 어느 날 중앙청 총독부 건물 내 3층 계단에서 동료들과 놀다가 굴러 크게 다쳤는데 병명이 늑막염이라고 했다.

할아버지는 다친 몸을 끌고 낙향해 집에서 시름시름 몇 달간 앓다가 별 차도를 보지 못한 채 20대 중반에 세상을 떠나셨다. 지금의 의료기술만 있었다면 병원에서 금방 고칠 수도 있는 질병이었을 텐데 그때 당시 의술이란 게 조악하고 더구나 집안 형편에 그 최대치 혜택을 받지도 못했을 것이다. 짐작건대 한약 몇 첩 져서 달여 먹이고 말았을 것이다. 그렇게 할아버지가 젊은 나이로 세상을 떠나셨을 때 아버지는 겨우 세 살배기 어린아이로 걸음마를 떼고 한참 부모 품에서 재롱을 부릴 만한 나이였다. 이후 할머니는 시모인 증조할머니한테서 가혹할 정도로 시집살이를 겪어내야 했다. '네년이 서방에게 잘못해서 내 귀한 아들 잡아먹었다'고, 아들 잃은 원한과 원통함을 아무 잘못 없는 며느리에게 뒤집어씌워 달달 볶으면서 시도 때도 없이 폭언을 쏟아부었으리라는 것은 안 봤어도 뻔한 풍경이다. 이에 견디다 못한 내 할머니는 세 살배기 어린 아들을 버리고 어느 날 고향 충주로 야반도주하듯 보따리 하나 들고 도망쳤다. 나중에 들은 이야기로는 거기서 어떤 모자라는 유부남 남정네를 만나 자식을 더 낳지도 못한 채 열심히 살림하며 그 집 자식들을 키워주었다고 했다.

이후 아버지는 졸지에 부모를 다 잃은 상태에서 유년기를 보냈고 자기와 거의 비슷한 때에 태어난 증조할머니의 막내아들, 삼촌과 어울리며 자랐다. 손자와 아들은 아무래도 한 촌수 차이로 떨어져 애정의 감도도 달랐을까. 아무리 증조할머니, 증조할아버지가 잘 대해줘도 부모의 품속처럼 살가울 수는 없었을 것이다. 그때부터 유년기의 아버지 내면에 드리웠을 정서적 불안과 심리적 결핍의 정도를 가늠할 수 있다. 부친은 국민학교는 다니는 둥 마는 둥 공부를 팽개치고 양복 만드는 기술을 배워 10대 중반에 일찌감치 생활전선으로 나가 돈을 벌었다. 그렇게 벌어들인 돈은 증조할머니에게 고스란히 상납되었고 증조할머니는 그 돈으로 부친의 삼촌인 막내아들 뒷바라지하는 데 사용했다. 그렇게 내게 작은할아버지 되고 아버지의 동갑내기 삼촌은 아버지의 경제적 희생으로 사범학교까지 나와 국민학교 선생으로 진출해 안정된 월급쟁이 길을 다져갈 수 있었다.

증조할아버지는 생활력이 강하고 엄하신 분이었다고 들었다. 아버지와 작은할아버지가 어렸을 때부터 먼 데 산까지 땔감 해오라고 보내며 자기 밥값을 하도록 혹독하게 훈련을 시켰다고 한다. 그러나 내 위로 누나가 부모님의 첫 딸로 태어났을 때 자주 업어주며 인자한 할아버지의 모습도 보여주신 듯하다. 모친이 몸이 약하다고 마당에 동네에서 두 번째로 펌프를 박아준 것도 할아버지의 그런 온정 많은 다른 모습을 대변한다. 나는 이 증조할아버지를 생전에 본 적이 없다. 내가 태어나기 전 세상을 떠나셨기 때문이다. 흑백사진으로 본 증조할아버지는 작은 갓을 쓰시고 가느다란 수염이 몇 가닥 휘날리는, 얼굴이 작지만 다부지고 강단진 인상이었다.

증조할머니는 내게 유일한 할머니의 기억을 남겨주신 분으로 정이 많고 장손인 내게 각별한 정을 쏟으셨다. 허리춤에 항상 주먹만 한 주머니를 차고 다녔는데 거기에 담긴 엽전을 내게 내주시면서 엿이든 사탕이든 맛있는 걸 사 먹으라고 부모님 몰래 선심을 쓰셨다. 증조할머니는 얼굴이 둥그렇고 온유하고 인자한 인상이었다. 참빗으로 빗어 넘겨 둥글게 말아 올린 머리를 묶어 거기 비녀를 꼽은 일관된 스타일로 생활을 하셨다. 동네잔치나 즐거운 일이 있어 막걸리를 마실 때는 덩실덩실 춤도 잘 추셨고, 긴 담뱃대 끝에 가루담배를 넣어 담배를 피우던 장면도 떠오른다. 할머니는 일곱 남매를 낳으셨지만 어려서나 젊어서 질병과 사고로 많이 잃어버리고 딸 둘(큰 고모할머니, 작은 고모할머니)과 막내인 작은할아버지, 이렇게 셋만 장년까지 성장해 사셨다. 그중에서도 열심히 키우고 당시 자랑스럽던 사범학교까지 공부시킨 막내아들을 유난히 대견히 여기셨고 그 아들이 결혼해 분가한 뒤로는 그리움이 크셨다. 그러나 내 부친이 장손이라는 이유로 증조할머니는 우리가 고향에 살 때나 이후 그 고향을 떠나 다른 마을로 이사 갔을 때도 우리 집에 내내 함께 사셨다.

80세 넘어 중풍으로 오랫동안 고생하신 증조할머니는 우는 날이 많았다. 두 다리를 쓰지 못해 서럽다고 우셨고 대소변을 제대로 가리지 못해 옷이나 이불에 실례를 자주 하면서 그로 인한 악취로 집안 식구들이 할머니 방을 회피하자 외롭다고 또 우셨다. 죽기 전에 아들 집에 한 번 다녀오고 싶다고 우셨지만 매정한 며느리와 무정한 아들의 외면으로 이 소원은 끝내 이루어지지 못했다. 다만 망연한 표정으로 햇살 좋은 봄날 엉금엉금 기다시피 해서 현관 앞까지 나와 햇볕을 쬐시던 그 장면이 눈에 선할 뿐이다. 한 번은 배가 고프셨는지 식구들이 모르는 사이 음식쓰레기통을 뒤져서 버려진 삶은 계란 하나를 잡숫는 노망기를 보이기도 하셨다.

그러던 어느 날, 증조할머니는 현관 밖 마당까지 나와 개집 뒤 빈 공간에 두었던 농약통을 열어 그것을 마시고 쓰러지셨다. 집안이 발칵 뒤집혔고, 우리는 졸지에 증조할머니의 임종 자리 앞에 모여들었다. 그때 내가 중학교 1학년쯤 되었을 것이다. 나는 어려서부터 내게 풍성한 온정을 베풀어주시고 깊이 정들었던 증조할머니가 죽는다는 게 실감 나지 않아 당황스럽고 무서웠다. 그 황당한 순간을 아무도 제지하지 못했다는 죄책감도 컸다. 코마 상태에서 안방 아랫목에 누우신 증조할머니는 자정 가까이 다른 식구들이 다들 졸거나 잠들었을 때 숨을 한 번 깊이 들이마시고 내쉬더니 그 마지막 숨을 멈춰버렸고 평온하게 잠든 표정으로 돌아가셨다. 그 순간을 내가 깨어 최초로 포착했고, 졸거나 자고 있던 주변 식구들을 불러 임종을 지켜보게 했다. 내가 집안에서 내 눈과 몸으로 경험한 최초의 죽음이었다. 나는 그 불란서집 2층 옥상으로 올라가 쏟아지는 눈물을 주체할 수 없어 엉엉 울고 또 울었다. 피붙이로 그렇게 엉겨 오래 함께 살면서 더불어 먹고 마시고 정을 붙이다가 그중 한 사람이 죽어 헤어진다는 게 그다지도 슬프다는 걸 실감한 끔찍한 날이었다.

충주로 야반도주한 불쌍한 할머니는 증조할머니가 살아생전 아무도 집안에서 언급하는 식구가 없었다. 증조할머니가 돌아가신 뒤에도 부친에게 세 살 때 헤어진, 얼굴도 잘 기억하지 못하는 생모에 대한 기억이나 온정이 남아 있을 리 없었다. 어찌어찌 수소문하여 충주 달천강 부근 어디서 살고 있다는 소식을 듣긴 했지만 일체 교류나 소통이 없었다. 내 불쌍한 친할머니를 처음으로 만난 건 내가 성인이 된 대학생 때였던 것 같다. 당시 부모님과 여동생 셋은 미국에 이민 가서 살고 있었고, 내가 어떻게 해서 주소를 구해 충주 할머니 집을 찾아갔다. 할머니는 밭일을 마치고 막 집에 들어가는 중이었다. 얼굴도 낯설었을 텐데 내가 간단히 소개하니 담담히 맞으셨고, 연탄불 위에 들기름을 넣고 계란프라이를 해서 밥상을 차려주셨다. 시골집의 깔끔하지 못한 부엌살림과 그것으로 차려내는 음식의 위생이 조금 신경 쓰였지만 할머니 마음 상할까 봐 꾸역꾸역 밥그릇을 비웠다.

그 뒤로 또 오랜 세월 지나 내가 10년간 미국 유학 겸 이민 생활 접고 1997년 한국으로 귀국한 뒤 명절 맞아 충주 할머니 집을 찾아갔을 때 낡은 저층 아파트 3층에 살고 계셨다. 반가이 맞아주셨지만 그때 할머니는 증조할머니와 비슷하게 중풍에 걸려 사지를 쓰지 못하는 늙고 병든 몸이었다. '네 어린 아비를 무정하게 버려 이렇게 벌을 받아 병신이 되었다'고 울며 탄식하셨다. 천주교 신앙에 의지하며 견디고 계셨는데 가끔 성당 신부님이 찾아와 기도해주신다고 했다. 이후 할머니는 추석과 설 명절 때마다 우리 부부가 오길 기대하며 아침부터 창밖을 내다보시곤 했다고 들었다. 한 번은 할머니가 불쌍하고 딱한 생각에 내 등에 업고 나가 차에 태워 근처의 수안보 온천에서 목욕을 시켜드리기도 했다. 그날 그 경험이 썩 좋았는지 할머니는 1년에 2번이라도 의무감에서 찾아오는 이 손자를 학수고대하셨던 게다. 그러다가 한 번 눈이 하도 많이 와서 설날에 청주까지만 가고 충주행을 거른 적이 있었다. 그해 설이 지난 뒤 얼마 되지 않아 할머니의 부고를 들었다.

허겁지겁 달려갔을 때 이미 천주교식의 장례가 진행되고 있었고 할머니의 시신은 화장되어 하얀 자기에 담긴 뼛가루로 내게 전달되었다. 의붓자식들 말로는 그해 설날에도 우리 부부를 기다리며 창밖을 온종일 내다보셨다고 했다.

나는 그 유해를 가져다가 한동안 아파트 구석에 두고 어떻게 해야 할지 고민하다가 청주 변두리의 화당면 선산에 위치한 할아버지 산소 옆에 뿌려드렸다. 기도하고 간단한 의식을 행하긴 했으나 너무 조촐한 형식적 절차였다. 할머니는 그렇게 한스러운 이승의 세월을 뒤로하고 땅으로, 흙으로 돌아가셨다. 혈육과의 이별은 그렇게 짧고 덧없는 바람처럼 내 생의 한 자락을 스쳐 갔다. 앞으로 보내드려야 할 양가의 노부모님이 네 분이나 되는데 이런 이별을 어떻게 감당해야 할지 막연하고 막막하다. 생과 사의 갈림길이 이렇게 엄연한데 우리는 얼마나 더 만나고 헤어져야 영생으로 나아갈 수 있을는지… 생각할수록 그리움의 저편으로 뿌연 연무가 떠오르며 망연히 수수로울 따름이다.

18.
엄마

내게는 아직도 엄마는 엄마로 남아 있다. 내 나이 벌써 60을 바라보고 엄마는 80세를 훌쩍 넘기셨는데 말이다. 갓난아기로 엄마의 젖을 빨아 먹던 기억이 내 무의식에 어떻게 각인되어 있는지 희미하다. 내 기억 속에 남아 있는 최초의 감각적 이미지를 부풀려보면 크고 부드럽고 따뜻했던 것 같다. 내가 기저귀 떼고 소변 가릴 나이가 되었는데도 밤중에 자면서 오줌을 종종 싸서 이불을 적실 때 엄마는 그 일을 자기의 부끄러움처럼 여기셨다. 오줌으로 얼룩진 내 옷을 빠시고 두터운 이불을 빨랫줄에 널어 말리는 모습을 자주 보았다. 또 물을 데워 내 몸을 자주 씻어주시면서 사타구니까지 싹싹 문질러주셨다. '이 고추를 어떻게 해야 우리 아들이 밤중에 오줌을 안 쌀까' 기도인 듯, 주문인 듯, 어린 나를 목욕시켜주면서 혼자서 중얼거리시곤 했다.

엄마는 고향이 청원군 신대리였다. 청원군은 청주시와 통합되기 전 청주시를 둘러싼 군 단위 행정구역이었다. 무심천이 청주를 관통해 북으로 흐르다가 미호천과 만나는데 그 합류 지점을 당시 우리 동네에서는 까치내라고 불렀다. 물길이 그 지점을 지나 미호천과 만나고 다시 왼편으로 굽어져 흐르는 언저리에 둑방 아래 신대리가 있었다. 엄마는 그곳에서 태어나 자라셨다. 오래전 선교사가 세워 역사가 꽤 오래된 그 마을의 신대교회는 외갓집 뒤꼍으로 돌아가면 바로 나왔다. 엄마는 어려서부터 그 교회에 다니면서 기독교 신앙과 접촉하며 교회 활동에 즐거운 추억을 많이 쌓아오신 듯했다.

여름에 몇 차례 외갓집에 가서 가장 좋았던 일은 인근 참외밭에서 참외를 따서 먹었던 일이다. 그게 남의 참외밭에서 서리해 먹은 건지, 아니면 허락을 받고 몇 개 따서 먹은 건지 기억이 가물가물한데 외삼촌들이 그 일에 적극적으로 나서주었다. 그 참외밭의 원두막에서 잠시 머물렀던 기억이 나는 걸 보면 후자가 맞는 것 같다. 외할아버지가 혼인한 첫 외할머니는 우리 엄마와 큰이모를 낳고 일찍 돌아가셔서 얼굴을 보지 못했다. 그 당시 만난 외할머니는 두 번째로 맞은 부인으로 외할아버지는 이 재혼으로 아들 셋, 딸 둘을 더 두셨다. 새롭게 외갓집에 들어오신 그 외할머니가 나중에 국제결혼 한 친척의 초청으로 일찌감치 미국으로 이민을 가셨고, 그 외할머니의 초청으로 우리 집도 시카고 땅을 밟아 이민자로 한동안 살게 된 것이다. 이후 부모님과 나는 다시 한국으로 나왔지만 여동생 셋과 누이는 그때 그 이민의 발걸음으로 미국에 뿌리박은 뒤 지금도 계속 디아스포라 유랑민처럼 거기에 살고 있다.

외갓집 방문 시에 맛있게 먹은 장아찌의 기억도 선연하다. 된
장에 박은 무장아찌를 물에 헹구고 썰어 기름과 양념에 버무려
내놓은 단순한 반찬이었는데 그 반찬은 내 입맛에 잘 감겼다. 이
후 우리 집은 그 무장아찌를 거기서 배워 종종 만들어 먹었고, 초
등학교 시절 대표적인 도시락 반찬 중의 하나로 인기가 괜찮았다.
그러나 이것보다 더 아스라한 깊은 맛은 재첩조개국이었다. 신대
리 외가 동네 앞의 둑 넘어 펼쳐진 미호천의 깨끗한 모래톱은 넓
고 시원했다. 그 모래톱에 사는 조개는 오늘날 섬진강 등 일부 하
천에서 잡히는 재첩이란 민물조개였다. 모래에 손을 넣어 훑어내
면 이런 조개가 솔찬히 잡혔다. 그것을 물에 끓이면 뽀얀 국물이
우러나왔는데 거기에 소금으로 간을 하고 부추를 썰어 넣어 먹으
면 참 별미였다. 이후 섬진강가에서 이 재첩국을 판다고 해서 몇
차례 가서 사 먹었지만 짭짤한 소금맛만 진하고 재첩 고유의 향
은 너무 옅어 어린 시절 외갓집에서 먹은 그 재첩국의 감칠맛은
결국 내 미각 위에 부활하지 못했다.

엄마는 고생도 많이 하셨다. 증조부, 증조모를 모시는 집에 시
집와서 여러 조상들의 제사상을 차리는 게 고역이었던 것 같다.
안동네에서의 삶을 이야기하실 때면 두고두고 그 제사상 차리는
일의 고충을 반복해서 말씀하셨다. 그밖에도 매일 세 끼 밥상 준
비하고 빨래하면서 집안 살림 챙기고 논밭의 농사일도 거들어야
했다. 아이들도 줄줄이 사탕으로 다섯이나 낳아 젖 먹여 키우는
게 쉽지 않은 고역이었을 것이다. 돼지를 몇 마리 또 키운다고 여

기저기서 음식 찌꺼기를 수거해 그 무거운 것을 들고 와 가축들 돌보는 일도 부담해야 했다. 아버지는 돈 번다고 양복쟁이로 멀리 외지에 떠돌면서 오랫동안 집을 비우기 일쑤였다.

청주의 한 양복점에서 일자리를 얻은 뒤에도 아버지는 겉멋이 잔뜩 들어서 친구들, 직장 동료들과 어울려 다니면서 부모 없이 자란 자신의 불우한 처지를 술타령으로 푸는 날이 많았다. 특히 증조할아버지가 돌아가신 뒤 아버지가 집안의 가장이 되면서부터 폭음을 자주 하다 보니 부친은 취한 몸으로 밤늦게 귀가하여 엄마와 자식들한테 적잖은 부담을 주었다. 쌓인 원한을 엄마와 자식들에게 풀려고 종종 폭언과 폭력도 일삼았던 것으로 기억한다. 다음 날 아버지는 미안한 마음을 표하려 그랬는지 꼭 호떡을 한 봉지를 사다 우리 자식들에게 나눠주었다. 물론 그 호떡은 맛있었으나 아버지가 술에 취해 귀가가 늦어질라치면 우리 어린 자식들은 슬슬 공포스런 분위기에 젖어 도망칠 구멍을 미리 물색하는 등 잔머리를 굴리기도 했다. 이후 나는 집안에서, 학교에서 이렇다 할 큰 잘못을 저지르지도 않았는데 호되게 야단맞고 폭행을 당한 사실이 억울해서 그 가해자들에게 복수하는 상상을 가끔 하곤 했다.

한 번은 아버지가 자정이 넘어서도 돌아오지 않아 집안이 발칵 뒤집힌 적이 있었다. 증조할머니를 비롯한 집안 어른들과 동네 이웃들이 총출동하여 철둑길 중간지점에 난 수렁에 빠져 있던 만취한 부친의 몸을 건져내 데려오기도 하였다. 오랫동안 억눌리고 고단한 부친의 심사가 얼마나 폭폭하였을지 짐작되는 바 있지만 이로 인한 엄마의 고충은 몇 배 더 심했을 것이다. 이후 농사짓던 땅을 판 종잣돈으로 신발가게를 개업한 뒤 엄마도 함께 그 장사를 했다. 안동네에서 멀리 철둑길을 걸어 서문다리 앞의 그 신발가게로 점심 식사를 준비해서 나르던 일도 엄마의 몫이었다. 엄마는 그때 파란색 플라스틱으로 만든 사각형 모양의 시장바구니에 밥과 국, 반찬을 몇 가지 담아 나르곤 하셨다. 처음에는 그 먼 거리를 걸어서 나르다가 나중에는 자전거를 배워 자전거에 싣고 날랐다. 얼마나 오랫동안 가고 또 오셨을까. 그 긴 거리를 나도 몇 번 걸어서 다녔는데 자갈 박힌 옛 철둑길 따라 엄마의 땀방울과 숨소리가 곳곳에 메아리치는 듯했다.

이후 장사 햇수가 길어지면서 가게 안에 조그만 온돌방을 만들어 연탄불로 난방을 하면서 가게 안에서 라면을 끓여 먹고 밥도 해 먹었다. 그 온돌방에 몸 붙여 누우면 엄마와 아버지, 나 세 명이 간신히 몸을 눕힐 수 있어서 그렇게 잠도 자면서 거기서 학교를 다닌 적도 있었다. 내가 중학교에 들어갔을 때 집에서 버스 정류장까지 거리가 멀고 내 키가 너무 작아서 자전거 페달에 내 발끝이 닿지 않아 한동안 엄마가 밥상 치우면 그 씩씩한 동작으로 나를 자전거에 태워 무심천 둑방 따라 그 먼 대성중학교까지 데려다주시기도 하였다. 나는 갑자기 억지로 키를 키울 수도 없고 창피하기도 해서 죽어라 노력해 자전거를 배운 결과 2학년 때부터는 나 혼자 자전거를 타고 등교할 수 있게 되었다.

엄마는 신발가게 하던 중 겨울철 어느 날 밤늦게 변소에 가다가 추위를 피해 가게 뒷공간 실내로 숨어들어온 부랑자의 몸을 더듬어 만져 놀란 뒤로 심장병이 생겨 오래 고생하셨다. 이 질병은 잘 낫지를 않았다. 약도 써보고 병원도 다녔으나 엄마의 심장 사정은 더 악화만 될 뿐이었다. 무당을 집안으로 불러들여 굿을 한두 번 하기도 했지만 별 소용이 없었다. 설상가상으로 아버지도 부가가치세라는 게 생겨 장사의 부담이 더 커졌고, 버스의 정류장이 다른 곳으로 바뀌는 바람에 버스 기다리면서 들르던 단골손님들이 많이 떨어져 나가 외상값만 쌓이고 근심이 늘어갔다. 이로 인해 한 번은 뇌출혈로 머리에 피가 터져 큰 곤경을 겪기도 하셨다. 내가 중학교 2학년 되던 해 드디어 구원의 복음은 우리 집에도 빛을 비추기 시작했다. 한 순복음교회 집사님의 전도를 받아 엄마가 교회에 다니기 시작했고, 기도를 받으면서 병의 차도가 생기더니 점점 더 건강이 좋아지셨다. 교회 다니면서 신앙생활의 효험을 보게 되자 아버지도 엄마와 함께 교회에 다니셨고 술을 끊으셨다. 엄한 가부장의 명령에 따라 나와 누이, 동생들도 거의 반강제로 끌려가다시피 하면서 교회를 다녔다. 우리는 어리고 사람들의 정에 굶주린 탓인지 금방 그 새로운 종교와 낯선 문화, 교회란 곳의 분위기에 적응해갈 수 있었다.

아직 살아계신 엄마는 그때 당신의 고난을 계기로 하나님께서 우리 가족을 불쌍히 여겨주셔서 구원의 길로 불러주셨고 많은 축복을 받았노라며 항상 하나님께 감사하는 고백을 잊지 않으셨다.

'고난은 위장된 축복'이라는 그럴듯한 말이 있고 그 말이 너무 과장된 것 같단 생각이 들긴 하지만, 어쨌든 이런 엄마의 질고가 우리 5남매와 아버지를 기독교 신앙으로 인도한 직접적인 매개가 된 것은 사실이다. 더구나 나는 이후에 서울 생활 4년간 극심한 고뇌와 방황의 시간을 거친 뒤 신학교의 문을 두드려 목사의 길에 들어섰고 10년간 공부한 끝에 신약성서학 전공으로 박사학위를 받아 이후 신학대학교에서 교수로 가르치고 성서학자로 연구하게 되었으니 그때 엄마의 그 질병이 은혜와 축복의 길을 터준 것도 우리 집안의 상황에서는 그릇된 말도 아닌 셈이다.

이제 80세를 넘기신 엄마는 17년 전 외아들과 함께 살고 싶다며 시카고의 고된 이민 생활을 정리한 뒤 한국으로 아버지와 함께 돌아와 전주시 내가 사는 곳 옆에 정착해 살고 계신다. 뼈마디의 통증이 있어 종종 신음을 토하시며 당뇨병이 오래되어 약도 드시고 가끔 주사도 맞지만 아직 거동하는 데 큰 불편함이 없어 아들과 가끔 만나 식사도 나누신다. 젊어서 자식들 많이 낳았지만 제대로 산후조리를 못해 뼈가 약해지고 아픈 것 같다는 말을 여러 번 하셨다. 혼자 외로울 때면 가난하던 안동네 시절을 가끔 떠올리며 회한에 잠기곤 하신다. 10년 전쯤인가는 뭣도 모르고 제주 여행 중 나와 함께 무대포로 눈 덮인 한라산 등정까지 하셨다. 무식하면 용감하다고 죽기 전에 한라산에 언제 올라보겠냐는 엄마의 무심한 요청에 장비 없이 무작정 떠난 등산길이라 엄마도 나도 죽을 고생을 했지만 모자간 함께 공유한 가장 치열한 모험의 기록으로 우리들 추억 속에 남아 있다. 살아계시는 동안 건강하셔야 할 텐데… 그래도 언젠가는 떠나시겠지… 과거는 흑백의 무채색이고 미래는 막연한 허공의 바람 빛이다.

19.
놀이들(1)

문화사학자 호이징가는 인간을 '놀이하는 존재'(homo ludens)로 규정했다. 문화에서 놀이가 차지하는 비중은 의외로 크고 깊어 그것이 인간의 본질을 해명하는 중요한 요소로 조명받은 것이다. 그도 그럴 것이 생계의 엄중한 현실에서 한 발짝 떨어져 있는 어린아이들에게 놀이는 노동과 딱히 구별되지 않을 때가 많다. 특히 근대화 이전의 원시적 마을공동체에서 어린이들의 자잘한 일상 노동을 그 가난한 현실을 위로하고 치료하는 놀이로 변용되는 경우가 많았다. 놀이에 비용이 많이 드는 것도 아니었다. 주변의 자연환경과 널려진 물상들이 다 놀이의 대상이었고 도구였으며 무대장치이자 소품이었다.

놀이와 노동이 소외되지 않고 몸을 매개로 하나로 융합하는 이 드문 사례의 원형은 창세기의 에덴으로 소급된다. 거기서 최초의 인간 아담과 하와는 하나님이 그 동산 정원에 자연의 일부로 심어두신 나무의 실과와 채소를 채집하면서 별 수고하지 않고서도 풍성하게 누리는 방식으로 살았다. 먹고 마시는 일상의 즐거움은 자연환경에서 거두는 채집경제의 즐거움 속에 노동을 놀이화하였다.

그렇게 노동이 된 놀이는 그 노동의 수고를 상쇄하고도 남는 생명 에너지의 원천이었을 것이다. 그러나 그들의 생활환경을 구성하던 이 99%의 향유와 1%의 금기 체제에서 인간의 조상은 1%의 금기를 위반하여 하나님과 같이 되고자 하는 욕심으로 결국 99%의 향유지향적 생활환경을 망가뜨려 버렸다는 게 창세기의 전언이다. 에덴에서 쫓겨난 실낙원 이후의 인간 삶은 엉겅퀴와 가시덤불로 뒤덮인 땅을 몸으로 기경하는 고역스런 노동을 강요했다. 그렇게 힘써 수고하고 땀을 흘려야 간신히 자신의 일용할 양식을 얻을 수 있는 거친 환경 속에 노동은 놀이에서 소외되었다. 이를테면 노동의 놀이적 속성은 소멸하고 놀이의 노동화 체제는 해체된 셈이다.

물론 하나님의 창조는 만물을 새롭게 하시는 지속적인 재창조의 역사를 통해 희망의 불씨를 남겨놓았다. 한 번 망해도 깡그리 고갈된 것은 아니라는 게 성경의 언약이 꾸준히 제공하는 희망이다. 어린아이와 이리와 뱀과 표범, 어린양과 어린 염소, 송아지와 암소와 곰이 한 데서 먹으며 더불어 노는 유희적 현장을 전망한 이사야(11:6-9)의 목가적인 풍경이 그 대표적인 성서의 단서다. 아울러, 오늘날 과학적 지식의 발달로 자연 속에 그동안 감춰졌던 많은 비밀이 드러나면서 거친 식물에도 인간에게 유익한 요소들이 많이 담겨 있다는 사실이 점점 더 밝혀졌다.

가령, 땅의 저주와 함께 인간의 노동을 부정적으로 암시하는 표상으로 제시된 각종 '가시덤불과 엉겅퀴'가 인간의 몸에 유익한 성분을 품고 있는 약재라는 사실이 실험 결과 알려지기도 했다. 저주어린 마법을 풀고 이러한 억세고 거친 가시 달린 나무와 풀이랑 다시 만나 어울리면서 유희적 실험의 공정 속에 에덴에서 상실한 낙원을 일상의 자연에서 회복하며 노동의 향유적 가치를 재발견할 수 있는 다양한 틈새에 눈뜨게 된 것이다. 일찍이 기독교 수도원 전통에서는 이런 점을 세밀하게 살펴 노동과 기도를 영성 수련의 양대 축으로 삼아 매일 힘쓸 정도로 땀 흘려 일하는 일의 고된 수고를 유익한 즐거움으로 승화하는 유희적 신학의 채널을 확보한 바 있다.

안동네의 주변 자연은 아이들의 놀이터였다. 산과 들, 논두렁과 밭두렁, 냇물과 도랑 모두 놀이터였다. 도랑에서 물고기를 잡고 추수 끝난 마른 논 구멍을 삽으로 파헤치며 우렁이와 미꾸라지를 잡는 일은 먹을거리를 구하기 위한 노동이었지만 어린 우리에게는 그 노동에 대한 자의식이 없이 마냥 흥미로운 놀이이기도 했던 것이다. 흙과 관련하여 무엇보다 가장 오래된 놀이의 기억은 집안 사랑채 처마 밑에서 내 또래 어린 소녀들과 진흙을 가지고 놀던 일이다. 그 소꿉장난에서 소녀와 소년은 부부가 되기도 했고 오누이처럼 어울려 진흙을 가지고 밥도 만들고 반찬도 만들고 그릇도 만들며 소곤거리며 놀았다. 그 소박한 놀이 공간 속으로 깊이 침잠하는 동안 우리의 유희적 우주는 충일하게 부풀었다. 아무런 염려도 억압도 없이 마냥 즐겁게 시간을 망각했고 하염없이 상상 속으로 표류하면서도 행복한 희락에 감싸여 있었다.

　소유의 욕망에 마음이 열리면서 나는 주로 딱지치기와 다마치기에 열을 올렸다. 딱지는 종이를 접어서 사각으로 만든 딱지를 요즘 유행한 네플릭스 드라마 '오징어게임'에서처럼 서로 쳐서 뒤집으면 따먹는 식으로 많이 놀았다. 그 외에도 많은 딱지를 금 안에 모아놓고 납작한 돌로 멀리서 던져 그 금 밖으로 쳐내는 만큼 따먹는 놀이도 있었다. 그런가 하면 딱지 한 장을 두 손가락 끝에 끼운 상태에서 다른 손 검지로 그것을 튕겨 날려 더 멀리 보내는 사람이 따먹는 게임도 한 것 같다.

　이후 개인이 종이를 접어 만든 집 딱지의 시즌이 다하고 각종 그림과 별을 동그란 딱지에 새겨넣고 그 별의 수나 이미지 등급의 높낮이에 따라 먹는, 어른 놀음을 방불케 하는 새로운 딱지놀이의 시대가 열렸다. 그것은 화투놀이처럼 딱지를 여러 장 포개 두 그룹으로 갈라둔 뒤 어디에 몇 장의 딱지를 걸어 자신이 건 쪽의 밑바닥 딱지의 별 개수나 이미지 등급이 높은 게 나오면 건 딱지 수만큼 받아내고 낮으면 건 딱지를 모두 잃는 방식의 놀이였다. 나는 집에서 접어 만든 투박한 사각형 종이 딱지든, 가게에서 사서 얻은 동그란 신식 딱지든, 그 딱지를 많이 딴 날은 그것을 내 놀이함에 잔뜩 채워두고 얼마나 배가 불렀는지 모른다. 반대로 그 딱지를 많이 잃은 날도 있었다. 그럴 때면 나는 마치 큰 재산이라도 잃은 것처럼 깊은 상실감에 잠겨 애통해하며 슬픔을 달랬던 기억이 있다. 작은 종이짝 몇 개로도 배고프고 배불렀던 우리 기쁜 딱지의 날들!

다마치기는 삼각형 금 안에 각기 참가자들이 여러 개의 유리구슬을 담아놓고 순서를 정해 일정한 거리에서 그곳을 쳐서 금 밖으로 나가는 만큼 가져가는 놀이가 가장 대표적이었다. 또 벽치기라는 게 있었는데 그것이 나는 더 재미있었다. 담벼락 아래 금을 그어놓고 참여자들이 공평하게 건 유리구슬을 그 안에 모아놓은 뒤에 일정한 거리 밖에서 벽 아래를 쳐서 밖으로 나가는 구슬만큼 따먹는 놀이였다. 표준 한글 '구슬' 대신 일본어 '다마'치기라고 부르며 놀았던 이 놀이에서 내가 생생히 기억하는 기적적인 쾌재의 한순간이 있었다. 나보다 나이 많은 형들이 팀을 이루어 기운이네 집 옆의 길목에서 다마치기를 하던 때였다. 나는 아직 조그만 꼬마였고 형들의 그 놀이에 끼지 못한 채 이 놀이를 흉내 내며 미래를 기약하고 있었다. 그런데 그 팀에 슬쩍 끼어들어 장난삼아 적어도 10여 미터쯤 멀리 떨어진 표적 다마를 향해 내가 던진 다마가 정확하게 그걸 맞힌 것이었다. 주변의 형들과 구경꾼들 모두에게 놀라운 탄성이 쏟아졌다. 이내 내가 정식 팀원이 아니라 장난으로 던진 다마였다는 걸 알고 칭찬은 곧바로 원망과 꾸중으로 바뀌었다. 그러나 이 날의 다마치기 놀이에서 발생한 그 놀라운 우발적 기적은 내가 운이 좋거나 아니면 직관적인 거리 감각이 뛰어나다는 자부심을 갖게 해준 유년기의 대단한 사건이었다.

20.
놀이들(2)

나는 동네 형들뿐 아니라 가끔 누나들과도 놀았는데 특히 봄날의 논두렁 밭두렁에서 하는 나물 뜯기도 그중에 하나였다. 우리 집 누나와 그 친구, 언니들은 소쿠리와 작은 칼을 하나씩 들고 아지랑이 피어오르는 봄날에 종종 나물을 뜯으러 갔다. 논두렁, 밭두렁에서 쭈그려 앉아 누나들이 재잘거리며 나물을 뜯는 풍경은 참 평온한 놀이로 내게 다가왔다. 그때 주로 뜯었던 봄나물의 이름도 정겨웠는데 냉이, 씀바귀, 꽃다지, 지칭개, 벌금자리 같은 게 주종을 이루었다. 이 채집경제의 즐거움이 퍽 쏠쏠했는지 나는 성인이 되어서도 엄마를 앞세워 도심의 변두리 밭두렁, 논두렁을 찾아 몇 차례 냉이와 지칭개를 뜯으러 다녔고, 멀리 산속에서 고사리와 취나물을 뜯는 즐거움 속에 망중한을 누리기도 하였다.

안동네 아이들이 겨울 놀이로 가장 많이 한 것은 팽이치기였다. 나무로 깎아 만든 팽이들이 많았다. 날씬한 팽이도 있었고 뚱뚱한 팽이도 있었는데 뚱뚱한 것을 우리는 장구팽이라고 불렀다. 운동화 매는 끈이나 헝겊을 찢어 물을 좀 먹인 뒤 나뭇대에 매어

팽이채를 만들었고 그것으로 팽이를 치면 팽이가 속도를 내며 잘 돌았다. 그렇게 최고 속도로 돌게 만든 뒤 두 팽이를 동시에 부대 끼게 해서 끝까지 돌며 살아남는 아이의 팽이가 이기는 놀이도 있었다. 나무팽이의 인기가 정점을 찍고 나서 금속으로 만든 가벼운 팽이가 나왔다. 이것은 마당이나 얼음판에서 치는 나무팽이와 달리 주로 실내에서 돌렸는데 밑둥을 끈으로 감싸면서 둥글게 감아 팽개치듯 내던지면 쌩~ 소리를 내면서 잘 돌았다.

겨울에 얼음판에서 소년들은 털벙거지에 벙어리장갑을 끼고 썰매를 타거나 팽이를 쳤다. 썰매도 다 집에서 만든 것으로 평평한 사각 나무판 아래 양쪽 끝에 길게 디딤목을 박은 뒤 그 아래 철사를 붙이거나 스케이트 날 같은 것을 달아 얼음판 위로 잘 미끄러지게 했다. 곧게 뻗은 작은 나뭇가지를 잘 다듬고 그 아래 못을 거꾸로 박아 얼음을 찍으면서 앞으로 나가는 동력을 주는 지팡이 찍개도 두 개씩 만들어 사용했다. 작은 아이들은 무릎을 꿇거나 할아버지 다리로 편하게 앉아 썰매를 탔고, 조금 큰 아이들은 반쯤 일어선 엉거주춤한 포즈나 직립의 자세로 탔다. 가끔 형들이 이런 자세로 서고 조그만 동생이 그 앞에 앉아 2명이 한 썰매를 타는 경우도 있었다. 안동네 행상집 있는 산 아래 우편 물 댄 논에 얼음이 얼면 마을 아이들은 너나없이 썰매를 하나씩 꺼내 들고나와 이 정겨운 겨울 스포츠에 몰두했다. 마침 눈이 많이 내려 여기저기 빙판이 만들어지면 그런 빙판을 향해 달려가다가 주욱 미끄러지는 미끄럼질을 즐겼고, 마당에는 눈을 모아 밟고 다지고 반짝반짝 윤을 내서 조그맣게 '뾰쪽산'이란 걸 만들어 거기서 두 발로 미끄럼질을 하며 놀았다. 비닐포대 자루를 가지고 나가 산기슭이나 밭두렁의 경사진 곳에서 눈썰매를 타는 일도 흥겨운 놀이였다.

겨울철에 연을 날리는 아이들이 더러 있었다. 연 만들기는 대나무 가지를 잘 다듬어 섬세한 균형을 잡아줘야 해서 어려운 공정을 요구했다. 그래도 마을 어른이나 청년들 중 손재주가 있는 이들이 나서서 가끔 가오리연과 방패연을 만들어 바람 불 때 논바닥에서 날리곤 했다. 연들끼리 싸움을 하기도 했지만 그런 일은 드물었고 가끔 전봇대나 전깃줄에 연이 걸려 실을 끊어야 하는 안타까운 상황도 있었다. 특히 해가 바뀔 때 연을 날렸는데 높이 솟구쳐 잘 나는 연은 일부러 실을 끊어 멀리 보내며 거기에 소원을 담아 밝고 풍요한 새해를 염원하기도 했다.

연날리기, 눈썰매, 얼음썰매를 타다가 몸이 추워지면 논두렁, 밭두렁을 태워 그 자잘한 불로 몸을 녹이는 아이들을 쉬 볼 수 있었다. 얼음에서 썰매를 지치던 아이들은 그 꽁꽁 언 논에 맞닿은 산기슭에 옹기종기 모여 인근의 마른 나뭇가지들을 주워다 모닥불을 피워 손을 비비며 추위를 달랬다. 그 불이 발갛게 사윌 무렵이면 몇몇 아이들은 가끔 주머니에 담아온 콩이나 고구마, 감자를 구워 먹기도 했다. 이와 같이 어울려 함께 하던 겨울 놀이들과 별도로 논두렁, 밭두렁에 불을 붙이며 놀던 불장난은 특별한 재미가 있었는지 추워지는 늦가을부터 수시로 즐겼다. 턱이 높은 밭두렁 같은 곳에서 성냥으로 불을 놓으면 마른 풀들이 까맣게 타들어가는 풍경이 소년의 눈에 참 아름답게 비쳤던 것 같다.

또 바람막이로 자연스레 조성된 밭둑 아래 한곳을 정해 마른 나뭇가지를 주워다 불을 피우면 그곳이 마냥 아늑하게 느껴지는 게 그 따스한 온기가 움츠러드는 참새 가슴의 소년들에게 이상한 위로의 정서를 증폭시켜주었다. 가끔 그 마른 풀섶에 보드라운 풀로 둥지를 만들어 감춰두었는데 혹여 새들이 추위를 피해 그곳에서 안식하며 알을 낳으라는 배려였을 것이다. 소년의 소박하고 순수한 마음씨는 누가 가르쳐주지 않았어도 집도 절도 없이 떠도는 추운 겨울새를 품을 만큼 착했다. 그렇게 떠돌이 새들과의 만남을 꿈꾸다가 어느 날 우연히 그 가을 풀섶에서 새들이 낳아놓은 귀여운 알을 몇 개 발견하는 일도 있었다. 눈이 휘둥그레지는 그 우발적인 순간, 설핏 생명에의 경외감이 솟구쳤던 건 물론이다.

21.
놀이들(3)

안동네에서 가장 인상적이었던 내 유년기의 놀이는 거의 일회적인 것이었는데 아마도 동네 잔치를 위해 돼지를 한 마리 잡던 날이었을 것이다. 돼지 한 마리가 자잘하게 분해되어 머리는 고사 지내는 제물로 삼았을 것이고 통통한 다리와 목 부위의 살코기는 삶아 어른들 술안주로 먹기도 했을 것이다. 또 창자는 순대를 만들어 먹었을 텐데, 우리 소년들에게는 어쩌다 돼지 오줌보가 배당되었고 누군가 거기에 바람을 불어넣어 둥그런 축구공 비슷한 게 만들어졌다. 동네의 모든 조무래기 꼬마들은 형들과 함께 논바닥으로 가서 전봇대로 골대 삼아 이 돼지 오줌보로 만든 공을 펑펑 차면서 축구 놀이를 했다. 논바닥의 울퉁불퉁한 지면도, 그 사이로 불거진 벼 벤 자리도 우리의 맨발에 밟히면서, 또 공을 잡으려 비틀거리다 넘어지면서 우리는 허연 이빨을 드러내놓고 낄낄거리며 이 오줌보 공으로 반나절 즐거운 놀이에 흠뻑 심취했다.

　　노는 동안 아이들은 기운이 펄펄 넘치고 신이 났다. 몸은 흙과 풀과 물과 어우러져 마냥 행복했다. 먼지가 묻어 얼굴이 꼬질꼬

질해지고 또 흙탕물이 튀어 옷과 손발이 더러워지며 더러 무릎이 까져 생채기가 나도 안동네의 소년들은 웃을 수 있었다. 넘어져도 다시 일어났고 깔깔거리며 다시 뛰었다. 우리가 밥과 함께 빠금장 찌개, 김치와 마늘쫑, 배추뿌리, 무장아찌 같은 거친 음식을 먹고 만들어낸 영양소는 놀이의 운동 에너지로 바뀌어 하늘을 날았고, 산과 들에 흩뿌려졌다.

이즈음 전 지구적으로 선풍적인 인기를 불러일으킨 네플릭스 드라마 '오징어게임'도 우리의 놀이 목록에 들어 있었다. 우리는 이 놀이를 일본어 말투의 '오징어가이셍'이라고 불렀다. 이 놀이 에서 이기려면 서로 몸싸움하며 부대끼는 힘, 즉 그 완력 자체가 중요했지만 두 팔을 휘두르면서 서로를 붙잡고 낚아채며 밀고 당 기는 그 힘의 인력과 척력도 만만치 않은 변수로 작용했다. 체구 가 작아 늘 '땅꼬마'라는 별명을 달고 다닌 내가 덩치 큰 형들과 이런 쪽으로 부대끼며 싸워 이 놀이에서 빛을 발하기란 어려웠다. 승리의 주역이 되기는커녕 싸움의 역할 분담에서 제 몫의 기회를 살리기조차 어려웠다. 그래서 내가 나름의 자구책으로 선택한 것 은 민첩한 기동력이었다. 뒤에서 슬금슬금 빼며 형들 눈치 보다 가 상대편의 빈틈이 보이면 날쌘돌이의 동작으로 쏜살같이 질주 해 오징어 머리의 골인 지점을 발로 찍어 쾌재를 부르는 작전! 나 는 이런 식으로 몇 번의 극적인 승리의 주역이 되어 우리 팀원들 을 깜짝 놀라게 하였다.

'무궁화꽃이 피었습니다'라는 놀이도 재미있었다. 드라마 '오징어게임'에서는 이 놀이를 제한된 시간 내에 들어오는 소수의 사람만 살아남고 고개를 돌이키는 술래의 눈에 동작이 들키거나 시간 내에 커트라인을 통과하지 못하는 사람을 총으로 다 쏘아죽이는 잔혹극으로 만들었다. 그러나 이는 원본 왜곡이고 억지다. 우리가 함께 놀던 '무궁화꽃이 피었습니다'는 많은 동무들이 도중에 탈락해서 술래의 손에 포로로 잡혀 있더라도 마지막 살아남은 한 사람이라도 있으면 막판에 그 포로들을 손으로 채서 풀어주는 희망의 게임이고 부활의 놀이였다.

이 놀이의 미학을 곰곰이 생각해보면 이 놀이를 창안한 사람들의 무의식이 엿보인다. 상대 술래가 눈을 감고 쳐다보지 않을 때 움직이면 무엇이든 허용되는 자유가 있고, 쳐다볼 때는 가만히 동결의 멈춤 자세만 드러내 보여야 구제될 수 있었다. 그래야 생명의 연장이 가능하며 앞으로 진일보가 또 승인된다는 것은 공동체적 사회생활의 지혜가 담겨 있는 듯하다. 우리는 앞으로 뛰쳐나가 남들보다 빼어나고 뛰어나며 더 우월한 위치에서 성공하고 승리하기를 원한다. 그래서 그 목표를 향해 나가면서 경쟁을 하고 반칙도 저지른다. 자신을 피해자로 여기고 타인을 가해자로 내세우며 험담과 비난 또한 거의 습관적으로 반복되는 행위다.

그러나 그것도 최소한의 규칙이 있는데 그 당사자가 이를 주시하지 않고 괘념하지 않는 상황에서만 허용된다는 것이다. 이러한 관용은 규칙을 위반해 포로로 잡힌 자들에게도 적용되어 그들의 미숙함, 허술함마저 큰 품에 용인하는 해방감을 제공한다. 아울러, 술래가 고개 돌려 눈감고 '무궁화꽃이 피었습니다'를 외치는 짧은 순간에 각기 다양한 동작으로 움직이는 사람들은 다 동물적인 본능에 노출되어 살아남고자, 이기고자 과감하게 움직인다. 그 동작이 굼뜨든, 잽싸든, 어떤 과도한 욕심을 드러내 보이든, 아니면 다소 우스꽝스럽든, 다 함께 벌거벗은 욕망으로 앞으로 나아간다. 이는 마치 뭇 옷 입은 군중 앞에서 자기 혼자 발가벗은 몸을 보이는 게 죽기보다 창피한 노릇이지만 목욕탕의 남탕 또는 여탕에 들어가 다 함께 발가벗고 제 몸을 씻는 것은 아무렇지도 않게 여기는 이치와 비슷한 심리적 현상이다. 이처럼 작은 놀이 하나에도 인간의 내면을 깊이 숙고한 흔적 가운데 인문학의 무늬와 정신분석의 이론이 숨 쉬고 있었던 셈이다.

'무궁화꽃이 피었습니다' 놀이와 비슷한 게 숨바꼭질이었는데 유년기의 이 놀이는 지금 실내 공간에서 단출하게 하는 것보다 훨씬 더 거칠고 피차 숨죽여야 하고 또 숨 가쁜 놀이였다. 당시 안동네의 바깥 공간은 숨을 곳이 무궁무진하여 이 놀이는 아주 오래, 매우 역동적으로 전개되었다. 이런 계통의 사촌지간 놀이로 또 '진돌이'가 있었다. 우리는 당시 경음으로 세게 발음해 '찐돌이'라고 불렀는데, 이 놀이는 주로 뒷동산이나 추수 끝난 논바닥에서 이루어졌다. 전봇대와 나무 기둥을 진으로 정해 두 팀으로 나뉜 아이들이 진 밖으로 나가서 상대 진영의 아이들을 나온 순서를 기준으로 터치하여 포로로 잡아 자기 진영에 매어두면 후발 주자의 아이들이 그 포로 손을 건드려 해방시키면서 진행되는 놀

이였다. 포로로 잡아가는 아이를 잽싸게 터치하면 그 포로를 해방
시킬 뿐 아니라 상대편 아이까지 역으로 포로로 잡아올 수 있었
다. 여러 전략 전술의 흐름에 따라 움직이는 아이들의 역동적인
동선이 다양하게 겹쳐졌다.

거의 잊힌 상태였다가 막연하게 회상하면서 희미한 기억 속에
떠오른 이 '찜돌이' 놀이가 궁금해 검색해보았다. 가을에서 겨울
에 주로 남자아이들이 하는 놀이로 지역에 따라 '진빼앗기', '진놀
이', '진똘이', '찜돌이', '찜찍기', '진잡이(기)' 등 다양한 이름으로
불리었다고 한다. 원래는 군사훈련용으로 고안된 것인데 아이들
이 놀이문화로 접목시키면서 조선 중기 이후 편만하게 성행했고,
일제강점기에도 전국의 어린이들이 즐겨 놀던 놀이로 기록되어
있다. 조선 시대 중종왕 때 어떤 사람들이 제자들을 데리고 이런
놀이를 하던 걸 수상하게 보고 붙잡아 들여 취조까지 했다고 하
니 아이들의 천진한 상상계에서 군사훈련과 전쟁까지도 가벼운
놀이로 바꾸어버린 호모 루덴스의 유전자가 놀랍다.

22.
놀이들(4)

철로와 철둑은 안동네 동무들의 또 다른 놀이 현장이었다. 우리는
뒷동산 끝머리를 고지 삼고 그 아래로 주기적으로 달리던 기차를
적으로 여기는 식의 모험을 즐겼다. 자주 했던 놀이는 못 갈리기
였다. 집에 있는 큰 못을 몇 개 들고나와 철로에 얹어놓은 뒤 기차
가 지나가길 기다렸다. 우리는 정체가 탄로 날까 봐 고지 뒤 벙커
로 몸을 숨기며 적들의 질주를 감시했다. 몇몇 아이들은 막대기총
으로 기차를 향해 총을 쏘는 시늉을 하기도 했다. 이런 못 갈리기
놀이는 기차의 진행에 장애가 되어 혹 사고 날지 모른다며 위험
하다는 경고가 귓전에 가끔 들렸지만 우리는 아랑곳하지 않았다.
마치 역전의 용사가 죽음을 무릅쓰고 적진으로 돌격하는 태세로
더 위험한 놀이를 즐기는 모험에 다들 담대했다. 물론 이 못 갈리
기 놀이로 한 번도 기차가 정차하거나 사고가 난 적은 없었다.
　일단 납작하게 갈려진 못은 숫돌에 갈아 끝을 뾰족하게 하고
날을 세웠다. 그것으로 작은 손에 쥘 만한 단도를 만들어 생활의
필요에 사용하기도 했고, 나무 끝에 매달아 짧은 창이나 화살과

같이 만들어 소년 병사의 무기로 장식품을 삼기도 했다. 우리에게 활과 화살은 동네에서 구한 천연재료로 만들었는데 잘 휘어지는 나무와 고무줄, 칡넝쿨을 사용해 틀을 잡았고 기차에 갈린 못을 다듬은 날카로운 화살촉을 만들어 집 주변의 아무 나무판에 대고 쏘기도 했다. 그것이 가끔 사람 얼굴이나 몸에 맞아 가벼운 부상을 입히는 사고가 발생하기도 했다.

이것보다 작은 활과 화살은 대나무를 사용해 만들어 놓았다. 대나무를 조그맣게 잘라 활의 틀을 잡고 거기에 구멍 세 개를 뚫어 양끝의 구멍으로는 고무줄을 넣어 탄력을 주고 가운데 구멍은 가늘게 다듬은 화살을 밖으로 튕겨 날아가지 않고 걸리게 깎아 박았다. 그 다음에 뾰족한 대나무 화살촉 끝에 향나무의 열매를 따서 박아 쏘면 그 동그란 열매만 날아가 과녁을 맞혔다. 그 총알 열매가 몸에 맞는다고 대단한 타격을 입히는 것은 아니라서 우리는 이런 장난감 미니 활을 가지고 가끔 전쟁놀이를 하곤 했다.

무엇이 그 시절 우리를 이런 싸움판으로 내몰았는지 잘 모르겠다. 내가 태어난 1960년대 초반만 해도 6.25 전쟁이 끝난 뒤 고작 10년 정도밖에 되지 않던 때였던지라 전쟁을 경험한 어른들의 머릿속에는 여전히 소년, 청소년, 또는 장년으로 겪었을 전쟁의 공포와 참상에 대한 기억이 깊이 박혀 있었을 터였다. 그래서 술 마시고 취한 상태에서 무의식의 족쇄가 풀리면 틈나는 대로 그런 끔찍한 경험들을 나누었을 것이다. 우리 조무래기들은 부모, 조부모 어깨너머로 그런 이야기들을 전해 듣고 바로 그 공포스런 현실을 탈락시킨 채 즉각 놀이 현장으로 그 골격만을 환치시켜 스릴 넘치는 재미의 수단으로 삼았을 게 뻔하다. 예나 지금이나 아이들의 동심은 대개 이렇다. 아무리 척박하고 가난한 환경에서도, 그 어떤 역경과 고난의 틈바구니에서도, 그 모든 고통과 슬픔을 뒤로하고 천진한 상상 가운데 천국을 만들고 다시 허물 수 있는 푸르뎅뎅한 내면이 있었다. 그 내면은 전쟁의 장난감 소품과 잔상만으로도 흥미진진한 놀이터를 만들어 즐길 만한 풍경으로 연출하는 신비한 창조의 보고였으리라.

그런데 이제 잿빛 콘크리트 담장과 건물 속에서 커온 우리 자녀들은 흙냄새를 잊은 지 오래다. 골방의 피씨 게임에 빠져 좀처럼 바깥으로 나갈 줄을 모른다. 코로나19 바이러스의 광풍이 아이들을 실내로 더 깊이 내몰았고, 공부와 일류 학교 광풍으로 오염된 교육풍토가 아이들을 경직된 로봇처럼 만들었다. 그러나 이들에게도 내면이 여전히 생동하고 있으리라 믿는다. 언제나 날개만 달아주면 활기차게 비상하면서 산과 들로 쏘다니며 동식물을 친구삼아 함께 뛰어놀, 이사야 선지자가 전망한 그 목가적인 풍경을 그들의 내면에 퍼뜩 심어주고 싶다.

소년들에게 대보름의 놀이는 다른 곳과 마찬가지로 쥐불놀이가 대세였다. 보름달을 맞이하며 소원을 비는 정적인 놀이는 주로 소녀들이나 처녀들의 몫이었고, 사나이를 꿈꾸는 소년들의 야생적인 놀이로는 이처럼 불을 가지고 노는 게 제격이었다. 땔감이 모자라면 플라스틱을 태우기도 했지만 검은 그을음이 많이 나고 냄새도 고약해서 아주 아쉬운 경우가 아니면 이런 재료는 삼 갔다. 우리는 주로 마른 나뭇조각이나 나뭇가지를 주워다가 모닥불을 피워놓고 그것을 밑천으로 각자 준비해온 깡통에 불을 담았다. 통조림 깡통에 송곳으로 바람구멍을 송송 여러 개 뚫고 깡통의 양쪽 위 끝에 다른 구멍을 두 개 더 만든 다음 그곳에 철사를 넣어 붙잡고 돌릴 손잡이를 만들면 되었다. 그 안에 작게 다듬은 나뭇가지를 넣은 다음 모닥불의 불씨를 넣은 뒤 철사줄을 붙잡고 어깨너머로 빙빙 돌리면 바람의 힘으로 나뭇가지에 불이 붙어 멀리서 보면 도깨비불처럼 보였다. 이 쥐불놀이는 마른 논이나 밭에 모여 대보름 때만 했는데 우리 안동네에서는 이를 '개부려 찌부려'라고 불렀다. 그 어원을 정확히 확인할 수 없는데 쥐불놀이를 충남 보령 지역의 사투리로 '지부레' '지부려'로 부른다는 자료가 있는 것으로 미루어 보령뿐 아니라 충청도 일대에서 이런 용어로 두루 통용되었던 것 같다.

이 놀이는 겨울 논두렁, 밭두렁을 태워 해충이나 쥐의 번식을 막는다는 실용적인 목적도 있었다. 그러나 아이들에게 그런 실용성보다 중요한 것은 그 휘황한 불덩이가 허공에 원을 그리면서 만드는 신비한 이미지와 그 유희적 즐거움이었다. 우리는 한결같이 불을 사모하는 족속이었다. 겨울철은 춥기도 했던 터라 불의 온기를 가지고 노는 불장난보다 재미있는 장난이 없었다. 그러나 쥐불놀이는 미숙한 손놀림으로 가끔 위험한 사고를 불러일으켰는데 안동네에서도 그런 사고가 한 번 발생한 기억이 있다. 플라스틱을 태워 깡통에 넣고 돌리다가 그것이 흘러내려 창환이 형의 목덜미에 달라붙어 화상을 입은 것이었다. 이후 상처가 아물어서도 창환이 형의 목은 쥐불놀이 사고로 인해 생긴 흉터가 남아 있어 두고두고 아픈 놀이의 기억으로 새겨졌다.

이렇게 놀 수 있어 즐겁고 놀기만 하면 신나던 우리 기쁜 어린 시절! 모든 사물이 유희의 대상으로 우리의 손과 발과 만나고 우리 몸까지도 놀이의 일부가 되어 뒹굴고 뛰어다녔던 곳이 그 천연의 고향에 널려 있었다. 아이들의 손은 만지기만 하면 모든 걸 황금으로 만든다는 신화 속 마이더스의 손과 같았다. 안동네와 그 주변의 산과 들은 무엇이든 그 손아귀에 잡히고 발길에 차이기만 하면 놀이의 대상으로 변모한 천연의 놀이터였다. 우리의 동심은 신비를 빚어 무료한 일상 가운데서도 놀이의 양식을 만드는 마법의 지팡이 같았다. 오늘날 '노는 아이'는 폄시적인 의미로 유통되면서 놀이의 부정성을 증폭시킨다. '노는 사람'도 부정적인 함의가 짙다. 어른, 아이 가릴 것 없이 다들 공부하고 일하는 '아르바이트'(Arbeit)의 노예로 전념하며 그 몸을 굴리는 워커홀릭의 세상에서 나는 여전히 노는 아이를 꿈꾼다. 일하면서 노는 사람이 되길 애쓴다. 나아가 일이 놀이가 되고 놀이가 일이 되는 그런 틈새의 유토피아를 동경하며 가끔 실습한다.

23.
동굴

나는 동굴을 좋아한다. 세월이 오래 흘러 자연스럽게 형성된 천연동굴도 친밀감이 들고 사람이 파서 만든 인조동굴도 안온한 느낌을 준다. 미국 여행 중 알게 되었는데 동굴 하나만으로 국립공원을 이룬 곳이 몇 군데 있고, 또 곳곳에 다양한 동굴들이 많이 산재해 있었다. 그곳을 찾아다니면서 그 내부의 지형과 풍경을 감상한 경험이 지금도 오롯이 살아 있다. 한국에 돌아와서도 유명한 동굴을 많이 찾아다녔다. 동굴에 들면 그곳이 마치 생명을 잉태하는 어미의 자궁 같다는 느낌이 들고, 그 속에서 인간 문명과 동떨어진 시간을 은밀한 공간에 수놓으며 수천만 년 독자적인 자연의 생명을 일구어간 땅속의 세계가 신기하게 느껴진다. 내 꿈에도 동굴 속을 탐험하면서 각종 무용담을 만들거나 때로 공포스런 체험을 하는 내용이 가끔 등장하곤 했다. 내가 추수 끝난 논에서 삽으로 작은 구멍을 파서 우렁이를 캐내거나 동면에 들기 시작한 미꾸라지를 잡아내던 쾌감도 어떻게 보면 동굴에 대한 무의식적 호기심의 심리적 변용 같다.

이런 심리 현상을 정신분석학적으로 '자궁 회귀 콤플렉스'라고 한다는 걸 뒤늦게 미국의 한인교회에서 전도사 노릇 하면서 어린 아이들의 행동에서 배웠다. 내가 시카고 변두리에 위치한 미드웨스트장로교회 전도사로 초등부 아이들에게 설교하던 바로 그때였다. 유년주일학교 아이들은 주일예배 전후로 지하의 그 아이들 예배공간과 위층의 어른들 예배당 사이로 난 컴컴한 층계 공간에 숨어 속닥거리며 놀곤 하였다. 나는 아이들의 이런 행태를 처음에 의아하게 생각하다가 나중에 정신분석적 감각을 얻은 뒤로는 아이들이 놀다 다치지 않도록 위험한 물건들을 치워주었을 뿐 밖으로 나가놀라고 잔소리를 하지 않았다. 그러니까 나의 동굴 애호 취미도 어쩌면 어려서 내 무의식층에 형성된 자궁 회귀 콤플렉스의 변종 같은 게 아닐까 싶었던 것이다. 이런 동굴 애호 취미가 어디서 생겼는지 그 정서적 기원을 더듬어 보니 그 또한 내 안동네의 동굴 체험과도 무관한 것 같지 않다는 판단이 선다.

내가 아마도 국민학교를 다녔을 때였을 것이다. 무슨 생각에서 그랬는지 어느 날 나는 동네 소년들 두어 명과 함께 삽을 가지고 뒷동산에 올라 땅을 파기 시작했다. 서로 힘들면 쉬었다 다시 움직이고 하면서 우리는 황토를 파내서 조그만 동굴을 만들었다. 허리 구부려 두어 명이 들어앉기 딱 좋은 공간이었다. 우리에게는 부모의 잔소리와 학교 공부의 따분함, 춥고 배고픈 일상의 시간과 늘 반복 재현하는 타성화된 공간에 대한 아동적 권태로부터 벗어나 우리만을 위한 아지트가 필요했던 것 같다. 힘들게 동굴을 파서 만든 그 조그만 아지트는 우리가 우리에게 모든 것을 말하고 생각하며 아무 일이나 저지를 절대 자유를 선사한 행복의 숨구멍 같은 곳이었다. 인간은 누구나 행복하게 숨 쉬도록 태어났다는 바슐라르의 어록대로 우리는 그런 숨구멍이 허용된 해방구가 필요했던 셈이다.

우리는 밤도 거기서 새울 심사로 초까지 가져와 불을 붙였다. 그 안온한 작은 공간이 환하게 드러났다. 촛불에 비친 황토 담벼락이 부드러운 무늬로 어룽거렸다. 우리는 마치 크로마뇽인이나 네안데르탈인이라도 된 것처럼 동굴 안에 앉아서 아무 말이나 지껄이며 낄낄거렸고 알타미라 동굴에 있다는 그런 유형의 원시적인 벽화라도 그릴 기세였다. 동산 아래 마을에서는 해가 져서 컴컴한데도 아이들이 집에 돌아오지 않아 부모들이 골목을 뒤지며 놀러 갔을 법한 집을 수색하며 큰소리로 이름을 부르며 다니고 있을 터였다. 우리는 그런 장면을 상상하며 더 깊은 쾌감에 젖어 고개를 젖히며 더 크게 웃었다.

그러나 밤이 깊어지면서 추위가 찾아왔고 우리는 침구까지 준비해오지 않은 터라 슬슬 걱정이 들기 시작했다. 여기 동굴 안에서 불편한 대로 밤을 지새워야 할지, 그냥 내려가 집으로 기어들어 가야 할지 고민했으나 집까지 내려가는 길은 고작 5분이 채 안 걸리는 짧은 거리였다. 추위와 배고픔에 지친 소년 전사들은 별수 없이 집으로 기어들어 갔지만 호된 꾸지람이 대기하고 있었다. 충분히 각오해야 할 명약관화한 그림이었다. 무얼 하느라고 이렇게 늦었는지 이실직고하지 않으면 안 되는 험악한 상황에 직면하여 소년들은 무기 버리고 투항한 잔챙이 패잔병처럼 꾸역꾸역 식은 밥을 넘기면서 그 모든 사정을 아뢰어버렸다. 이튿날 어른들의 지엄한 명령에 따라 우리는 다시 삽을 들고 동산 위로 올라가 온종일 힘들게 땅을 파서 만들어둔 그 아지트 동굴을 허물어버리는 헛수고를 해야 했다. 우리의 혁명적 발상과 함께 저지른 쿠데타는 이렇게 허망하게 3일천하도 못 되는 1일천하로 막을 내렸다. 그러나 그 동굴의 에피소드는 전설이 되어 소년들의 심장 혈관을 타고 전승되었고 그들의 무의식 가운데 동굴회귀 콤플렉스라는 진기한 흔적을 남겨놓았다.

더 큰 동굴 사건은 그 뒤로 2년 뒤쯤 벌어진 것 같다. 우리 동네에서 국민학교 가는 길은 대개 두어 갈래였는데, 그 한쪽은 에둘러 가는 길로 우편으로 생긴 변전소 앞길이었다. 그 위로는 야트막한 야산이 자리했는데 그 위로는 산기슭에 다닥다닥 붙은 작은 집들이 들어서 있었고 그 언덕배기를 넘어서면 드문드문 나무가 서 있는 구릉지대였다. 이쪽은 산길을 오르락내리락해야 했고 거리도 멀어 이 길로 등하교하는 경우는 거의 없었다. 그런데 언제쯤인가 그 구릉지대에서 대대적인 토목공사가 벌어지고 있었다. 거기에 큰 규모의 도립병원이 들어선다는 소문이 멀리 우리 동네까지 파다했다.

4학년쯤 되어 나는 우리 집의 불우한 가계에 대한 다소 예민한 자의식이 생겼던 것 같다. 가난이 무엇인지 몸으로 조금 느꼈을 것이다. 그 감각적인 징후는 대개 도시락 반찬에서 왔다. 당시 경제 수준이 대체로 열악했지만 그 가운데도 가끔 뽀얀 얼굴에 깔끔한 옷을 입고 등교하여 멋을 부리는 아이들이 소수 있었다. 그 아이들의 도시락 반찬은 우리의 것과 좀 달라 보였다. 가장 큰 차이는 양은도시락에 담긴 밥 위에 먹음직스런 계란후라이가 꼭 하나씩 덮여 있었고 가끔 소시지 반찬도 눈에 띄었다. 귀여운 물통에 따신 물도 담아왔다. 점심시간에 가난한 아이들이 그 반찬을 부러워하며 눈을 흘기면 그 부잣집 아이는 눈을 부라리며 당당하게 외치곤 했다. '뭘 쳐다봐, 임마. 내가 동물원 원숭이냐?' 우리의 반찬은 김치나 마늘장아찌, 무장아찌, 메뚜기 소금구이 등 매일 똑같이 비슷한 것들이 반복되었다.

나는 이런 차이에 예민해지면서 은근히 계급적 자의식이 가끔 동하곤 했는데 마침내 큰 사고를 한 번 치고 말았다. 부모님이 육성회비 내라고 주신 돈으로 내 맘껏 먹고 싶은 것 사 먹고 사고 싶던 것 실컷 사며 귀족적 사치를 누리는 데 탕진해버렸던 것이다. 3학년 때 내지 않은 육성회비를 집요하게 4학년 진급해서도 받으러 다녔다. 4학년 때는 서울에서 전학 온 아주 예쁜 소녀 아이에게 맘을 빼앗기고 있었는데 살뚱맞은 3학년 박인숙 선생님이 수업 중에 들이닥쳤다. 내 이름을 호명하더니 육성회비 납부하지 않은 걸 학생들 앞에서 추궁하면서 손에 들고 있던 회초리로 내 손바닥을 내리쳤다. 내가 좋아하던 소녀가 이런 꼴을 보고 나를 어떻게 생각했을지 속으로 생각하니 회초리 맞은 통증보다 마음의 고통이 더 아렸다. 죽고 싶었고 쥐구멍이라도 찾아 들어가고 싶은 심경이었다.

이 상처로 나는 탈선의 길에 들어서서 한동안 학교를 간다고 가방 들고 나섰다가 학교로 가지 않고 막 공사 중인 도립병원의 지하굴 속에 숨어 온종일 거기서 시간을 보내며 놀았다. 그 당시 도립병원은 콘크리트로 바닥공사를 마쳤는데 그 지하로 사람이 들락거릴 만한 통로가 나 있었다. 거기로 잠입하면 컴컴한 그 인공동굴이 숨기에 안성맞춤이었고, 이 세상의 그 누구도, 심지어 독살스런 박인숙 선생의 뱀 같은 시선도 피할 수 있다는 생각에 든든한 도피처로 여겨졌다. 그렇게 한 일주일 정도 학교생활을 땡땡이치는 쾌감은 지극했지만 그에 비례해 죄책감도 커졌다. 나와 함께 동반 탈선을 한 그 친구가 누구였는지 지금은 얼굴도 이름도 생각나지 않는데 참 용감하고 의리 있던 친구였던 게 분명하다. 지금이라도 만나면 감사하고 싶다.

마침내 이 도립병원으로의 망명 행각은 일주일이 지나 탄로 났고 나는 죽어라 두들겨 맞은 것 같다. 아버지는 격노했고 내가 육성회비를 탕진한 사실까지 아시고 일어서지 못할 만큼 매질을 당했다. 왜 나는 그 도립병원의 시체실 같은 그 콘크리트 인조동굴에서 그리도 마냥 평온하고 행복했던 것일까. 그 좁고 컴컴하고 답답했을 공간에서 어떻게, 무엇을 하며 온종일을 보낼 수 있었던 것일까. 급우들 앞에서 당한 그 창피가 얼마나 큰 상처가 되었기에 나는 그렇게도 오래 그 동굴 안에 독자적인 망명정부를 세우고자 한 것일까. 지금 생각하면 그곳이 폐소공포증을 안길 만큼 갑갑하고 또 시신이 벌떡 일어나 다가올 만한 분위기에 무서웠을 텐데 나는 그 공포를 은근히 즐겼던 것일까. 사실 그 도립병원은 공동묘지를 밀어내고 그 터 위에 건설되고 있었고 그곳으로 가끔 해골이나 팔다리뼈 같은 게 발견되어 행인들에게 소름이 오싹 끼치는 해프닝을 일으켰다. 각종 귀신 시리즈 이야기가 태동한 공간도 바로 이곳이었다.

그 이후로도 오랫동안 그랬고 지금도 여전히 동굴은 진행 중인 무의식의 보물창고다. 내 덧난 욕망의 상처는 동굴 같은 심리적 공간에서 달래지고, 내 미완의 꿈도 동굴스러운 분위기 가운데 채워진다. 또 내 피로한 몸은 동굴같이 컴컴한 시간, 그 안온한 공기의 부드러운 입자를 먹으면서 기운을 차린다. 이제 내 시든 몸이 영원히 잠을 자며 누울 자리도 그 컴컴한 동굴의 아랫자리일 것이다. 그 무덤을 깨고 나오는 시간은 더 이상 동굴로의 망명이 불필요해지는 곳, 그러니까 새 하늘과 새 땅에서 슬픔과 눈물이 씻기고 고통의 신음이 사라지며 환한 빛의 세계에서 황금빛 싱그런 열매만이 가득한 부활의 생명을 덧입을 때일 것이다.

24.
국민학교

지금은 다 초등학교라는 명칭으로 통일되었지만 내가 여덟 살 때 처음 들어간 학교는 국민학교라고 불렸다. 일제의 유산이었던 걸로 안다. 우리 집 5남매 중에 유치원을 다닌 건 막내 여동생이 유일하다. 나는 유치원을 다니지 못했다. 아니, 다닐 수 없었다. 유치원 다닐 만한 나이에 유치원이 도보로 1시간 이내 거리에 존재하지 않았기 때문이다. 내가 다닌 한벌국민학교는 당시 몇십 년 역사가 온축된 학교로 사직동 둔덕 위에 자리하였고 우리 동네에서 걸어서 족히 40분 이상 걸렸다. 지각하지 않기 위해 종종 허겁지겁 밥을 먹고 뛰어갔던 기억이 선연하다. 1학년 입학식 때 엄마가 학교까지 따라와서 침을 잘 흘리는 나를 위해 내 가슴에 침이나 코를 닦으라고 손수건을 접어 옷핀으로 꽂아주었다.

내가 처음 배치된 1학년 3반 담임은 이인숙 선생님으로 자애롭고 교양 있는 엄마 같았다. 2학년 5반 담임은 박중규 선생님으로 훌륭한 스토리텔러였다. 그는 종종 '황금새' 등 흥미진진한 동화를 들려줘 그중 일부는 지금도 진한 기억 속에 남아 있다. 3학년 7

반 담임은 박인숙 선생님으로 카랑카랑한 목소리로 깐깐한 이미지를 지닌 분이었다. 내가 육성회비 안 낸 걸 빌미로 급우들 앞에 개망신을 안겨주고 손바닥을 때렸던 바로 그분이다. 4학년 6반 담임은 강필남 선생님으로 강낭콩을 연상시켜주는 이미지에 온화하고 부드러운 분이었다. 5학년 1반 담임은 코끼리 인상에 덩치가 크고 얼굴이 우락부락했지만 그래도 환한 미소가 정겨운 남 선생님이었는데 이름이 생각나지 않는다. 6학년 3반 담임은 김완수 선생님으로 늘 기름을 바른 하이칼라 머리 스타일의 관료형 이미지였는데 그래도 이미지가 말쑥한 우체부 인상이었다.

나는 유치원을 다니지 못했지만 국민학교 입학해서 배운 한글 실력으로 열심히 공부해 1학년 첫 성적으로 60명 급우 중에서 6등을 하였다. 이후로도 계속 60~70명 되는 한 반에서 5등 안에, 어떨 때는 10등 안에 드는 대체로 우수한 성적을 거두었다. 사설 학원도 안 다니고 집에서 가정교사로 가르쳐줄 사람이 없었지만 방과후 대부분의 많은 시간을 자연 속에 뛰놀면서 거둔 성적으로는 만족스러웠다. 이후 중고등학교에 진학해서는 반에서 1등도 하고 2등, 3등도 했고, 전교에서 10등이나 15등 안에 드는 성적을 거두면서 일취월장했으나 수학을 비롯해 이과 과목을 잘하지 못해 최고가 되기에는 한계가 있었다. 그럼에도 가난한 집에서 아무 밑천도 없는 몸이 공부라도 열심히 해서 개천에서 나는 용은 못 돼도 큼직한 미꾸라지나 뱀장어라도 되어야 할 것 같은 희미한 의무감이 있었던 것 같다.

1학년 때 받은 첫 성적표는 수우미양가로 표기되었고 등수가 기재되어 있는, 반으로 접힌 한 장짜리 하얀 종이로 되어 있었다. 이것이 내 생의 첫 공적인 성취 증거로구나… 신기하게 여겨져 얼른 집으로 달려가 엄마에게 보여주었던 것 같다. 엄마는 칭찬을 해주셨다. 2학년 때 만난 '황금새' 동화 선생님 외에 생각나는 급우는 박홍순이라는 아이다. 그는 면도칼로 깎아 쓰는 연필로 침을 발라 거친 공책에 적어가는 한글이 동글동글하고 맵시 있는 친구였다. 머리가 좀 납작하고 길쭉해서 귀여운 지렁이를 연상시켜주었는데 공부도 잘해 상급반으로 올라가면서 전교에서 늘 1, 2등을 다투었다. 엄마들의 치맛바람이 심해 선생들에게 가져다 바치는 선물 공세로 귀여움을 독차지하는 아이들이 소수 있었다. 늘 깨끗하고 좀 세련된 옷을 입고 다니는 소년 소녀 엘리트들이었다. 이들을 중심으로 자유교양반이라는 것이 만들어져 그들은 별도로 모여 독서활동을 하였고 선생님이 이 귀족 자제 같은 아이들을 틈틈이 특별하게 지도해주는 낌새도 보였다.

나는 그들이 부럽고 이 특수반에 끼지 못해 소외감도 느꼈으나 별수 없는 현실이었다. 그들이 나보다 공부도 더 잘하고 집안이 더 잘 살고, 도시락 반찬도 우월했고, 또 엄마도 멋진 의상을 걸치고 학교에 자주 찾아와 환한 미소를 선생님들 앞에 흘리는 재주를 갖고 있었기 때문이었다. 우리 집과 나, 우리 엄마는 언감생심 흉내 낼 수 없는 경지였다. 나는 이런 계급적 차별 현실에 적응하면서 체념해갔다. 내가 이런 조직사회에서 받은 결핍의 상처는 내 고향 안동네의 푸근한 자연이 늘 달래주었고, 거기서 흙을 벗 삼아 한참 뛰어놀기만 하면 신기하게 모든 근심과 슬픔이 사라지는 경험을 했다.

인생의 길이 멀리 흐르다 보니 반전도 생겼다. 초등학교 상급반 시절 자유교양 특수반에 속했던 아이들이 중고등학교를 거치면서 불량한 길로 들어서 바닥으로 많이 쳐졌고, 나는 더욱 일취월장하여 그 아이들보다 더 좋은, 우리나라 최고라는 대학에 당당히 합격하는 이변이 생겼기 때문이다. 물론 2학년 5반 때 처음 만난 박홍순이라는 급우는 고등학교 때 다시 만나 복4중창단의 멤버로 함께 활동하였고, 대학도 같은 곳으로 들어가서 나는 국사학과, 그는 동양사학과에서 4년을 다녔다. 그는 일찍이 자유교양으로 닦은 실력으로 지성이 많이 심화되어 있었는지 대학 시절 운동권에 입문해 무려 총학생회장까지 했다. 입학 때 교내에서 가장 친한 친구로 그 당시 별로 친하지 않은 내 이름을 써넣는 바람에 그가 경찰과 안기부에서 수배 중일 때 내 자취방에 수시로 정보과 경찰관이 들이닥쳐 박홍순의 은닉처를 대라는 압박을 받는 등 고충이 컸다. 서울대 총학생회장 출신으로 국회의원이나 다른 공직으로 나가 출세한 이들이 몇몇 있다. 그런데 이 친구는 그런 쪽으로 잘 풀리지 못했는지 이후 방향을 틀어 뉴라이트 운동에 합류한 듯하다가 다시 서울시 도시재생 운동, 마을 만들기 사업에 뛰어들어 활동했고 지금도 구청에 직을 두고 그런 쪽의 운동을 이어가는 것 같다.

국민학교 때 자유교양 특수반에서 활동하던 똑똑한 아이들을 대학교 때 딱 한 번 다시 만나 식사를 한 적이 있는데 별로 친해지지 않았다. 80년대 초반 군부독재 체재 하에 워낙 학내 분위기가 험악한 탓도 있었지만 10대 초반에 만난 멋진 아이들이 20대 초반까지 계속 멋지거나 근사하게 보이지 않았던 탓에 정서적인 밀착도가 떨어졌기 때문이었을 것이다.

국민학교 때 예방주사 맞는 것이 무섭고 싫었다. 변소에 몇 번 숨어 주사를 면해보려 발버둥쳤던 기억이 서늘하게 뇌리에 붙어 있다. 이것만큼 괴롭던 게 채변검사였다. 집에서 자신의 변을 자기 손으로 봉지에 담아가야 하는 야만적인 행위가 꾸준히 반복되었고, 그 검사 결과에 따라 우리는 회충약을 학교에서 배급받아 먹어야 했다. 그러나 이러한 곤혹스러움을 상쇄할 만한 즐거운 일과도 있었다. 4학년 때까지인가 급식으로 얻어먹었던 옥수수빵은 그 시절 먹었던 음식 중 가장 황홀한 맛이었다. 그 빵에서 풍기는 냄새도 구수한 게 훌륭했다. 아마 미국에서 원조해준 옥수수가루로 만들어 무상 공급했던 빵이었을 것이다. 성경책만 한 크기의 빵 한 덩어리가 한 책상에 배분되면 그것을 옆의 짝꿍과 반쪽씩 나눠 먹어야 했다. 연필 깎는 면도칼로 그것을 정확하게 반으로 자르는 순간의 신경전이 예사롭지 않았다. 남의 떡이 커 보인다고 짝꿍의 몫이 더 커 보이면 불만과 원성으로 다투는 일이 잦았다. 나는 이 빵 한 덩이를 내 가방에 담아 집에 가서 조금씩 아껴서 먹었다. 누이동생들에게 조금씩 나눠줄 때도 있었지만 아주 조금씩만 나눠주고 내가 몰래 대부분을 먹었다.

메뚜기 잡아먹고 풀뿌리 캐 먹던 시절, 이런 모양으로 아담하게 제조된 빵은 하늘의 선물과도 같이 다가왔다. 이런 옥수수빵의 무상분배는 4학년 때까지 지속되었고 5학년 때부터는 하얀 설탕이 입혀진 달달한 빵과 우유를 유상으로 돈 내고 신청해 먹는 시스템으로 바뀌었다. 병 우유 배급은 그 이전에도 있었지만 빵의 배급이 끊기고 달달한 빵으로 종류가 달라지면서 입맛은 점점 더 오염되어간 것 같다. 예전처럼 그 빵이 황홀한 느낌으로 다가오지 않았다. 비릿하고 구수한 우유의 맛도 점점 더 내 혀의 미각에 길들여지면서 구수한 옥수수 배급빵의 기쁨도 추억의 저편으로 희미해져 갔다.

25.
등하굣길 에피소드

안동네에서 학교로 가는 길은 동네 앞 농지 사이로 길게 난 폭 3 미터 정도의 큰길을 따라 20여 분 정도 걷다가 지 서방네라 불린 구멍가게 모퉁이에서 T자형으로 세 갈래 길이 나오면 좌회전하여 주욱 더 걸어가는 단순 코스였다. 학교로 들어가는 출입구가 공식적으로 3군데 있었는데 남향의 교정 운동장 앞으로 포장된 대로로 난 정문과 도립병원 공사장 쪽으로 올라와 들어가는 뒷문이 정식으로 만들어진 두 개의 교문이었다.

정식 교문은 없었지만 그 옆구리로 가로질러서 가는 지름길로 도랑 옆으로 난 작은 출입구가 또 하나 있었다. 그 도랑은 주택가와 면해 있었는데 그 사이로 난 작은 길을 따라 들어가면 학교의 우편 아래 경사진 언덕을 따라 넓게 퍼진 숲이 있었고 그 도랑은 그 숲으로 연계되어 있었다. 학교의 위치가 산 능선을 깎아 그 위에 지은 터라 그 야산 구석구석에 물이 삐져나왔고 그것이 자연스레 작은 물줄기를 만들어 그 도랑을 따라 흘렀던 것이다. 그러다 여름 장마철에 큰비라도 내리면 그 물줄기는 굵고 거세어져서 마치 우렁찬 강물의 흐름을 보는 듯 황토를 담고 출렁이는 계류가 장관이었다. 나는 지 서방네 모퉁이 갈림길에서 좌편으로 방향을 잡고 한참을 더 걷다가 바로 이 옆구리 출입구로 등하교를 하였다.

등굣길은 동네 아이들이 시간 맞춰 집을 나섰기에 삼삼오오 어울려 재잘거리며 길을 걸었고 조금 늦어 지각이 염려되면 헉헉거리며 뛰기도 하였다. 등하굣길에 꼬맹이들을 유혹하는 것은 도중에 서너 군데 위치한 구멍가게의 자잘한 물건들이었다. 신식 그림딱지도 있었고 다마도 많았다. 풍선도 있었는데 그런 것은 종이껍데기를 떼서 골라 갖는 이른바 뽑기의 형태로 판매되었다. 그러나 내가 제일 좋아하는 것은 눈깔사탕과 껌이었다. 라면땅 같은 과자는 먹다 보면 목이 말라 꼭 물을 마셔야 하는 번거로움이 있어 선호도가 떨어졌다. 그중에서도 내가 가장 탐했던 물건은 풍선껌이었다. 일반 껌은 길쭉했지만 이 풍선껌은 넓죽했다. 입에 넣고 씹다 보면 새콤하고 달콤한 맛이 우러났고 더 오래 씹다가 입으로 오물거려 껌을 동그랗게 만든 뒤 푸우~ 하고 입 밖으로 불어 내밀면 둥그런 풍선이 만들어지는 게 참 신기했다.

그밖에도 무슨 작은 본드 같이 생긴 끈끈한 액체를 작고 가느다란 철사망에 묻혀 불어 큰 풍선을 만드는 물건도 있었는데 그 이름이 무엇이었는지 가물가물하다. 여름이면 박스에 아이스케키라는 걸 담고 돌아다니면서 파는 사람들이 있었다. 특히 학교 운동회 같은 행사 때 그런 사람들이 여기저기 다니면서 '아~이스케키여~'라고 비음으로 외치면 꼭 하나 사 먹어야 직성이 풀렸다. 설탕물에 눈 속이는 화학 색소를 타서 얼린 싸구려 제품이라 가끔 먹고 배탈이 나는 경우도 있었지만 개의치 않고 열심히 빨아대면서 즐거웠다. 그밖에 요즘도 잘 먹는 솜사탕도 맛있는 주전부리 감이었고 모든 구멍가게의 물건들이 유혹적이었다. 특히 내게 유혹적이었던 껌과 풍선껌을 탐해 상점 주인이 한눈파는 사이에 나는 그것을 몇 번 내 주머니 속에 슬쩍해서 훔친 일도 있었는데 한 번도 들키지 않았다. 작은 좀도둑질이었지만 그 물욕을 이기지 못한 동심을 탓하며 지금 회개한다.

한 번은 등교가 늦어져서 지각하지 않으려고 급하게 달렸다. 세 군데 출입구 중 어느 한 곳으로도 향하지 않고 무리하게 골목을 경유하여 길이 없는 산언덕으로 마구 올라갔다. 그 길 없는 길을 만들어 산기슭으로 올라가면 학교 맨 뒤의 건물 변소 옆 철조망에 뚫린 개구멍으로 들어갈 수 있다는 계산이었다. 실제로 이 개구멍 통로는 지각하는 학생이나 멀리서 등하교하는 학생들이 거리를 단축하기 위해 종종 애용하는 샛길이었다. 그런데 어느 가을날 낙엽이 수북이 쌓인 그 떡갈나무 숲을 헤치며 산기슭을 지나다가 발이 수렁 같은 데 푹 빠지는 불쾌한 느낌이 들었다. 아차 싶어 잽싸게 빠져나왔으나 신발에는 그 언저리에 만들어놓은 똥통에 빠져 묻은 오물이 잔뜩 엉겨 있었다. 낙엽으로, 흙으로 비비고 닦아냈고, 학교 수돗가에서 최대한 씻어보았지만 그 오물 냄새를 다 지울 수 없어 교실 신발장에 둔 신발이 신경에 거슬렸고, 양

발까지 오염물질이 스며들어 내 발목 주변에서 풍기는 괴이한 악취를 어쩔 수 없어 온종일 안절부절못하였다. 후각이 예민한 급우들은 이 냄새의 출처를 찾아 자꾸 내 쪽으로 시선을 쏘아대는 게 느껴졌다. 참 곤혹스러운 하루였다. 이것이 국민학교 6학년 때쯤 일이었을 것이다.

그밖에도 내가 냄새로 불안했던 순간은 또 있었다. 밤중에 오줌을 지려 속내의가 젖은 상태에서 부모님께 야단맞을까 봐 그냥 그대로 입고 등교한 적이 한두 번 있었다. 이 또한 속내의가 마르면서 지린내를 풍겼는지 급우들, 특히 내 바로 옆에 앉은 짝꿍에게 불쾌한 느낌을 주었을 것이다. 나의 부주의함으로 인해 불편하게 느꼈을 내 주변의 급우들에게 너무 때늦은 것이긴 하나 미안한 마음을 표한다.

또 한 번은 미술 시간에 선생님이 수업재료로 스케치북과 크레파스를 사서 가져오라고 해서 집에 가서 말했더니 집에 당장 돈이 없어 다음날 사줄 수 없다는 반응이었다. 아침에 나만 크레파스가 없어 창피를 당할까 봐 얼른 사달라고 징징거리며 등굣길에 나섰다. 집안 사정 고려하지 않고 막무가내로 울며 떼를 쓰는 내가 괘씸했는지 아버지는 엉엉 울면서 등굣길에 나선 나를 쫓아와서 매질을 할 기세였다. 나는 붙잡히면 안 될 것 같아 젖먹던 힘까지 발휘해 달아났다. 아버지는 지 서방네 모퉁이까지 나를 따라왔고, 나는 그 동네의 골목길로 들어가 뱅뱅 돌면서 아버지와 숨바꼭질을 하였다. 아버지는 분이 안 풀렸는지 나를 꼭 붙잡아 응징

할 태세였고 나는 잡히면 죽는다는 절박함으로 걸음아 나 살려라 기세로 온 힘을 다해 달리고 또 달렸다. 그렇게 그 지 서방네 골목길에서 숨바꼭질을 한참 하다가 나도 아버지도 지쳐 마침내 헉헉거리는 숨을 길게 내쉬면서 우리는 서로 만났다. 아버지는 내가 불쌍했는지 음성을 낮춰 다음에 꼭 사줄 테니 오늘은 친구가 가져온 것 같이 나눠 쓰라고 부드럽게 제안했고, 나도 아버지가 불쌍하게 보여 그렇게 하겠노라고 타협을 하며 힘이 빠져 축 늘어진 어깨로 지각 등교한 적이 있다. 참으로 길고 힘들었던, 그러나 아무리 시간이 흘러도 잊히지 않는 서글픈 등굣길이었다.

26.
운동회와 소풍

내게 남아 있는 옛날 흑백사진 중 가장 오래된 것은 소풍 가서 엄마랑 여동생과 함께 찍은 사진이다. 더 오래된 사진의 기억도 있는데 그것은 내 고향 집의 벽에 걸려 있던 엄마 아버지의 전통 혼례 사진과 무슨 잔치에서 찍은 일가친척 사진으로 지금 남아 있지 않다. 아마 이사 다니면서 오래전 망실했을 것이다. 소풍 사진은 내가 초등학교 1학년 입학했을 때 아마 충북대학교 뒤의 야산으로 봄 소풍 갔을 때 찍은 듯하다. 그러니까 내 나이 여덟 살 때였고 여동생은 여섯 살 때였을 것이라 추측된다. 나는 이마가 조금 튀어나온 두상에 젊은 엄마 앞에 앉아 무엇을 쩨려보는 듯 조금 비틀린 시선으로 찡그린 인상이었고, 여동생은 이게 무엇인가 싶은 어리둥절한 표정이었다. 엄마는 하얀 얼굴에 수수한 표정으로 두 어린 자녀를 품은 암탉과 같은 자태였다.

그 시절 '소풍'이란 말은 특별한 이미지의 기억을 동반한다. 계란과 김밥, 콜라와 사이다 같은 특별식이 그 한가운데 놓여 있다. 지금이야 너무 평범한 서민의 음식이지만 그 시절에 이런 것들은 오로지 소풍 때나 운동회 할 때 먹을 수 있는 특별한 음식이었다. 그래서 선생님이 언제 소풍 간다고 날짜를 선포하면 당일까지 마음이 퍽 설레었다. 기다리면서도 매일 반복되는 등하교와 교실에서의 수업이란 일과에서 벗어나 자연 속에서 하루를 보낸다는 것이 그렇게 좋을 수밖에 없었던 것이리라. 그 하루만의 자유와 해방의 느낌이 그렇게 설레고 좋았다면 당시 학교생활이 은연중 군부독재 때의 입김이 작용하여 퍽 억압적인 측면이 있었다는 이야기일 터이다. 더 거슬러 올라가면 일제강점기의 제국주의적 압제가 남긴 유산이 황국식민을 뜻하는 '국민'학교의 현장에 고스란히 남아 꿈틀거리고 있었을지 모를 일이다.

여하튼 소풍 전날 밤 내 어린 심장은 좀 특별하게 콩닥거렸고, 엄마가 정성껏 준비한 김밥의 구수한 맛과 삶은 달걀의 보드랍고 푸근한 감촉이 자꾸 머릿속에 떠올랐다. 사이다와 콜라의 톡 쏘는 맛은 무슨 환각제처럼 속까지 아찔하게 만들어 오래 묵은 체증이 시원스레 내려가는 통쾌함을 안겨주었다. 청주시 사직동에 위치한 한벌국민학교에서 당일치기로 걸어서 소풍을 다녀올 수 있는 장소는 제한되어 있었다. 한 곳은 도심지를 관통해서 청주시 동편의 우암산 용화사 근방 또는 산 뒤에 있던 명암방죽이라는 저수지였고, 다른 한 곳은 도시의 서편에 자리한 충북대학교 뒷산이었다. 그리 명승지라 할 수 없는 수더분한 공간이었다.

그곳까지 걸어가서 짐을 풀고 보물찾기와 장기자랑 같은 약간의 오락을 즐긴 뒤 김밥 먹고 오는 게 소풍의 전부였다. 저학년 반은 엄마가 따라가는 경우도 흔했던 것 같다. 좀 집안 살림이 넉넉한 아이와 반장을 맡은 아이의 엄마는 김밥과 맛있는 간식 등을 여분으로 싸서 와 담임선생님에게 나눠주면서 선심을 쓰곤 했다. 빤한 일정이었지만 소풍을 다녀오면 매일 고정된 장소에서 고정된 음식을 먹으면서 지루하게 되풀이되는 일상에서 벗어나 무언가 다른 음식으로 새로운 시간과 공간을 경험했다는 사실 하나만으로도 특별하게 느껴진 것이다. 택시는 아주 희귀했고 버스마저 흔하지 않던 미진한 대중교통의 인프라 속에 우리에게 튼튼한 두 다리로 떠나는 그 여행이 마냥 머나먼 이국적 공간을 찾아 떠나는 대탐험인 양 체감되었던 모양이다. 지금 가보면 학교에서 별로 멀지 않은 그 우암산이 그때는 왜 그렇게 멀리 보였는지, 또 300여 미터의 그저 그런 높이와 규모의 작은 산이 그때는 왜 그리도 방대한 에베레스트산처럼 까마득하게 느껴졌는지 알 수 없다. 작은 것도 크게 상상해 증폭시킬 줄 아는 우리의 동심은 그 산보다 얼마나 더 위대했던가.

소풍과 비슷한 국민학교 시절의 흥겨운 추억은 가을 운동회였다. 그때도 엄마가 학교에 김밥과 삶은 달걀, 사이다와 콜라, 빵 같은 특별 음식을 보자기 같은 데 싸서 가지고 오셨다. 우리는 개인 100미터 달리기 경주, 줄다리기, 오재미로 박 터트리기 놀이, 단체 마스게임, 기마전, 하늘에 대형 풍선 날리기 등 다양한 순서를 학년별로, 반별로 소화했고, 청군과 백군으로 나뉘어 진영 대결도 치열하게 치러졌다. "깃발이 춤을 춘다. 우리 머리 위에서.

달리자 넓은 마당 푸른 하늘 마시며. 우리 편아 잘해라. 저쪽 편도 잘해라…"라는 운동회 노래의 가사가 지금도 기억날 정도로 그 하루의 시간은 참 역동적이었다.

온갖 잡상인들과 학부모들이 뒤엉켜 흙먼지 날리는 운동장은 사람들로 빼곡했고, 어린 학생들은 그 환호하는 군중의 틈바구니에서 자기 엄마를 찾느라 열심히 돌아다녔다. 점심시간이 되면 흙먼지 자욱한 운동장을 피해 잔디로 덮인 교정의 나무 그늘을 찾아 식구들끼리 삼삼오오 모여 그 맛난 김밥을 먹었다. 찐 달걀도 먹었고 급하게 꾸역꾸역 넘기느라 목이 빽빽해지면 사이다도 마셨다. 안면이 익은 친숙한 이웃이 있으면 곁으로 다가와 음식을 나눠 먹기도 했다. 그밖에도 운동회는 군것질의 금기가 해제되는 특별한 날이었다. 화학 색소 듬뿍 들어갔지만 목마른 아이들의 갈증을 달래주던 아이스께끼, 달콤하고 몽실몽실한 감촉으로 환상적인 이미지를 선사하던 솜사탕, 본드 냄새가 났던 풍선 등 평소 금기시되거나 귀했던 것들이 아이들에게 마냥 관대하게 베풀어지던 때와 장소가 바로 이 운동회의 운동장이었다. 자기 순서가 없을 때 엄마한테 달려가 특별 용돈을 얻어다가 이런 것들을 사서 먹고 노는 군것질에 탐진할 때 그 쾌락이 퍽 대단했던 것 같다. 당시 운동회는 마치 1년 내내 억압적인 금기의 규율로 한 공동체를 엄숙하게 통치하다가 특정 기간 해방공간을 허락하면서 질펀하게 먹고 마시며 욕망의 규제가 풀리는 '카니발리즘'의 축제에 비견될 만했다. 나는 국민학교 시절 경험한 이런 운동회의 추억을 곱씹을 때마다 가끔 '일탈의 창의성'에 대한 동경을 품고 그 의미를 심화해나가기 시작했던 것 같다.

일단 서 있는 자리의 틀을 벗어나야 지평선이 확장되고 새로운 길이 열린다는 것, 시간의 규칙성에 변주를 가할 수 있어야 그 시간이 우리 생과 만나 탄력을 얻게 된다는 것, 인간은 자유를 위해 피를 흘릴 정도로 그 자유가 갈급한 존재라는 것, 이 세상에는 참으로 기묘한 먹을거리들이 많고 다양한 그 맛과 감촉을 경험하는 감각의 구원이 누구에게나 필요한데 그런 향유적 가치가 어쩌면 우리 삶의 본질에 근접하리라는 것⋯ 나는 지금도 이런 생각의 편린들이 내 유년기의 운동회가 선사한 감각적 체험과 무관치 않다고 본다.

27.
첫사랑

청소년 시절 처음 발견하여 대학생이 된 뒤에도 즐겨 읽은 라이너 마리아 릴케는 내 마음속에 어느 순간부터 사랑의 한 고전처럼 견고한 영토를 구축했다. 내가 허공을 향해 그토록 그리워하던 님의 얼굴을 그리다 지쳐 잠시 눈을 감았다 떴던 어느 순간, 내 앞에 나타난 기이한 신령의 형상에 놀라 기절했을 때도 내 손에는 릴케의 시집이 들려 있었다. 그는 무엇보다 첫사랑이 찾아오는 순간의 기미에 신묘한 감촉을 들이대 아름다운 언어로 묘파하는 특출한 재주가 있는 시인이었다. 가령, 다음의 시 한 편은 내게 사랑을 사랑할 수 있을 정도로 수없이 반복해 읽으면 읽을수록 사랑에 대한 갈증을 심화시켜준 작품이었다.

사랑이 어떻게 너에게로 왔는가.
햇빛처럼 꽃보라처럼
또는 기도처럼 왔는가.

행복이 반짝이며 반짝이며 하늘에서 몰려와
날개를 거두고
꽃피는 나의 가슴에 걸려온 것을……

하얀 국화가 피어있는 날
그 집의 화사함이
어쩐지 마음에 불안하였다
그날 밤 늦게, 조용히 네가
내 마음에 닿아왔다.

나는 불안하였다
아주 상냥하게 네가 왔다.
마침 꿈 속에서 너를 생각하고 있었다.
네가 오고 은은히, 동화에서처럼
밤이 울려 퍼졌다.

밤은 은으로 빛나는 옷을 입고
한 주먹의 꿈을 뿌린다.
꿈은 속속들이 마음속 깊이 스며들어
나는 취한다

어린아이들이 호도와

불빛으로 가득찬 크리스마스를 보듯
나는 본다. 네가 밤 속을 걸으며
꽃송이 송이마다 입맞추어 주는 것을.

—라이너 마리아 릴케, "사랑이 어떻게 너에게로 왔는가"

이 시를 읽으면 지금도 설렘의 온기가 심장에 고인다. 모든 세상사가 동화로 변모하고 마구마구 기도하고 싶어지고 내 영혼은 꽃으로 변신할 듯하고 햇빛처럼 날아갈 듯하다. 불안마저 아름답고 모든 날이 가장 성스러운 크리스마스처럼 느껴지며 만나는 사람마다 부둥켜안고 입을 맞추며 애정을 표하고 싶어진다. 이런 병적인 사랑의 환상이 이 시어들의 틈새로 아지랑이처럼 대책 없이 피어나는 마력을 릴케의 이 시는 품고 있다.

이 작품의 정조에 잇대어 내가 30대 초쯤 만난 이성복 시인의 한 작품은 그 사랑의 느낌을 조금 성숙한 성찰의 언어로 이렇게 또 조탁하였다.

느낌은 어떻게 오는가
꽃나무에서 처음 꽃이 필 때
느낌은 그렇게 오는가
꽃나무에 처음 꽃이 질 때
느낌은 그렇게 지는가

종이 위의 물방울이

한참을 마르지 않다가

물방울 사라진 자리에

얼룩이 지고 비틀려

지워지지 않는 흔적이 있다

　　　—이성복, "느낌"

　이 시에서는 사랑의 기쁨과 함께 그 기쁨이 스러지고 난 뒤 흔적으로 남은 사랑의 상처까지 만져지지 않는가. 비틀리고 지워지지 않는 흔적으로서의 사랑은 사라진 물방울의 미미한 이미지로 대체되었지만 여전히 심장 속에 메아리치는 사랑의 느낌을 전한다. 릴케와 통하듯 내게 찾아온 첫사랑의 황홀도 그렇게 강렬했고, 이성복과 공명하듯 그 이후 스러져간 사랑의 흔적과 그것이 환기하는 느낌 또한 비틀린 얼룩일망정 그렇게 아련하게 재생된다.

　국민학교 4학년 때 서울에서 한 소녀가 전학해왔다. 첫눈에 너무 향기롭고 아름다운 소녀였다. 가지런한 단발머리에 눈이 크고 순정해 보였다. 말수가 적고 조용했지만 단정한 옷차림과 사뿐거리는 걸음걸이 하며 청주의 시골에서 야생으로 자란 우리 동네 소녀들과 너무 달랐다. 그런 이질적인 특이성이 타자에 대한 이성적 동경을 불러일으키기는 처음이었다. 배치된 책상이 바로 내가 앉은 자리 옆의 옆자리였다. 이 소녀가 너무 예쁘고 멋지다 보니 우리 반 아이들이 그 아이에게 다가가 좀처럼 말을 붙이지 못했고, 촌스런 나 역시 곁눈질로만 흘깃거렸을 뿐 늘 꿀 먹은 벙어리였다. 이 도시의 토종 소녀들 중 외모와 말발이 좀 우월한 아이들은 은근히 이 서울 소녀를 질투하며 째려보곤 하였다. 뭐라도 내세워 잘난 척이라도 좀 했으면 좋으련만 나는 아무것도 잘난 것을 내세울 수 없어 마음 졸이고 애태우는 시간이 길게 흘러갔다. 짝사랑으로 인한 상사병에 비견될 만한 시련의 세월이 오래 지속되었다.

4학년 같은 반에서 바로 지근거리에 있었는데 정서적으로 공감할 만한 아무런 의미 있는 말 한마디 주고받지 못한 게 천추의 한이 되었다. 소녀는 늘 잔잔한 미소로 우리 반의 공기를 향기롭게 만들고 있었건만 아무런 칭찬도 할 수 없을 정도로 얼어붙어 있던 내 소극적인 내향성이 한스러울 정도였다. 뭔가 아름다운 시어로 소녀의 아름다움을 말이나 글로 예찬이라도 했더라면 이렇게 후회스럽지는 않았을 것이다. 5학년 이후 2년간 남녀 분반이 되어 나는 소녀와 함께 같은 반에서 공부할 수 없었다. 나중에 알게 된 사실이지만 소녀의 부친은 교육청 공무원으로 아버지가 서울에서 청주로 발령을 받아 온 가족이 함께 이사를 오게 된 것이었고 우리 동네서 좀 떨어진 같은 사직동의 한 도심 동네 양옥집에 살고 있었다. 그녀의 오빠는 나중에 피아노를 공부해 피아니스트의 길을 걷게 되었던 것 같다. 소녀의 단정하고 사뿐거리는 걸음걸이는 나중에 그의 집 앞을 지나면서 본 부친의 신사 같은 걸음걸이와 닮아 보였다.

6학년 때 학교에서 우유와 빵을 담은 사각형 플라스틱 박스를 들고 급식 배달하는 일은 자원하는 아이에게 당번으로 맡겨졌었다. 나는 굳이 그 일을 자청하여 여학생반 교실로 돌아다니면서 소녀의 모습을 한 번이라도 더 보려고 무척 애를 썼다. 그렇게 벙어리 냉가슴의 짝사랑일망정 첫사랑의 황홀한 마음을 소중히 간직하고 그 마음을 운명적인 것으로 부풀리는 환상의 시간을 키워 간 것이다. 또 소녀가 거주하는 집의 위치를 확인한 뒤 나는 틈만 나면 혹여 그녀를 볼 수 있을까 하여 그 집 앞을 일부러 지나쳤다. 한두 번 기막힌 타이밍을 맞춰 그녀가 마을 앞 공터에서 잠옷을 입고 가족이나 동네 친구와 배드민턴을 치는 모습을 보기도 했다. 나는 공설운동장에서 새벽부터 공을 차고 축구를 하다가 돌아가는 길이었다. 흙먼지와 땀으로 범벅이 된 내 메리야스 티와 곱디고운 잠옷으로 치장한 소녀의 귀여운 자태는 전혀 어울릴 것 같지 않은, 마치 바보온달과 평강공주 같은 상극적 이미지였다.

한 번은 국민학교 6학년 때 나는 소녀가 피겨 스케이트를 탄다는 걸 알고 당시 서문다리 앞에서 장사를 하시던 부모님을 졸라 스케이트를 하나 사서 죽어라 배웠다. 마침 소녀가 무심천의 얼음을 지치며 피겨 스케이트를 탄다는 첩보를 접하고 나도 나가 그 무리에 섞여 최대한 멋진 폼 잡으며 스케이트를 탔다. 칼날 끝이 둥근 소녀의 피겨 스케이트는 귀엽고 예뻤다. 나는 길죽하게 나온 남성용 일반 스케이트 칼날을 앞으로 쭉쭉 뻗으면서 어떻게든 지 소녀의 동선에 근접하려고 했지만 한 번도 눈이 마주치는 일은 없었던 것 같다. 그냥 그렇게 한 얼음판에서 어울리며 추위를 잊고 아름다운 모습을 바라볼 수만 있어도 행복한 심정이었다. 나는 그럴 때면 용기백배하여 그 무심천의 얼음을 타고 멀리, 최대한 북쪽 끝까지 모험을 하러 다녀오기도 했다. 설레는 심장의 열기를 어떻게든 다독이며 진정시키기 위해 부득이하게 결행한 고독한 탈주였다.

소녀는 예쁜 용모와 몸짓이 선생님들에게도 인정을 받았는지 소녀는 당시 운동회 때 즐겨 했던 마스게임이라는 단체 무용의 모델 학생으로 뽑혀 운동장의 교단 위에서 전체 그룹의 동작을 선도하는 역할도 했다. 소년들은 주로 곤봉체조나 신체묘기체조를 했는데 소녀들은 조금 다른 유형의 단체 무용을 선보였다. 나는 소녀들이 단체로 마스게임 연습을 할 때면 느티나무 아래 땅바닥에 앉아 그림을 그리는 시늉을 하면서 콘크리트 교단 위에서 모델로 선도하는 그 소녀의 동작을 하나씩 머릿속에 입력하며 그 아름다운 잔상을 오래 기억하고 싶어 했다.

한 번은 학교에 가지 않아도 되는 일요일, 나는 그리움에 지쳐 혼자 먼 거리를 걸어와 등교했다. 아무도 없이 텅 빈 운동장 한구석 미끄럼틀에 몸을 눕혀 소년은 눈물을 글썽이면서 "때로는 보고파 지겠지 진정한 사랑이라면…"으로 시작되는 패티김의 노래를 한 곡조 불렀다. 스스로 창피했는지 아무도 없는 자리였지만 나는 저 하늘이 너무 밝고 환해서, 그 파란빛에 눈이 부셔 눈물이 나는 거라고 스스로 달래주었다. 운동장은 사위로 고요했고, 소녀가 무용하던 콘크리트 교단 위에는 기억의 잔상만이 나풀거리고 있었다. 교정의 풀과 나무들만이라도 내 편을 들어주었으면, 내 마음을 꼭 그 소녀에게 전해주었으면 하는 간절한 기도가 심장의 혈관을 타고 흐르고 있었다.

심장이 떨려 제대로 말을 걸지 못하는 수줍은 나는 방법을 바꿔 한 번은 편지를 써서 보내볼까 했다. 당시 취미활동으로 우표 수집을 하던 때에 어쩌다 얻은 귀한 우표를 먼저 편지봉투에 붙여놓고 긴 편지를 써서 그 안에 넣었는데 주소를 알면서도 그조차 부치지 못한 미완의 연서가 되어버렸다. 그 귀하고 값비싼 우표를 붙인 그 편지를 집안의 철제 캐비닛에 깊숙이 감춰 놓았는데 이후 언제 어디로 실종되었는지 그 자취를 도통 알 수 없었다. 그 편지를 부칠까 말까 망설이던 중 내 심중에 고뇌를 더한 우스꽝스런 인습은 그녀의 성씨가 버들 류(柳)인데 여말선초 이후 이 류씨와 차씨는 형제지간이라 서로 결혼을 할 수 없다는 것이었다. 말 한마디 도탑게 나누지 못한 처지에 결혼까지 고민했던 소년의 순진한 환상이여! 풋내와 치기 가득한 그 사연은 내가 꽁꽁 봉해 놓았던 그 편지만이 알고 있었을 것이다.

이후 나도 그 소녀도 중학생이 되고 또 고등학생이 되었다. 남녀공학이 아닌 학교를 따로 다녀서 우리는 국민학교 졸업 후 몇 년간 서로 볼 수 없었다. 어찌 사는지 소식을 듣지도 못했고, 어린 시절의 그 설렘도 물방울의 비틀린 흔적처럼 메마른 채 점점 더 희미해져갔다. 나는 대학 진학을 앞두고 고등학교 2학년 때부터 수학 과목이 취약해 시내의 한 사설학원을 다니기 시작했다. 그런데 그 첫 수업 시간에 나는 여고생이 된 그녀를 같은 교실에서 만나 첫눈에 알아볼 수 있었다. 웅성거리는 교실의 수업 시작 직전 나는 어리벙벙한 동작으로 사위를 두리번거리다가 그녀의 큰 눈과 1초간 딱 마주쳤고 단번에 내 첫사랑의 소녀라는 걸 알아챌 수 있었다. 심장에 둔중한 폭탄이 떨어진 듯한 굉음이 울려 퍼졌다. 수업이 끝난 뒤 밤중에 나는 그녀의 뒤를 밟아 비겁하게 멀찌감치 딱 한 번 따라간 적이 있었다. 그녀의 걸음걸이는 여전히 반듯했고 그 정갈한 포즈는 뒷모습만 봐도 변함없이 아름다웠다. 그러나 그것이 전부였다. 그 학원에서도 나는 옛날 초등학교 시절 쌓아온 아무런 추억이 없었기에 그녀 앞에 불쑥 나서서 자신을 소개하며 말을 붙인다는 게 어쭙잖았다. 나는 그런 내 위치와 실존이 원망스러웠으나 대학입시라는 절체절명의 위중한 과제에 쫓기느라 연정에만 의지해 내 일상을 지탱하기도 어려운 형편이었다.

이후 서울에서 대학을 다니면서 내가 그 소녀를 위해 할 수 있는 건 충북대학교에 들어간 그녀를 위해 대학의 학보를 그녀의 집으로 몇 차례 보내주는 일이었다. 나는 가까이서 또 멀리서 그녀의 자태와 다양한 모습을 마치 풍경화나 정물화 구경하듯 응시하면서 그 시선으로 사랑을 만들었을 뿐이었다. 응시로서의 사랑이란 게 있다면 그것이 이 어설픈 짝사랑으로서의 첫사랑에 내가 내놓을 수 있는 전부였다. 그러던 어느 날 대학 캠퍼스의 자하연이라는 인문대 연못에서 우연히 내 국민학교 동기동창으로 경제학과 다니던 H라는 친구와 만나 대화하던 중 이 친구도 국민학교 시절 내가 연정을 품었던 그 소녀를 사랑해왔다는 사실을 알게 되었다. 그는 나보다 용기가 있어 고등학교 때도 일정한 교류와 만남이 있었던 것 같았다. 나는 내 속마음을 감추었지만 그를 통해 내가 알게 된 사실이 몇 가지 있었다. 그녀는 고등학교 때 약간 불량기가 동해 담배를 피우며 일탈적 행동을 좀 했는데 아마도 그것은 그녀의 모범생 이미지를 확 비틀어 바꾸고 싶은 충동에 이끌린 것이었으리라. 대학에 올라가서는 꼽추 장애가 있는 미대 선배와 사귀면서 결국 결혼까지 했다는 소문이 멀리 내 귀에까지 들려왔다. 아, 그것이 그 소녀의 비범한 아름다움이 숱한 방황의 길을 헤쳐나가다 마주친 운명의 최종 결절점이었구나 하는 탄식이 이제 성인이 된 내 뱃속 깊은 데서 울려 퍼졌다.

이제 나와 동갑인 그 소녀도 중년을 넘어 60대를 몇 년 앞두고 있을 텐데 지금 어떻게 살고 있을지 궁금하다. 결혼생활은 순탄했는지, 자녀는 몇이나 두었는지, 인생사 특별한 질고나 병통 없이 무난하게 흘러왔는지 그 아름답던 황홀한 자태는 세월의 주름 속에 또 얼마나 퇴색되었을지… 내가 그 어린 시절 타전한 심장의 신호는 아무런 기미도 만들지 못하고 어떤 메아리도 낳지 못한 채 그저 무연하고 무감하게 스치는 한 줄기 바람에 불과했는지…

느낌은 비틀린 종이 위의 물방울 흔적처럼 아련한 기억으로 남아 있는데 소식의 창은 수십 년 불통의 장벽 위로 이끼가 끼고 녹슨 채 굳게 닫혀 있다.

사랑이 어떻게 너에게로 왔는가.
햇빛처럼 꽃보라처럼
또는 기도처럼 왔는가.

행복이 반짝이며 반짝이며 하늘에서 몰려와
날개를 거두고
꽃피는 나의 가슴에 걸려온 것을……

이 릴케의 노래는 다시 꽃으로 피어날 수 있을까. "햇빛처럼 꽃보라처럼" "기도처럼" 사랑은 반짝이며 다시 찾아와 내 설레는 가슴을 달래줄 수 있을까. 외곬의 응시만으로 수놓아진 내 소년의 사랑은 이제 마주친 시선으로서의 사랑으로 다시 환한 봄날을 맞이할 수 있을까.

28.
이사 후의 신세계

내가 안동네를 떠난 때는 국민학교 4학년 때쯤이었던 것 같다. 아버지는 오래 하던 양복쟁이 일을 접고 농지를 팔아 그 돈으로 서문다리 건너 건물 모퉁이에 신발가게를 차렸다. 장사를 시작한 지 몇 년 지나 거기서 번 돈으로 사직동 대로변에 땅을 샀고 그 땅 위에 집을 짓기로 작정하신 듯했다. 그 일로 고향의 정든 집을 떠나 같은 사직동의 다른 동네 양옥집으로 이사 갔고 대로변 3층 빌딩이 완공된 뒤에는 다시 그곳 3층집으로 이사했다. 두 번 이사한 이 집들과 안동네의 거리는 직선거리로 불과 2-3킬로미터 정도 떨어진 인접한 곳이었지만 걸어 다니던 내 거리 감각으로는 꽤 먼 타향처럼 느껴졌다. 나는 이 두 집에서 각각 2년 전후의 짧은 시간을 살았고 내 초등학교 4-6학년까지의 시간을 여기서 보낸 것으로 대강 기억한다.

처음 이사한 집은 양옥집이었고 마당이 좁고 햇볕이 잘 들지 않았다. 대문 옆 바깥으로는 가게를 할 만한 별채가 있었다. 우리 집 건너편에 평리상회라는 가게가 있어 우리는 이 동네를 평리상회 동네라고 불렀다. 안동네와 달리 주변은 양옥집들로 빼곡하게 이어져 있었고 비포장 흙길로 4-5미터 또는 2-3미터 너비의 통행로가 나 있었다. 드문드문 밭이나 논이 있었지만 개발 추세를 탄 70년대 전형적인 주택가였다. 이곳은 안동네의 공동체 마을이 아니었고 이웃에 사는 사람들에 대한 관심의 밀도도 떨어져 안면이 익어 인사를 해도 친밀한 온정은 없었다. 박정희 대통령이 주도한 졸속 근대화 분위기에 편승해 막 도시화가 진행되던 시점이었다.

그렇지만 아이들끼리는 함께 놀면서 금세 친해지는 특별한 친화력이 있었다. 나는 이 동네에서 나보다 두 살쯤 위 선배인 준식이 형과 두세 명의 동급생, 평리상회 아들인 두어 살 아래 수현이 등과 친하게 지냈다. 그때 주로 방과후 동네 길목에서 즐겼던 놀이는 비석치기와 돌따먹기였다. 비석치기는 넓죽한 돌을 세워놓고 그것을 맞혀 따먹는 다마치기 비슷한 놀이였고 돌따먹기는 역시 밑면이 평평한 돌을 가지고 서로 손으로 튕겨 밀치고 들이박고 하면서 금 밖으로 밀어내면 이기는 놀이였다. 겨울에는 인근의 논에 꽝꽝 언 얼음을 깨서 그것을 뗏목 삼아 물 위로 이동하며 놀던 재미도 쏠쏠했다. 장대로 노를 저어 움직이다가 얼음 뗏목이 기울어지거나 물에 잠겨 장화 속에 물이 들어와 발이 꽁꽁 얼어붙은 적도 있었다.

이때는 또 막 이소룡 영화가 대중적인 인기를 끌던 시기여서 무협영화에 끌려 그 주인공들 흉내를 내면서 소영웅주의의 환상 속에 들떠 놀기도 했다. 실제로 벽돌공장에서 기합 소리에 주먹으로 벽돌을 깨는 무리한 고충을 자초하기도 했고, 벽돌 쌓아둔 높은 곳에서 활공하거나 발차기 연습을 익혔다. 더러 영화 속의 무협지 갱단처럼 대담한 범죄행각도 모방했는데 특히 이곳저곳 건축 현장에 잠입해 한 사람은 망보고 다른 두 사람은 철근을 훔쳐서 고물상에 팔아 그 돈으로 짜장면도 사 먹고 이소룡 영화도 함께 보곤 하였다. 지금 생각하면 붙잡혔을 경우 당장 유치장 신세를 질 만큼 심각한 범죄행위였을 텐데 그때는 그런 죄의식도 박약하고 정의의 사도들이 사는 무협 세계에서는 그런 정도는 쿨하게 관용될 수 있는 것처럼 제멋대로 생각했던 것 같다. 다행히 이런 철근 도둑질 행각은 수차례 반복되었어도 한 번도 들키지 않았고, 우리는 거의 이소룡 수준으로 무술의 내공이 깊어진 듯한 환상 속에 헤매곤 했다. 나는 동무들과 별도로 무심천의 너른 바위에 혼자 나가 몸으로 방방 뜨면서 발차기 연습을 하며 놀기도 했다.

그러다가 이런 일을 그만두게 된 충격적인 계기가 생겼다. 우리 팀의 막내 수현이는 부모님이 운영하는 평리상회에서 담배를 몰래 훔쳐내 우리에게 주었고 우리는 그에게 그 도둑질을 곧잘 사주했다. 그래서 나는 그 맛을 잘 알지도 못하면서 겉멋이 잔뜩 들어 순전히 무협영화 속의 인물들을 흉내 내보려 뻐끔거리며 훔쳐낸 담배를 벽돌공장 구석에 숨어 피우곤 했다. 그런 나쁜 짓으로 암흑계를 누비고 난 뒤 몇 년이 지나 우리 팀의 두목인 발차기의 명수 준식이 형은 다른 곳으로 이사 갔고 집안의 가세가 기울어 풍비박산이 났다고 들었다. 동생이 정신병에 걸렸다는 소문도 자자했다.

불행은 연속으로 이어졌다. 이후 아버지가 지은 대로변의 3층 집에 이사 가서 살던 때 한벌국민학교 봄소풍 하루 전 오후였다. 내가 집 앞에서 어슬렁거리고 있었는데 갑자기 인근에 대형트럭이 자전거 타고 길을 가로지르던 한 소년을 치어 죽게 하는 사고가 발생했다. 끔찍한 교통사고였다. 소년의 머리통이 대형 덤프트럭 바퀴에 깔려 두개골이 깨진 채 뇌수가 사방으로 튀어나와 아스팔트 바닥에 흩어져 있었다. 경찰차가 당도하고 시간이 얼마 지나지 않아 익숙한 얼굴의 남성 어른이 산발한 머리로 크게 울면서 사고 현장으로 다가갔다. 그 사고로 죽은 소년이 불과 얼마 전 평리상회 골목에서 함께 발차기 연습하고 빼끔 담배를 피우며 어울렸던 수현이라는 걸 내가 알아차린 건 그 뒤로 몇 초가 지나지 않아서였다.

이 사건으로 나는 큰 충격을 받았고 이후 죄책감으로 오래 시달렸다. 나와 함께 무협의 세계에 입문해 멋지게 놀던 주변의 사람들이 불행하게 되는 걸 보면서 죄와 벌의 인과론적 관계에 대해 비로소 진지하게 생각했던 것 같다. 소박한 수준에서나마 윤리적인 사유를 시작하게 된 것도 이때쯤이었을 것이다. 죽음, 특히 자연사가 아닌 사고로 나와 가까운 사람이 죽는 현장을 현장에서 직접 목격한 경험도 그때가 처음이라 이런 끔찍한 죽음, 예기치 않은 죽음의 비극적 의미를 궁리하는 최초의 발단이 된 것이 바로 수현이의 이 사고사였다.

인간관계의 복잡한 미로에 대한 고민도 이즈음에 싹이 텄고 그 구체적인 계기도 있었다. 평리상회 마을 시절 함께 어울린 친한 동년배 아이들로는 임규진, 변강수, 이명훈 세 명이 있었다. 같은 동네에서 같은 학교 다니면서 친해졌다. 임규진은 공부를 잘했고 교육자 집안의 상류층 부르조아 자식이었다. 이명훈은 이 동네 토박이로 다소 누추한 집에 살았지만 재치와 눈치가 깊은 아이였다. 변강수는 이름자의 여운 그대로 우직하고 통통한, 착한 심성의 아이였다. 나는 그런데 이들 모두와 항상 친한 것이 아니었다. 한동안은 임규진과 친하게 지내면서 변강수와 내가 합세하여 이명훈을 따돌리며 함께 놀지 않았다가, 또 한동안은 임규진을 배제하면서 변강수와 이명훈이랑 함께 어울리며 놀았다. 그 또래 집단의 친소관계 변화에 무슨 힘의 역학이 작용했는지 지금 생각해도 모호하다. 단순한 심리적인 변덕 이외에는 특별히 떠오르는 변수가 없다. 어쩌면 사소한 몸 냄새, 인상, 말투, 제스처, 소통의 왜곡 등에서 좋고 싫음의 골이 생겨 그것이 관계의 갈림길을 내지 않았을까 싶기도 하다. 내가 지금도 고민하는 인간관계의 미로, 우정의 진화 궤도에 관련된 모든 사유의 원형적 단서는 이때 이 기묘한 4각 관계의 현장으로 소급된다.

29.
놀이의 진화 또는 주전부리의 심화

평리상회 동네 양옥집과 대로변 3층집에 살던 몇 년간 내 놀이도 점점 더 진화했고, 어떤 면에서 보면 심화된 지점도 있었다. 비석 치기와 돌따먹기의 시절을 지나 그때 유행하던, 우리가 '띠기'와 '달고나'로 부르던 연탄불 간식의 놀이는 또 하나의 훈훈한 흑백 사진 풍경으로 떠오른다. 3층집에 살 때 그 뒷골목에는 늘 이 연탄불 장사하는 아저씨, 아줌마가 쭈그려 앉아 동네 조무래기들을 모아 이 설탕 간식을 팔았다. 최근 네플렉스 드라마 "오징어게임" 이 그 시절 추억놀이를 다시 전 세계적으로 환기시켰는데 이 놀이는 놀기도 하고 먹기도 하는 일석이조의 흥미로운 감각적 유희였다.

그 시절 이런 경험을 한 세대는 익숙하겠지만 연탄불을 피워 그 위에 조그맣고 동그란 스테인 국자 같은 것을 올려놓고 철사로 된 손잡이를 잡아 흔들리지 않게 한다. 그 속에는 설탕을 넣고 연탄불에 녹인 뒤 거기 하얀 소다를 첨가하면 내용물이 누렇게 부풀어 오르는데 그것을 납작한 철판에 탁, 치면서 쏟아 그것을 다른 철판으로 납작하게 누른다. 다음 수순은 그것이 굳기 전에 다양한 모양의 철로 만든 틀로 살짝 찍어 금을 만들고 그 금을 따라 띠게 하는 것이다. 그것을 성공적으로 떼어내 온전한 모양을 장사하는 주인에게 제시하면 또 하나 만들어 먹을 수 있는 보상을 주는 방식이다.

달고나는 가로, 세로, 높이 2cm 정도 크기의 네모나고 달달한 하얀색 내용물을 마찬가지로 철제 국자 용기에 녹여 소다로 부풀린 뒤 그냥 젓가락으로 찍어 먹기도 하고 앞의 띠기와 마찬가지로 납작하게 만들어 모양을 찍어주기도 한 것 같다. 이 달고나의 용량은 띠기보다 훨씬 더 커서 큰 국자를 사용한 것으로 기억하는데 추운 겨울 연탄불 앞에 쭈그려 앉아 이 달콤한 것을 먹으면 괜스레 배도 불러오고 마음에 은근히 위로가 깃드는 느낌이었다. 초콜렛을 먹으면 우울한 마음도 호전된다는 과학적인 설명을 들은 적이 있는데 그것과 비슷한 이치가 작용하는지 모르겠다. 당분을 몸이 기뻐하여 그것으로 축 늘어져 있던 세포들이 환호작약하는 마약 성분 비슷한 구실을 하는 건지 어쨌든 우리 세대 유년기의 일상에 기쁨을 선사한 귀중한 소품이었던 것만은 분명하다.

우리의 놀이는 이렇게 함께 어울려 부대끼며 노는 놀이에서 혼자서 하는 놀이로 점점 더 진화해나갔다. 그 진화의 심도를 더한 것은 만화책 보기였다. 나는 아주 어려서부터 고수 검객들이 챙, 챙, 챙 칼싸움하면서 내공을 겨루고 복수 혈전도 벌이는 만화책을 봐왔다. 내가 최초로 본 만화책은 주로 그런 것들이었다. 그러다가 점점 만화의 장르를 넓혀갔다. 학교에서 일부 부유층 자제들이 구독한 소년조선일보나 소년동아 같은 신문, 잡지에 나오는 '꺼벙이' 등의 만화도 재미있었고, 사람의 마음을 그렇게 풍자적인 캐리커처를 통해 특징적으로 드러내는 재주가 퍽 인상적이었던 것 같다.

그러다가 나는 어느 때부턴가, 아마 사춘기로 접어들었는지, 순정만화계에 입문해 깊이 침잠하며 이 취미를 길게 끌고 적어도 대학생 때까지 갔다. 당시 TV에서도 방영한 만화영화 "캔디"의 인기는 우리 세대 가운데 하늘을 찌를 만한 기세였고, 그 전후로 나온 수많은 작가의 수많은 순정만화도 그 계보를 이어갔다. 거기에는 또 일정한 주제의 흐름과 배경이 다양하게 분기하는 게 엿보였다. 지금도 "내 사랑 마리벨" 같이 일부는 그 제목을 기억할 정도로 나는 수많은 순정만화를 탐독한 매니아였다. 이런 계통의 만화로는 가령 프랑스 혁명 같이 격변하는 시대적 배경을 깔고 두 주인공 남녀의 비련을 그려낸 것이 많았다. 등장인물은 남녀 공히 긴 머리털에 눈이 크고 코가 오뚝하며 격렬하고 과장된 언어와 몸짓으로 좌충우돌하는 가련하고 비극적인 청순형 인물들이 대세였다. 남녀 주인공 모두 각종 악인의 방해 공작을 무릅쓰고 사랑을 찾아가는 굳센 용기와 순정한 결기가 참 아름다웠고, 온갖 음험한 모략과 핍박을 무릅쓰고 그 고단한 역정을 통과한 뒤 마침내 사랑을 온전하게 이루어나가는 클라이맥스의 장면들은 환희의 감동을 안겨주었다. 지금 생각하면 일본판 순정만화를 거의 재탕하거나 모방한 작품들이 많았던 것 같다. 그러나 역사위인전의 책을 접하기 쉽지 않던 시절, 이런 정감 어린 사랑 만들기식 영웅 서사는 가난하고 소심한 동심을 부풀리면서 위대하고 숭고한 어떤 세계에 대한 동경을 달래주기에 적격이었다.

아마 한국 작가의 순정만화 역사에 획기적인 신기원을 이룬 것은 까치와 엄지를 주인공으로 내세운 "공포의 외인구단" 계통의 작품이었을 것이다. 그 뒤로도 거칠고 반항아적인 한국형 남성 주인공에 부드럽고 따뜻하며 순수한 여성 주인공을 내세워 스포츠나 사업 등 사랑 외에 다른 현실적인 매개 코드를 삽입하고 비련미를 곁들인 사랑의 서사를 꾸려간 토종 순정만화가 쏟아지기 시작했다. 나는 이런 것들을 고등학교, 대학교까지 죄다 따라잡기 위해 만화방에 적지 않은 용돈을 쏟아부었다. 이런 순정만화는 기본이 10권이었고 15권, 20권에 육박하는 장편대하소설 같은 방대한 분량이었다. 그것들을 빌려 집에 가져가면 추가 부담이 있고 집안에서 공부 안 하고 논다고 아버지가 역정을 낼까 두려워 남몰래 개인 아지트처럼 컴컴하고 좁은 만화방을 수시로 들락거렸던 기억이 아련하다.

소년 시절 내가 가장 많이 들렀던 만화방은 3층집 뒷골목에 허름한 단층 건물 안에 자리 잡고 있었다. 거기에서는 다양한 만화를 잡식성으로 봤고, 여전히 미련이 많았던 무협의 세계를 다룬 만화도 적잖이 섭렵했던 것 같다. 이곳은 비록 조명이 약하고 실내 공간이 침침했지만 내게 퍽 풍요롭게 느껴졌다. 그 이유는 단순하지만 재미있는 서사를 담은 만화라는 책의 그림에 꽂힌 시선에서 생기는 시각적 쾌감과 그것을 내 작은 손으로 넘기면서 느낀 촉각의 쾌락도 있었을 테지만, 동시에 겨울철 난로 위에 얹어둔 오뎅국이 끓으면서 풍기는 구수한 냄새가 내 후각을 자극했기 때문이었다. 나는 거기 가서 오뎅을 몇 개 꼭 사 먹고 오뎅 국물 몇 그릇 퍼마시는 재미를 놓치지 않았는데 오뎅의 그 쫄깃한 감촉과 짭짤한 국물의 그 진한 맛은 중독성이 있었다. 돈이 떨어져 이 만화방에 가고 싶어도 가지 못해 울적할 때는 땅바닥을 보며 걷다가 당시 거금이었던 5천 원짜리 지폐를 주워 횡재하기도 했는데 그 돈으로 또 며칠을 버티며 만화방 순례를 이어갈 수 있었다. 내 잡스러운 취미를 도와주기 위해 보태준 하늘의 선물 같았다.

또 한 군데 단골 만화방은 내가 중학교 가면서 개척한 곳으로 이 역시 작은 골목 따라 개인 집 바깥사랑채의 아주 작은 공간에 자리 잡고 있었다. 거기는 대낮에 손님도 드물어 일찍 가면 아무도 없는 텅 빈 두 평 공간 나무 장의자에 앉아 나는 10권 이상의 전집류 순정만화에 심취하여 반나절 이상의 긴 시간을 보내곤 했다. 나는 그 순정만화의 주인공과 함께 얼마나 자주 울고 웃고 또 쾌재를 부르곤 했던가. 그 상상 속의 이분법적 서사 구도에서 나쁜 놈은 반드시 죽어 멸망하고 착한 이는 결국 승리하는 피날레가 항상 통쾌했다. 이런 식으로 종결되는 순정만화의 결론은 그 권선징악의 간단명료한 교훈과 함께 항상 왜소한 내 마음을 흡족하게 달래주곤 했다. 그렇게 깊은 감정 이입으로 심취된 나만의 만화독서 세계는 앞으로 내 인생의 미래도 이렇게 착하게 살기만 하면 항상 멋진 신데렐라 같은 여인을 만나 "저 푸른 초원 위에 그림 같은 집을 짓고" 영원히 행복하게 살 수 있다는 희망을 부풀려주었으리라. 당시 너무 억압적인 사춘기의 시절에 이렇게 축축하고 달달한 위안의 장소가 있었다는 것이 내게 그나마 해방구이자 도피성이 아니었나 싶다.

어느덧, 동무들과 함께 열린 광장에서 뛰어놀던 집단 놀이는 줄어들고 이에 반비례하여 컴컴하고 좁은 나만의 밀실에서 홀로 텍스트에 침잠하면서 노는 방식으로 진화해갔다. 그것은 자발적 고독으로 도피한 동선이었지만 그 고독의 상상계에는 너무나 아름답고 멋진 등장인물들이 있어 그 쓸쓸한 감정의 질료들이 마냥 쓸쓸하게 씹히지는 않았다. 그 뒤로 오랫동안 세월의 때를 타면서 나이 들고 성숙했다고 할지라도 나는 그때만큼 순정한가 되짚어본다. 이제 나이 들고 성숙해져 그때 그 순정의 정체를 파악했다며 분석하고 해석하면서 그 의미를 풍요롭게 우려내는 넉넉한 지성을 내세우는 지금, 그 순수의 열망은 여전히 살아남아 있는가. 이 질문이 참 아프게 다가온다.

30.
범표신발과 그 주변(1)

평리상회에서 아버지가 지은 사직동 대로변 3층집으로 옮겨와 살던 때 나는 부모님이 개업한 서문다리 건너편 범표신발 가게에서 한동안 숙식을 하면서 학교에 다녔었다. 그 좁은 가게 한구석에 콘크리트로 사각형의 침상을 만들었는데 세 사람이 몸을 붙여 자면 간신히 하룻밤 보낼 만했다. 자는 사람이 잠버릇이 안 좋으면 1미터 아래 가게 밑바닥으로 떨어질 수도 있는 구조였지만 내가 몸이 작아 부모님 틈바구니에 간신히 몸을 눕힐 수 있었다. 집을 따로 두고 그렇게 옹색한 가게 안에서 부모와 어린 아들이 잠을 청한 정확한 이유를 지금도 잘 알 수 없다. 그렇게 주야로 시간을 몽땅 쏟을 만큼 우리는 가족의 생계 터전인 그 작은 범표신발의 공간에 애착이 컸는지도 모른다.

아버지는 그곳에서 돈 버는 재미를 적잖이 누렸을 거라는 생각이 든다. 어려서부터 양복쟁이를 했으나 그 월급은 쥐꼬리 수준이었을 테고 농사를 지어봐야 그것으로 돈을 만들기는 더더욱 어려웠을 것이다. 그러다가 장사판에서 매달 물건값을 도매상에 치르고 남는 이문을 헤아리면서 수시로 돈맛을 보지 않았을까 싶다. 마침 그 길목이 사람들이 버스를 기다리는 정류장이라서 고객이 자주 북적거렸고 외상으로 신발을 사가는 단골손님도 많이 생겼다. 나는 그곳에서 아버지의 장사를 유심히 살피면서 나무로 만든 돈통에 자꾸 관심이 쏠렸다. 그것이 잠가지지 않았을 때는 내가 동전 몇 개씩 슬쩍 꺼내 어린 욕심에 먹고 싶은 맛있는 것들을 내 맘대로 사서 먹는 몽상에 종종 잠겼고 더러 그 모험을 과감하게 실현하는 때도 있었다. 특히 추석이나 설 명절 때면 '대목'을 본다고 했는데 손님이 쉼 없이 밀려들면서 아버지, 엄마는 저녁 늦은 시간까지 손님 받느라 정신이 없었다. 돈통에 지폐가 마구 채워졌고 동전은 자투리 돈에 불과했다.

그렇게 바쁘게 손님을 받다 보면 더러 끼니 챙길 시간도 놓치기 일쑤였다. 나는 부모님과 손님들이 북적거리는 틈바구니에서 하릴없이 시간을 죽이다가 시장기가 돌 무렵 내 무료함을 달랠 돌파구를 하나 찾아냈다. 그것은 아버지의 돈통에서 꺼낸 동전을 가지고 인근의 포장마차를 수시로 들락거리면서 나 혼자 몰래 홍합탕을 사서 먹는 일이었다. 컴컴한 야간에 은밀한 나만의 공간으로 스며들어 맛있는 음식과 만나면서 이 유년기의 보급 투쟁은 내게 참 대단한 즐거움을 주었다. 그때 그 침침한 포장마차를 은밀하게 오가면서 아버지의 돈통에서 꼬불쳐낸 5백 원짜리 동전으로 나 혼자 사서 먹었던 그 홍합탕은 거의 천상의 맛이었다. 먹어도 먹어도 질리지 않는 그 짭조름한 국물을 껍데기로 퍼마시고 보들보들한 홍합의 속살을 꺼내 먹는 그 순간의 깊은 향유야말로 그 시절 내게 가장 큰 위안이었고 기쁨이었다. 그러나 끝끝내 들키지 않은 그 좀도둑질은 나만의 비밀로 지금까지 간직해왔는데, 하나님 앞에는 회개했지만 부모님께는 아직 사과한 적 없는 것 같다. 지금이라도 뒤늦게 죄송하다는 말씀을 올린다.

아버지는 아침에 첫 손님이 오면 '마수'라는 말을 하셨다. 손님이 이것저것 신발을 만지작거리다가 사지 않고 가버리면 '재수 없다'라는 말도 종종 하시며 그 떠난 자리에 찬물을 뿌려댔다. 엄마는 그 콘크리트 평상 한가운데로 방바닥을 데우기 위해 만든 화로 구멍에서 연탄불을 꺼내 점심 끼니때가 되면 냄비에 라면을 끓여 우리 셋이서 함께 나눠 먹었다. 그때 너무 자주 라면을 드신 엄마는 이후 세월이 흘러 그 시절을 회상할 적마다 그때 라면에 너무 질려서 다시는 쳐다보기도 싫다고 했다. 아버지는 옛날 회인이라는 마을에서 양복쟁이로 살던 시절 하숙집에서 하도 죽을 자주 쑤어줘서 죽이라면 질렸다고 맞장구를 치셨다. 그렇지만 나는 범표신발 시절 몰래 탐닉하던 포장마차 홍합탕 맛에 너무 걸신들려 이후에 포장마차 애호가가 되었는데 어른이 되어 가끔 포장마차에 들려 먹은 홍합국은 그 속살과 국물맛 모두 예전만 못한 게 늘 불만이었다.

엄마는 가끔 주변의 서문시장에 가서 되로 쌀을 팔아와 냄비에 밥을 해서 조촐한 상을 차려내셨다. 김치와 간단한 반찬을 상에 올려 함께 먹었던 그 범표신발의 식사시간은 늘 즐겁고 정겨웠다.

하루는 엄마 손을 잡고 시장을 함께 갔는데 그때 막 새로운 과일로 등장하기 시작한 노란 바나나가 먹음직도 하고 탐스러워 호기심이 동한 나머지 그것을 좀 사달라고 엄마에게 조르기 시작했다. 너무 비싸서 안 된다는 엄마의 말씀에도 나는 아랑곳하지 않고 시장바닥에 주저앉아 마구 떼를 쓰며 큰 소리로 울었으나 소용이 없었다. 엄마는 철부지 어린 아들에게 바나나를 사주지 못한 미안함과 복잡한 시장통에서 내가 막무가내로 괴성을 지르는 통에 쏠린 행인들의 시선으로 인해 창피함을 동시에 느꼈을 것이다.

　내 군것질의 사생활에서 가장 장구한 내력을 지닌 메뉴는 호떡이다. 범표신발은 단층으로 죽 이어진 한 건물의 여러 점포 중 하나였는데 가게 바로 왼편에 건물 안쪽과 변소로 들어가는 진입로를 막아 건물주의 친척 아줌마에게 호떡 장사를 할 수 있도록 배려해주었다. 우리는 그 통통한 아줌마를 호떡 아줌마로 불렀다. 호떡 아줌마는 늘 그 자리에 앉아 밀가루 반죽을 조금씩 떼어내 펼친 뒤 황설탕을 한 숟가락 넣어 둥그런 무쇠 솥뚜껑 같은 곳에서 호떡을 구워냈고 또 옆에는 연탄불을 피워 오뎅을 삶아냈다. 그것들은 우리에게 가장 빈번한 일용할 간식거리로 사랑을 받았다. 내가 바나나를 먹지 못한 그 날도 엄마는 내게 그 대신 호떡을 사주겠다고 달랬을 것이다. 또 가게 앞에는 푼돈을 벌고자 아이스케키 통을 두 개나 두고 아이스케키를 팔았는데 그것도 여름철에 더위로 지칠 때면 내게 주전부리감으로 종종 꺼내먹는 재미를 선사했다. 지금처럼 비닐껍데기 없이 밀폐된 냉동고에 가득 채워 놓은 아이스케키를 하나씩 꺼내 빨아먹으면 그 차갑고 달착지근한 맛이 위장까지 시원하게 만들었다.

이렇듯, 범표신발의 주전부리감으로 여름철 내게 아이스케키가 있었다면 가을이나 겨울에는 홍합탕과 오뎅국, 호떡 등이 늘 지척에 대기 중이었다. 그것들만 있어도 마냥 배부르고 행복할 것만 같은 시절이었다. 내가 청주를 떠나 명절을 맞게 된 먼 훗날, 그 범표신발 건물을 찾았을 때 누군가에게 그 호떡 아줌마가 암으로 세상을 떠났다고 들은 기억이 희미하다. 먹어도 먹어도 마냥 배고프던 내 어린 시절, 가장 단순하면서도 찰진 호떡의 맛을 선사해준 그 아줌마에게 감사의 마음을 전하고 싶다. 호떡 굽고 오뎅국 끓이는 그 열기에 늘 면상이 벌겋게 달아오른 데다 호떡을 만드느라 사용한 기름이 얼굴까지 묻어 반들거리던 그 부지런하고 선한 인상을 잊을 길 없어 더욱 그립다.

31.
범표신발과 그 주변(2)

범표신발 점포 왼편 호떡집이 들어선 공간은 정식 점포가 아니라 통행로 입구였고 그 왼편에는 정식으로 서울집이라는 술집 겸 음식점이 있었다. 얼굴이 동그랗고 머리를 뒤로 말아 비녀를 꽂은 주인아줌마는 돼지국밥, 선지국밥 등을 맛깔스럽게 잘 만들었고 무엇보다 닭똥집 구이가 명품이었다. 어른들은 술안주로 닭똥집을 선호했지만 나는 아무래도 '똥'의 뉘앙스가 영 께름칙해서 이 메뉴와 친해지지 못했다. 그러나 순대는 좋아해서 이 서울집에서 가끔 얻어먹었다. 그 아줌마는 나를 귀여워하셨고, 집안에 아들이 없었는지 우리 부모님에게 부탁해 나를 수양아들 삼겠다고 했다. 그렇게 나는 '수양아들'(당시 어른들 발음으로는 성야들)이 뭔지도 모르면서 그 서울집 아줌마의 그런 아들이 되어 더 사랑을 받았다. 그 사랑은 늘 음식 대접으로 나타나서 나는 거기서 손수 만들어낸 피순대를 수양아들의 당당한 신분으로 틈틈이 얻어먹는 재미를 누리곤 했다.

서울집 왼편으로는 이 전체 체인망 점포 건물의 주인이 되는 기름집이 들어서 있었다. 그 집 앞을 스치면 고소한 기름 냄새가 났다. 깨를 뭉쳐 참기름, 들기름을 짜는 쇠로 만든 기계들이 들어차 있는 공간이었다. 기름을 다 짜고 남은 깨의 찌끼를 압착해 뭉쳐낸 덩어리를 깻묵이라고 불렀다. 그 기름집에는 그런 둥그런 깻묵 덩어리들이 곳곳에 많이 쌓여 있었다. 기름집 주인 아줌마는 호떡집 아줌마와 남매지간 아니랄까봐 통통한 몸집과 커다란 두상, 두툼한 입술, 부리부리한 눈매가 서로 닮았다. 좀 무서운 인상이었는데 부모님의 인물평에 의하면 건물주인 기름집 아줌마는 돈에 아주 인색하고 철저하다고 했다. 그러니까 이런 건물을 일찌감치 구했을 거라며 세 들어 장사하는 우리집의 신세를 자조하는 듯한 탄식을 가끔 내뱉곤 하셨다.

기름집 점포에서 몇 건물을 건너뛰어 내려가면 단골분식이라는 만두집이 있었다. 손수 만들어낸 만두와 찐빵이 주요 품목이었는데 우리는 가끔 이곳에서 만두와 찐빵으로 요기를 하며 간식을 충당하곤 했다. 이 서민풍의 식당은 중고등학교 아이들이 비싼 제과점의 서양식 빵과 과자를 사 먹지 못하는 주머니 사정을 달래주는 맞춤한 위안처요 쉼터였다. 그곳에 놓인 둥그런 식탁에 앉아 앞창 달린 까만 모자를 쓴 까까머리 학생이나 하얀 셔츠에 까만 치마 입은 누나 형들이 찐빵을 시켜 그 위에 하얀 설탕을 뿌려 먹는 풍경을 흔하게 볼 수 있었다. 거기서 한참을 더 내려가면 길 맞은편에 자유극장이라는 영화관이 있었다. 범표신발 창문에 영화 포스터를 붙여주면 공짜 티켓을 한두 개씩 주곤 했는데 나는 그것으로 가끔 그 극장에 가서 무협영화를 즐겨 보았다. 또 영화가 끝나고 문이 열려 관객들이 들고나는 순간을 이용해 몰래 표를 사지 않고 영화관에 잠입해 공짜 영화를 보는 스릴 넘치는 경험도 적잖이 했다.

범표신발 맞은편은 곧장 서문다리로 이어졌고 이 다리 밑에서 6.25 전쟁 때 많은 사람들이 무고하게 학살되어 죽었다는 전설이 어른들의 입을 타고 전해졌다. 그 다리 밑에는 움막을 짓고 거지들이 어울려 몇 명 살고 있었는데 해코지당할까 봐 그 주변에 얼씬거리는 것조차 께름칙했다. 벌거벗은 몸으로 구걸해서 살아가는 그들의 그 다리 밑 공간은 아무도 가까이 다가서거나 만져서는 안 되는 무슨 금단의 영역처럼 두려움을 자아냈다. 여름철 서문다리 밑에 물이 불어 먹감으러 갈 때는 가끔 물속에서 거적때기로 바람막이 삼아 만들어놓은 그 다리 밑 움막집으로 내 시선이 꽃히곤 했다. 저곳의 아이들, 어른들이 오늘 하루 식사는 제대로 했을지, 양치질과 세수는 어디서 하는지, 변소가 따로 없을 텐데 용변은 어디서 어떻게 볼지, 쓸데없는 잡념이 일어 어느 날 무심코 그 움막의 가마니 문을 쓱 열어젖히고 통쾌하게 웃으면서 인사를 건네고 싶었지만 그럴 용기는 끝까지 생겨나지 않았다.

서문다리 좌편 제방과 이어진 공터에는 간헐적으로 장이 섰는데 우리는 그곳을 '깡시장'이라고 불렀다. 그곳에는 농촌에서 농사지은 배추와 무 등 각종 채소를 리어커나 트럭으로 싣고 와서 도매로 거래하는 곳이었다. 장이 설 때면 많은 익명의 사람이 얽

히고설켜 마치 경매하듯이 왁자지껄한 풍경을 연출했다. 가끔 그곳으로 혼자, 또 엄마 손을 붙잡고 함께 구경하러 가기도 했고, 장이 파한 뒤에는 그곳에 널브러진 배추 잎사귀를 주워다가 알뜰하게 다듬어 배추된장국을 끓여 먹거나 밥까지 섞어 죽을 끓여 먹었는데 그 맛이 참 삼삼했다. 거지도 아닌데 땅바닥에 버려진 배추 잎사귀를 줍는 게 부끄럽게 느껴질 만했을 텐데, 나도 엄마도 남의 시선을 별로 개의치 않고 열심히 그걸 주워 봉지에 담았던 것 같다. 그 시절은 평범한 서민들이 대개 그렇게들 살았다. 그 시절의 기억이 내 무의식에 박혀 있었는지 나는 나이 들어 모악산밭과 금오도 텃밭에 소박한 규모로 배추도 심어 가꿔 먹었는데 그 먹을 만한 걸 잎사귀를 마구 떼어 내버리는 것이 괜스레 아쉽고 아깝다는 생각이 들곤 하였다.

인간의 본능적 욕구로 식욕과 성욕, 수면욕 등이 있고 조금 고차원적인 욕구로 인정욕구와 이에 덧대어진 자아실현의 욕구가 있다고 하지만 죽기 직전까지 가장 끈질기게 달라붙어 있는 욕구는 식욕이다. 질환으로 사망에 근접한 환자나 살 만큼 살아 자연사가 가까운 노인에게 으레 덕담으로 주변에서 건네는 말인즉 잡숫고 싶은 음식 실컷 사드리라는 것이다. 이만큼 우리의 벌어진 입으로 들어가 목구멍을 타고 넘어가는 음식과 식사의 실존은 혼자 먹든, 함께 먹든 눈물겨운 세상이다. 범표신발의 주변에서 챙겨 먹은 음식들의 기억은 그 희미한 잿빛 여운 가운데 내 목숨을 키워온 그 자양분과 그것을 위해 애써 몸을 부려 일해온 내 부모의 간단없는 노동의 세월을 떠올려준다. 거기 무슨 의미를 더 추가할 수 있겠는가. 세상이 바뀌길 갈망하는 소리는 시나브로 넘쳐나는데 우리 일상의 분복이며 향유의 기본 조건인 먹고사니즘이 냉소와 탄식의 대상으로 내쳐지지 않고 공대받는 세상이 도래할 수 있을까.

32.
범표신발과 그 주변(3)

범표신발을 기준으로 우편의 점포도 세 개나 되었는데 이 모든
것들 또한 기름집 건물주의 소유였다. 우리 가게에 바로 붙은 점
포는 1평 남짓의 매우 비좁은 구둣방이었는데 상호도 따로 없이
늘 환한 웃음을 머금고 일하는 40대 초입쯤의 키다리 아저씨가
주인이었다. 그는 그곳에 온종일 들어앉아 새 구두를 만들었고 또
망가진 구두를 수선해주기도 하였다. 두 명 정도 들어앉을 만한
좁은 공간에 진열장까지 만들어 새로 만든 구두를 전시했는데 가
끔 심심할 때면 나는 이 점포에 들어 아저씨의 말동무가 되어 주
었다. 아저씨도 나를 귀엽게 대해주셨고, 망치로 구두를 두드리면
서 구수한 충청도 사투리로 내게 이것저것을 물어보시기도 했다.
또 나랑 대화 나누던 중 공부 열심히 하라고 격려도 해주셨고 나
름대로 터득한 인생의 교훈을 덕담 건네듯 흘리며 내게 들려주시
기도 했다. 나는 가끔 그가 너무 비좁은 공간에서 그 큰 키의 체구
로 온종일 앉아서 일하는 게 너무 답답하지 않을까 싶었다. 그러
나 늘 자족한 표정으로 환한 웃음을 머금은 채 매일 수도하듯 구

두를 만들던 아저씨는 그 망치질로 내면을 다스리면서 묵묵히 오래 견뎠을 것이다. 구둣방 키다리 아저씨는 우리 아버지보다 더 먼저 그 점포 문을 닫고 다른 곳으로 이사 갔는데 지금은 어디서 무엇을 하고 사실지 궁금하다.

거기서 우편으로 연이어 들어선 점포는 철물점과 양복점이었다. 철물점에는 지금의 철물점처럼 각종 연장과 잡다한 생활필수품을 팔았고 양복점 주인은 예전에 아버지가 양복쟁이 하던 시절 함께 술친구로 어울리던 지인이었다. 철물점 아저씨는 작업복 차림의 수더분한 외양에 성실했고 대성양복점 아저씨는 늘 기름을 발라 올백으로 뒤로 벗어 넘긴 헤어스타일이 인상적인 분이었다. 나는 이분들과 개인적인 친분은 없었지만 부모님 심부름으로 가끔 들러 일상적 용무로 대화한 기억이 남아 있다. 그때마다 이웃집 점포의 어른들은 내게 공부 열심히 하라는 덕담을 꼭 남겼고, 내가 공부를 웬만큼 잘한다는 이야기를 들었는지 기특한 아들이라고 칭찬하기도 하셨다. 공부를 열심히 하라는 이분들의 조언과 덕담에는 우리나라에서 공부를 열심히 해서 출세하는 것이야말로 고생하는 부모들의 가난한 삶을 타개하는 유일한 탈출구라는 현실감각이 담겨 있었던 것 같다.

대성양복점까지가 기름집 건물주의 소유였고 거기서 몇 가게 건너뛰면 또 다른 신발가게가 있었다. 그 상점은 우리 아버지가 범표신발을 개업하기 전부터 영업을 해왔었는데 우리의 개업을 처음부터 경계하는 눈치가 역력했다. 이후로도 동종업계의 장사

꾼으로서 지킬 만한 의리보다 시기와 질투, 험담으로 얼룩진 사연들이 틈틈이 화제가 되곤 했다. 부모님이 다른 어른들과 나눈 대화를 어깨너머로 들어보면 안 좋은 소문의 주인공으로 그 점포의 주인장 이름 석 자가 자주 입에 오르내렸다. '오일성 그놈의 자식이 또…' 이런 식으로 그 이웃 신발가게 주인의 해코지는 오랫동안 부모님께 스트레스의 요인이 되었던 것 같다.

예나 지금이나 인간관계가 가장 어렵다. 아무런 이유 없이 선대하는 선량한 이웃이 있듯이 아무런 까닭 없이 해코지하는 불량한 이웃도 있다. 특히 이해득실이 엉키는 경쟁 도상의 사람들과 그 이해를 조정하고 득실을 타협하면서 그 관계를 파탄에 이르지 않도록 슬기롭게 유지해나가는 게 매우 어렵다. 탐욕의 총량이 증폭한 시대일수록 조그만 이익과 손실의 편차에도 광분하기 쉽고 폭력적인 해를 끼치는 사태가 잦아진다. 반면 그 시절 가난한 유년기의 음지에서 만난 분들, 점포를 맞대고 장사하던 그 이웃들은 군자나 현자는 못 되었지만 수더분하게 온정을 나눌 줄 알았다. 오징어, 땅콩의 간식거리나 돼지국밥, 닭똥집의 대접으로, 또 들기름 한 병의 명절 선물과 덤으로 얹어주는 찐빵과 만두 하나로 우리의 배고픈 위장은 넉넉히 달래졌고, 수상한 세태의 인심은 부족한 대로 푸근했다.

범표신발은 버스노선이 바뀌고 갚지 않는 외상값이 밀리면서 위기에 봉착했다. 설상가상으로 당시 박정희 대통령이 만들어낸 부가가치세라는 것이 또 아버지의 사업 숨통을 조여대기 시작했다. 어린 내 귓전에 들려온 것 중에서 이 두 가지가 범표신발의 장사에 치명적인 걸림돌이 되었다. 10년 정도 장사를 한 이후로 맞닥뜨린 변화된 현실이었다. 아버지는 외상값을 받기 위해 자전거를 타고 멀리 까치내 시골 마을까지 찾아가 냇물을 건너다가 급류에 휩쓸려 죽을 뻔한 일도 있었다. 공사중인 3층집을 완공하기 위해 건축비를 충당해야 하는데 범표신발의 작은 수익으로 감당하기 위해 피를 말리는 압박이 이어졌다. 또 외삼촌이 사업을 한다며 아버지한테 돈을 빌려달래서 은행 대출에 보증을 서주었는데 외삼촌이 사업에 망해 미국으로 급하게 출국하면서 그 빚부담은 아버지에게 떠넘겨졌다. 아버지 앞에 던져진 신용보증의 대가는 서울에 사는 외삼촌의 사업동업자가 인계받은 빈껍데기 자산이 전부였다. 그 빚을 받기 위해 수차례 서울의 동업자 집을 수소문해 찾아다녀야 했고, 그 과정에서 과로가 겹쳐 아버지는 머리의 혈관이 터져 뇌출혈의 사고를 겪기도 했다. 또 워낙 다양한 사람들이 이 가게에 들락거리다 보니 못된 마음을 품은 손님 중에 가게에 홀로 남은 엄마나 누나에게 신발 구매를 미끼로 추근대는 짐승 같은 남정네들이 있었던 것 같다.

그렇게 아버지는 나이 50이 다 되어 범표신발을 정리하고 외갓집에서 보내준 초청장을 받아 미국에 이민 가기로 모진 결심을 하셨다. 사람의 생에도 시작과 끝이 있듯이 사업도 영원무궁하지 않았다. 한 시절 정든 그 점포의 아늑한 공간, 새 신발의 고무 냄새, 가죽 냄새 풍기던 그 좁다란 가게의 정겹던 공간은 이제 과거의 저편으로 사라져 그리움을 더한다. 그 시절 내가 먹던 아이스 케키와 호떡과 오뎅과 홍합탕, 만두와 찐빵, 배추된장국 메뉴는 가끔 화학 조미료로 오염된 내 혀의 미각을 반성하는 아련한 거울로 꿈속에 되살아나곤 한다.

33.
콧물라면, 물쫄면

내가 안동네를 떠나 사직동의 두 군데에서 초등학교 몇 년을 보낸 뒤 마지막으로 살았던 곳은 구 용화사 절 뒤에 위치한 2층으로 지어진 불란서집이었다. 무심천이 청주를 대표한 하천이듯, 이 도시의 대표적인 산은 우암산인데 지도책에서 정식 명칭으로 와우산이라고 불리기도 한다 해발 300여 미터 되는 이 산의 기슭에 있는 절을 신 용화사라고 했고, 무심천변 내가 중학교 1학년 때부터 살던 이 집 앞의 절은 사람들이 구 용화사라고 불렀다. 구 용화사는 고려 시대 만들어진 거대한 석조불상 군을 터로 잡아 1974년경 그 위에 사각형 모양으로 건물을 세워 그 불상에 집을 지어주면서 생긴 절이다. 아마 이 절이 우암산 기슭의 그 용화사보다 먼저 생겼거나 이 절의 불상이 워낙 오래된 것이라 그렇게 구별해서 불렀을 것이다.

이렇게 10살 전후 신화적인 고향 안동네를 떠나 세 번 이사했지만 주소지는 다 사직동이었고 이사 간 동네의 집들을 지도상에서 연결해보니 아라비아 숫자 7자가 그려진다. 그럼 나는 이렇게 옮겨 다니면서 럭키 세븐의 운명을 구현하면서 살았던 걸까.

중학교 시절 3년 내내 자전거 타고 다니면서 나는 무심천 제방 인근을 매일같이 쳐다보았을 것이다. 내가 다닌 대성중학교는 청주의 북쪽 끝 변두리 천변에 자리한 대성학원 소속 사립중학교였다. 등하굣길에 천변의 물길을 자주 보았고, 그 흙길 제방 양편에 피어난 잡초와 야생화도 숱하게 마주쳤을 것이다. 무심천 반대편은 내 고향 안동네의 동산 뒤편으로 펼쳐진 바로 그 광활한 평야였다. 혼자서 비를 맞고 달린 적도 있었고, 둘이나 셋이서 어울려 함께 달리기도 했다. 내가 특히 좋아한 동급생은 김홍진이라는 아이였는데 나는 그 친구에게 잘 보이려고 무척 애를 썼던 것 같다. 무엇이 동성인 그 친구에게 내 감정적 이끌림을 유발했던 것일까. 당시 내가 140cm의 작은 키로 여전히 땅꼬마 신세를 벗어나지 못하고 있었지만 그렇다고 친구의 키가 썩 큰 것도 아니었다. 공부도 나와 비교해 특별히 잘한 것도 아니었다. 성적이 나와 비슷하거나 오히려 좀 아래였던 것 같다. 그 시절을 회고하면서 곰곰이 생각해 보니 그 친구는 표정과 말투, 몸짓에서 다른 아이들한테서 찾아보기 어려운 기품이 있었다. 은은한 미소에도 품위와 품격이 느껴졌다. 함께 자전거를 타고 하교하면서 서로 웃으면서 대화하던 시간 내내 행복했던 기억이 선연하다.

중학교 때 그 교정 주변의 농촌 환경이 영향을 끼쳤겠지만 학과목 수업 외에 강제노역이 많았다. 체육 시간에 수업은 안 하고 잡초 제거, 땅 파기, 학교 인근 부속 대지의 환경 개선 등 학생들은 그 노역 현장에 종종 동원되었고 착한 아이들은 그 지시와 명령에 순종하면서 묵묵히 몸을 부리며 일을 했다. 이 학교에는 유도부가 유명했는데 덩치 큰 아이들이 하얀 유니폼을 입고 교실 뒤편 체육관에서 유도 연습을 했다. 그밖에 축구부도 대외적으로 중요한 경기에서 우승을 할 정도로 큰 성과를 거두어 이 소외된 변두리에 있던 학교의 명예를 빛내곤 했다. 그러나 나는 이런 운동에는 별 관심이 없었고 이 학교의 억압적인 교육 환경에 근근이 적응하면서 공부를 잘해야 인정받는 분위기에서 상위권 성적을 유지하려고 열심히 노력했다.

배가 고파서 수돗가에 가서 수돗물로 몇 차례 배를 채운 게 기억난다. 도시락을 싸줘서 점심을 먹었을 텐데 왜 그렇게 배가 고팠는지 알 수 없다. 교내에 작은 매점은 있었지만 다수 학생들이 매식을 할 수 있도록 정식으로 꾸려진 식당은 없었다. 그렇지만 가끔 무슨 행사가 있어 학생들이 허기를 느낄 때 교내에 집을 짓고 사는 관리인 아저씨의 부엌을 개조해 라면을 파는 간이식당이 들어서기도 했다. 어느 날 문득 헛간과 같던 그 좁다란 공간에서 겪은 짧은 일이 오래 기억 속에 남아 있다. 그날도 학생들이 무슨 노역을 했거나 아니면 체육대회 같은 교내의 무슨 특별한 행사가 있었을 것이다. 그 부엌의 사설 식당이 마침 오픈해 유일한 메뉴로 라면을 팔았다. 라면이 나온 지 얼마 되지 않아 귀했고 그 이국적인 MSG 맛에 학생들이 열렬히 환호했다.

주인아저씨는 아궁이에 나무로 불을 때서 가마솥에 라면을 삶왔다. 학생들은 배가 고프다고 줄을 서서 서로 밀치면서 아우성 쳤고 라면은 더디 끓었다. 마침내 솥뚜껑이 열리고 아저씨는 라면 건더기를 건져 그릇에 담는데 불에 익은 벌건 얼굴에 땀이 송이송이 맺혀 흘렀다. 큰 양은그릇에 라면을 담으려는 어느 찰나에 나는 재수 없게도 그 땀 몇 방울이 얼굴에서 흘러 턱 끝에서 라면 그릇으로 낙하하는 것을 보고야 말았다. 콧등에서 흘러내려 콧물 과 섞인 듯한 물방울도 몇 방울 동시에 그릇 가운데로 낙하했다. 아, 그 순간 내 시선은 왜 다른 곳으로 한눈을 팔지도 못했던가. 다른 아이들처럼 나는 왜 옆의 동무들과 떠들면서 장난치지도 못 하고 그런 쓸데없는 광경에 시선을 꽂고 있었던가. 나는 그 라면 을 먹어야 할지 먹지 말아야 할지 10여초 정도 고민했던 것 같다. 그러나 아우성치는 학생들의 아귀다툼 함성과 시끌벅적한 잔치 분위기가 내 감각을 마취시켜 그 땀방울과 콧물의 오염을 망각하 고 내 몫의 라면을 후룩후룩 집어삼키도록 만들었다.

중학교 시절, 내 가난한 가슴에는 이 콧물라면의 이미지가 꼭 박혀 화석화되어 있다. 그 이미지가 부끄럽게 떠올라 내 기억 속 에 부유하면 나는 다른 기억으로 그것을 지워버렸다. 그 다른 기 억은 중학교 교정 한구석에 키가 훤칠한 미루나무가 여러 그루 솟구쳐 있는 풍경에 대한 것이다. 바람이 불면 그 미루나무 가지 들이 흔들리고 나뭇잎이 햇볕을 반사하며 반짝거리곤 하였는데 참 시원하고 아름답게 보였다. 나는 외롭거나 우울할 때, 학교 선 생들의 억압적인 지시나 명령에 마음이 눌릴 때마다 홀로 이 미루나무 숲에 와서 바람에 흔들리는 그 가지와 잎사귀를 바라보며 시심을 키웠고, 독백으로 서로 대화하는 시늉을 하곤 했다. 내 문학적 상상력의 한 원초적 현장이었던 셈이다. 미루나무 숲 앞에서 이 식물의 고귀한 기상과 자유를 동경하며 몇 편의 글도 끄적거리곤 하였다. 그때가 내 개인 노트에 자발적으로 사적인 감정과 감상을 배설하며 처음으로 일기를 쓰기 시작하던 때였을 것이다.

청석고등학교도 대성중학교와 마찬가지로 사설 대성학원 내에 속한 사립고등학교였다. 그러나 위치는 대성중학교와 정반대로 청주시의 최남단, 역시 변두리 지역이었는데 논밭으로 둘러싸인 허허벌판에 건물 하나 달랑 세워진 곳이었다. 운동장은 넓었으나 그 옆으로 아직 철거되지 않은 붉은 벽돌공장 건물이 퇴락한 모습으로 방치되어 있었다. 이때 모든 고등학교가 그렇듯 선생도 학생도 대학입시에 사활을 걸다시피 하면서 특수반을 편성해 명문대학에 들어갈 우수학생들을 따로 모아 수업을 하다가 물의를 빚자 다시 골고루 편성하는 등 혼란이 생기기도 하였다. 우리는 대학 진학을 위해 사육당하는 짐승처럼 그저 선생님들이 인도하는 대로 좋든 싫든 꾸역꾸역 따라갈 수밖에 없는 울타리 속의 약자들이었다. 나도 선생님의 말씀을 절대 진리로 여기며 죽어라 공부를 했다. 집에서 아버지는 자신의 배우지 못한 한을 내게 투사해 풀려고 했던지 매일 새벽 6시면 깨워 공부하라고 채근했다. 3학년 때는 토요일과 일요일에도 도시락을 두 개나 가지고 가서 먹으면서 열심히 시험공부, 입시공부에 매진하곤 했다. 어떤 때는 토요일에 학교 수업 끝나면 늦게까지 공부하다 교실에서 잠을 자고 일요일에 라면 등 간식으로 끼니를 때워가며 전쟁과 같은 대학입시에 총력 질주하였다.

주중에는 밤늦게까지 야간자습을 했는데 배가 고파 특식을 단체 주문해서 먹곤 하였다. 그것은 그때 막 나와 학생들에게 인기 만점인 메뉴로 쫄면이라고 했다. 쫄깃한 국수 몇 가락을 간장으로 만든 짭짤한 육수에 말아 만든 일종의 물쫄면이었는데 시장이 반찬이라고 저녁에 그것이 배달되어 오면 우리는 걸신들린 듯 단무지 반찬과 함께 단숨에 먹어치웠다. 멸치 달인 물에 간장을 섞고 또 무슨 다른 재료를 넣었는지 모르겠지만 나는 그때 그 쫄면국물이 참 맛있었고 그 이후에도 쫄면의 이름으로 그런 깊은 국물맛을 경험하지 못했다. 내가 그 뒤로 맛본 쫄면계의 대세는 주로 비빔쫄면이었지 물쫄면을 파는 곳은 극히 드물었다.

세월이 오래 지나 방송마다 맛있는 음식으로 식욕을 부추기는 먹방이 대세가 되었다. 또 스마트폰 시대를 맞아 검색으로 유명 식당도 척척 찾아가는 문명의 이기 덕분에 나는 물쫄면을 맛있게 하는 식당을 충북 옥천군의 한적한 소읍에서 발견했고, 고등학교 때의 물쫄면에 대한 미각적 그리움을 달래보려 일부러 거길 두어 번 찾아간 적이 있다. 치자를 넣어 뽑은 노란색 국수를 역시 간장 위주의 짭짤한 육수와 섞어 계란 고명 몇 가닥 얹어 파는 6천 원짜리 간단한 메뉴였다. 나는 고등학교 야간자습 시간에 허기에 지쳐 먹던 그 맛을 떠올려보려 무척 애를 썼지만 비슷한 듯하면서도 똑같지는 않은 것 같았다. 아니, 내 미각도 많이 변해왔을 테니 아주 똑같을 수는 없었을 것이다. 왜 쫄면의 대세가 물쫄면이 아니라 비빔쫄면으로 바뀌었는지 그 영문도 잘 알 수 없었다. 그때 배달해서 먹던 그 물쫄면을 어느 식당에서 어떤 분이 만들었는지 잘 모르겠지만 지금 생각하니 그 시절 허기에 지친 위장을 달래준 고마운 손길에 퍽 감사한 마음이 일렁인다. 그 구원의 은혜에 하늘의 축복이 가득하길 빌어 본다.

34.
기쁘고 슬픈 선생들

사람을 잘 만나는 게 행복의 결정적인 변수가 된다고 숱하게 듣고 나 또한 말해왔다. 인생의 길에는 수많은 미로가 감춰져 있어 행복이란 게 마음같이 순탄하게 뻗어가는 것이 아닐 터이다. 예기치 않는 복병으로 불운을 겪는 일들이 얼마나 잦은가. 그래서 때로 행복 없이 사는 훈련도 필요하리라. 그렇다고 행복하게 살고 싶어 하지 않는 사람이 세상에 누가 있으랴. '그대 내게 행복을 주는 사람'이라는 노래 가사처럼 행복의 선물처럼 다가오는 사람이 있지만 반대로 불행하게 얽여서 차라리 안 만나는 게 나을 뻔한 사람도 살다 보면 있게 마련이다. 그런 부류 중 자신에게 세상 사는 지식을 가르쳐주고 인격적인 감화까지 주는 계통으로 단연 선생을 으뜸으로 꼽을 수 있다. 선생(先生)은 그저 먼저 태어난 사람일 뿐 아니라 먼저 생을 살았기에 온축된 지혜와 경륜으로 제자를 지도하고 교훈하는 사람이다. 특히 제2의 탄생이라고 하는 사춘기 시절 어떤 선생을 만나느냐에 따라 인생의 진로와 향방이 결정되고 도약의 단계마다 지대한 영향을 끼치는 것 같다.

내가 중고등학교 다닐 때 이런 측면에서 기억나는 몇 명의 선생들이 있다. 기쁨과 감사의 무늬로 떠오르는 선생도 있지만 슬픔과 분노의 얼룩과 함께 부유하는 선생도 없지 않다. 중학교 때 내게 기쁜 흔적을 남겨준 선생 1호는 미술을 가르쳤던 이세훈 선생님이다. 그는 약간 찡그린 표정의 얼굴에 주름살 가득한 이마와 자유분방한 어투가 퍽 인상적이고 천상 예술가인 분이었다. 미술을 가르친 것만이 아니라 서양화가로 직접 그림을 그렸는데 학생들이 보는 앞에서 그린 '무심천의 햇살' 같은 작품은 학교에 기증해 교실 복도에 걸어놓기도 했다. 그는 분필로도 칠판에 선 몇 가닥 그으면서 멋진 이미지를 생산할 줄 아는 마법의 손을 가진 분이었고 유머 감각도 상당해서 학생들의 감탄을 자아내곤 했다.

이 선생님이 내게 남긴 썰렁하면서도 허를 찌르는 교훈적 어록 하나는 지금도 여전히 이분의 독특한 이미지와 함께 떠오른다. 한 번은 그가 수업 시간에 이렇게 말했다. '학창 시절 고생하면서 공부를 열심히 해서 나중에 어른이 되어 좀 여유 있게 잘 사는 것이나 학창 시절 제 맘대로 실컷 놀다 나중에 사회에 나가 고생하며 사는 것이나 음양이 엇비슷하게 갈리니까 그게 그거 아니냐. 그런데 한 가지 차이가 있긴 하지. 학창 시절에는 선생이고 부모고 뒤에서 밀어주고 앞에서 끌어주는 사람이 있는데 나중에 어른이 돼 사회생활 할 때는 배우자고 자식들이고 뒤에서 이것저것 요구하며 끌어당기는 사람이 많다는 게 바로 그 차이 아니겠냐. 어떻게 하는 쪽이 더 바람직하겠냐.' 좀 추잡한 소재이긴 하지만 이런 이야기도 들려주셨다. '나중에라도 여자친구, 애인에게 차였다고 눈물 찔찔 짜지 말고 또 그 여자가 뭐 대단한 위인이라도 되는 것처럼 부풀려 미화하지도 마라. 아무리 아름다운 여자라고 해도 화장발이 심하고, 또 화장실 변기에 앉아 매일 무엇을 하고 있을지 상상하다 보면 인간으로서 그 실체를 알게 될 거다. 그냥 툭툭 털고 일어나 다시 걸어가라.'

내게 공포의 선생 경험은 어느 날 오후 수학 수업 시간에 찾아왔다. 점심 먹고 시간 여유가 있어 운동장 시멘트 교단 앞에서 햇볕 쬐면서 나는 급우와 당시 유행하던 '짤짤이'라는 걸 하고 놀았다. 10원짜리 몇 개 가지고 홀짝을 알아맞히면 동전 한두 개씩 주고받는 놀이였다. 그런데 그 놀이가 내 인생에 치명적인 상처를 입힐 줄은 그때 꿈에도 생각하지 못했다. 수학 수업 시간에 노크 소리와 함께 문이 드르륵 열리더니 '불독'이란 별명답게 사납게 생긴 또 다른 수학 선생이 짤막한 회초리를 들고 들어와 내 이름을 불렀다. 그는 생활지도부 선생이란 보직을 맡고 있었다. 무슨 영문인지 모른 채 밖으로 불려 나가 자초지종을 듣고 보니 어떤 학생이 내가 점심시간에 도박놀이를 했다는 신고가 들어왔다는 것이다. 도박이라니? 짤짤이가 대단한 도박범죄로 튀겨진 과정도 수상했지만 그런 고변을 듣고 무슨 살인범 현장 체포라도 하듯 수업 시간에 들어와 공부하는 학생을 불러내는 선생의 몰상식도 개탄할 수준이었다. 당시 박정희 군부독재 치하에서 반공 방첩이 골목마다 구호로 내걸릴 정도로 신고 정신이 투철하던 시대적인 분위기가 학생들 사이에서도 서로 감시하고 일러바치는 이런 병폐로 나타난 것이다.

나는 황당한 심사를 추스르며 대강 있었던 일을 이야기하고 교실로 들어갔는데 생각할수록 억울하고 눈물이 쑥 빠져 내 자리로 돌아가면서 눈물을 손등으로 쓱 닦으면서 '에이 씨~'라고 작게 한 마디 내뱉었다. 기분이 더럽다는 표현이었다. 그런데 그 말을 어떻게 잘못 들었는지 칠판에 무엇을 쓰던 수학 선생이 나를 다시 앞으로 불러세우더니 '너, 이놈, 선생님에게 무슨 욕을 한 거지?'라고 다그쳤다. 나는 욕한 게 아니라 그냥 여차여차한 상황에서 기분이 안 좋아 그냥 '씨'라고 말했을 뿐이라고 변명했으나 선생은 막무가내였다. 내 말을 믿지 못하고 내가 무슨 상스런 욕을 생활지도부 선생에게 했다고 단정하며 내 뺨을 수차례 치면서 이실직고하라고 폭력을 행사했다. 나는 그 순간 내 영혼이 무참하게 무너져내리는 걸 직감했다. 그 뒤로 나는 이 두 선생에 대한 증오와 함께 기피증이 생겼고 공교롭게 그 두 선생이 수학 선생이라는 이유로 수학이란 과목에 대한 공포와 혐오 증세도 깊어졌다.

그런데 공교롭게도 내가 청석고등학교에 진학했을 때 내 사소한 말을 트집 잡아 내 뺨을 때린 그 수학 선생이 그 학교로 전근을 오게 되었다. 몇 년의 세월이 흘렀지만 그때의 상처는 여전히 앙금으로 남아 나를 괴롭혔고 고등학교 때도 수학이 중요했지만 좋아할 수는 없었다. 오래 가는 트라우마였다. 나는 이런 나의 수학 기피증이 내 대학입시에 치명적인 손실을 초래하리라는 것을

의식하여 억지로 기본 실력이라도 갖춰보려 했지만 내게 수학적
인 머리는 별로 발달하지 않았는지 아무리 노력해도 성적이 좋아
지지 않았다. 그러나 1982년 대학입시 학력고사가 어렵게 출제되
어 예년에 비해 평균 점수가 20점 낮아졌고 그중에서 수학이 특
히 어려워 그것이 오히려 내게 유리하게 작용했다. 대강 풀 수 있
는 몇 문제만 풀고 '꿀점'을 쳤는데 그 중에 여러 개가 정답을 맞
혔고 내게 유리한 국어, 영어, 사회 등 다른 과목에서 점수를 많이
올려 그 덕에 서울대학교에 진학할 수 있었다. 내게 수학 콤플렉
스는 화학, 물리, 생물 같은 이과 과목 콤플렉스로 확장되기도 했
다. 그런데 나중에 결혼하고 낳은 세 아들 중 둘째와 셋째가 수학
을 좋아하고 이과 과목을 즐기는 돌연변이 증상을 보였다. 그중에
서도 막내인 셋째가 수학을 유난히 좋아하고 잘해서 건국대 수학
과에 진학한 것은 내게 큰 위안과 보상이 되었다.

고등학교 시절 만난 음악선생도 내게 우울한 뒷맛을 남겨준 사
례였다. 그는 키가 작고 체격이 왜소해 나름의 열등감이 있어 보
였다. 우리가 중창단을 창단해 활동할 때도 음악선생이었지만 도
움은커녕 시덥잖게 여기는 눈치였다. 그의 별명이 꽁치였는데 우
리는 그 별명으로 그를 가끔 놀렸다. 한 번은 교실 건물 바로 뒤
에 펼쳐진 숲으로 야외수업하러 가던 중 한두 학생이 음률을 맞
춰 '꽁치' 노래를 불렀다. '손이 시러워, 꽁, 발이 시러워, 꽁…' 이
런 식으로 '꽁'을 외치면 다른 주변 학생들은 작은 소리로 거기에
'치'를 덧보태 우스꽝스러운 분위기를 연출한 것이다. 앞서가던

음악 선생이 이 소리를 듣고 자괴감을 느꼈는지 수업 시간 내내 아무런 수업도 안 하고 자기를 놀린 주동자를 물색하느라 혈안이 되었다. 결국 자수해서 나온 학생을 주먹으로 치고 쓰러트려 발로 밟으면서 거의 학대 수준의 고문을 이어갔다. 실로 공포스러운 광경이었다. 이 소문이 어떻게 다른 선생들에게도 전파되었던가 보았다. 영어 수업 시간에 유머 감각이 일품이었던 박승학 선생님은 영어 선생으로 실력도 좋고 학생들에게도 자애롭고 자상한 분이었다. 그는 수업하다가 뜬금없이 '아니, 꽁치면 좀 어때? 나는 문어 같지 않니?'라고 하면서 손으로 머리를 쓸어넘겨 짚으면서 탈모로 휑한 자신의 앞머리를 학생들에게 쑥 들이밀었다. 교실에 깔깔거리는 웃음보가 터져 오래 메아리쳤음은 물론이다. 이런 여유 있는 선생과 잔챙이처럼 심성이 쫄아 붙은 선생 사이의 인격과 품성의 수준 차이는 거의 하늘과 땅 차이처럼 느껴졌다.

그게 전부가 아니었다. 한 번은 독일어 수업 시간에 키가 훤칠하고 자존심이 깐깐하던 젊은 선생이 칠판을 쳐다보고 자신의 발음을 따라 정관사 부정관사를 암송하라고 지시했다. 그런데 그 지시를 못 들었는지 이미 다 그걸 암송했는지 고개를 푹 숙이고 있던 한 학생을 지목하여 나오라더니 그 독일어 선생은 무시무시한 몽둥이가 부러지도록 엎드려뻗쳐 시킨 그의 엉덩이를 야만스럽게 난타했다. 그는 전교 1등 하던 수재로 역시 자존심이 대단해 엉덩이에 피가 터져도 그 엉터리 선생 앞에 잘못했다는 말을 하지 않았다. 서울대 법대에 입학한 이 최승수라는 친구는 운동권에서 군부독재의 불의에 저항하며 투쟁하다가 감옥살이도 하며 고생을 좀 했는데, 나중에 사법고시에 합격해 이후 내내 서울에서 변호사로 활동 중이다.

반면 중학교 때 만난 이세영 선생님은 내 인생의 미래에 참 좋은 길라잡이가 되었던 분이시다. 그는 연세가 지긋한 온유한 성품의 영어 선생님이었는데 키가 작아 맨 앞에 앉은 나를 '애기'라고 불렀다. 한 번은 수업 시간에 나에게 교과서의 영어 문장을 읽어 보라고 시켜 일어나 씩씩하게 읽었더니 내 영어 발음이 너무 좋다고 풍성한 칭찬을 해주셨다. 그 뒤로도 이 선생님의 칭찬으로 나는 잔뜩 고무되었고 수학 수업 시간의 비극과 함께 생긴 트라우마를 달래면서 그 결핍을 영어 공부로 상쇄할 수 있었다. 열심히 단어를 외우고 문법을 익히면서 내 영어 실력은 점점 더 향상되었고 고등학교 이후에도 출중한 수준을 유지할 수 있었다. 이세영 선생님의 칭찬으로 많은 격려를 받던 그 중학교 수업 시간에 고무되어 나는 비로소 이렇게 열심히 영어 공부를 해서 나중에 미국에 유학을 가야겠다는 꿈을 키워나가기 시작했다. 그 꿈은 8년이 지나 이루어졌다. 그 해외 유학 10년의 세월이 계기가 되어 내가 내성적인 소년기에 집의 골방에 틀어박혀 사회과부도라는 지도책에서 상상상의 세계여행을 하며 표시해두었던 많은 곳들도 이후에 실제로 여행하게 되면서 마침내 그 꿈이 이루어진 것이다.

지금 멀쩡한 이성으로 다시 생각해봐도 내가, 내 친구들이, 우리 급우들이 왜 그런 단체 기합을 자주 받아야 했는지 모르겠다. 또 선생들은 무슨 억하심정으로 그렇게 잔인하게 학생들을 두들겨 패야 했는지 이해하기 어려운 폭력이 그 당시 선생이란 절대권위 아래 멀쩡한 대낮에 공공연히 자행되곤 했다. 세월이 흘러 나 또한 선생이 되어 그 시절을 회상할 때마다 그런 악독한 선생은 절대로 되지 말아야지 다짐하곤 한다. 반대로 아름다운 기억 속에 선한 교훈을 물려준 선생을 사표 삼아 그 유산을 잘 계승, 발전시켜 나가야 하리라.

35.
중창단, 문학의 밤

내가 고등학교 때 노래를 사랑하게 된 것은 참 내 삶에 중요한 전환점을 제공한 사건이었다. 나는 그때까지 내게 노래의 재능이 있다는 사실을 거의 확인하지 못한 상태였다. 국민학교 시절 합창단원을 뽑는다고 해서 지원했다가 쓴잔을 마신 일이 있어 이후 내내 노래라면 좀 주눅이 들었던 것 같다. 그래도 중학교 때 소풍 가서 송창식의 "한 번쯤" 같은 유행가를 넉살 좋게 부른 사진이 남아 있는 걸 보면 노래를 꾸준히 좋아하긴 했었던가 보다. 어려서부터 퉁소의 재능이 출중한 할아버지와 전축의 엘피판을 자주 틀어놓고 곱사등이춤을 잘 추신 아버지의 DNA를 어느 정도 물려받지 않았을까 생각한다. 증조할머니의 재떨이를 나무막대기로 하도 두들기며 흥얼거려서 못 쓰게 만들었다는 소싯적 이야기를 귀가 따갑게 들어온 것도 이런 배경을 일관되게 조명해준다. 중학교 때 누가 시키지도 않았는데 내가 스스로 스케치북에 수채화 습작을 하면서 그림도 그려 어설픈 아마추어 수준이지만 몇 작품을 남겼었는데 이런 것들이 내 속에 잠재되어 있던 예술적 감흥을 반영하는 단서들이 아닐까 싶기도 하다.

마침내 나는 기타를 사서 나 혼자 배웠는데 음악의 기본 지식을 토대로 몇 가지 코드를 익히고 주법을 배워 손가락에 굳은살이 배길 정도로 열심히 연습한 결과 웬만한 동요나 유행가는 기타 반주에 맞춰 부를 수 있는 실력을 갖추게 되었다. 그러나 시련도 있었다. 대학입시를 앞두고 기타 치는 데 너무 몰두한 나를 아버지가 못마땅하게 여긴 나머지 당신이 사준 기타를 시멘트 바닥에 내려쳐 박살을 내는 야만적인 비극도 있었다. 이 일로 나는 가부장권의 무도한 핍박에 큰 상처를 받았다. 내가 그 뒤로 기타를 다시 잡은 것은 대학에 올라가서였고 거기서 아마추어로 탁월한 실력을 갖춘 선배들에게 자극을 받아 클래식 음악도 몇 곡 칠 수 있을 정도로 기타 연주에 애정을 쏟았다.

그러나 내 노래 사랑에 가장 극적인 계기를 제공한 것은 고등학교 때 시작한 중창단 활동이었다. 우리 학년 우리 반에 이정희라는 탁월한 음악성을 갖춘 친구가 있었다. 얼굴이 미남이었고 교회에 다니면서 음악 실력을 쌓아 당시 남녀고등학생들이 참가한 성악콩쿠르대회에서 대상을 거머쥐는 쾌거를 거두기도 했다. 그가 주도하여 당시 우리가 다니던 척박한 고등학교에 문화의 향기를 불어넣어 보자는 선한 취지로 우리 8명이 남성복4중창단을 결성했다. 나는 가장 높은음을 내는 하이테너를 맡았다. 나와 함께 이 파트를 맡은 이선태는 우리 중에 유일하게 한 학년 아래의 후배였는데 후에 서울대 사회학과로 진학했다. 이인호와 연일이라는 친구는 알토를 맡았다. 이인호는 의사 집안의 아들로 고려대 의대로 진학해 의사가 되었고, 연일은 서울대 국문과를 졸업해 직장생활을 했다. 바리톤 파트를 맡았던 단장 이정희는 선곡과 중창 지도까지 두루 총괄했다. 그는 공부를 참 잘했으나 학력고사에 조금 실수를 하는 바람에 서강대 영문과로 진학했고 이후 연금공단에서 일하다가 뒤늦게 미국 유학 가서 사회복지 전공으로 박사학위까지 받아 미국의 한 대학에서 교수 노릇을 하는 등 대기만성의 빛을 발하고 있다. 우리 중창단의 자랑스런 단장 이정희는 서강대에 재학한 기간에도 4년간 서강대합창단 지휘를 맡아 눈부신 활약을 한 참 멋진 친구였다. 또 다른 바리톤 주자는 내 초등학교 2학년 동급반 급우였다가 다시 고등학교에서 만난 친구 박홍순이다. 앞서 잠깐 소개한 대로 그는 서울대 동양사학과에 진학해 이후 서울대 총학생회장을 지내면서 운동권에서 활동했다. 마지막으로 베이스 파트를 맡은 남정현은 굵직한 저음이 매력적인 훈남이었는데 외국어대학교에 진학했고, 그의 파트너인 김두석은 청주교육대학에 진학해 지금 초등학교 선생으로 봉직하고 있다.

우리가 주로 불렀던 중창곡은 "평화의 기도" "너 용기 잃지 말라" "애니 로리" "비블라 모르" 등 다양했다. 남성중창은 여성중창에 비해 배음(overtone)이 두터워 굵직한 울림을 동반하는 화음이 참 매력적이었다. 나는 최고음을 내야 하는 부담을 떠안고 가끔 무리하면서도 내 파트를 그럭저럭 잘 감당했다. 단원들이 다들 모범생이고 공부도 잘했는데 학교에서 우리를 보는 시선이 처음에는 달갑지 않았다. 우리를 무슨 불량 써클이라도 되는 듯 수상한 눈초리로 탐색했고, 특히 생활지도부 선생은 불독 같은 눈을 부라리며 몽둥이를 들고 우리의 활동을 감시하는 기미가 역력했다. 한두 차례 우리를 불러 마치 범죄자 심문하듯 활동 취지와 내용에 대해 꼬치꼬치 물으며 공부나 하지 뭐하는 거냐며 없는 불량기를 억지로 꾸며내려는 듯한 눈치를 보였다. 그때마다 솟구치는 분노를 억누르고 참아내려 부단히 애를 썼던 것 같다. 우리는 피아노 갖춘 음악실조차 변변치 못한 학교의 시설을 원망하지 않고 때로 화장실에서 연습하기도 했다. 굶주린 허기를 때우기 위해 운동장 앞 허름한 가정집을 사설식당으로 운영하던 곳에서 라면 한 그릇씩 사 먹으면서 거기서 연습한 기억도 있다. 나중에는 단장이 다니던 서남교회의 공간을 빌려 연습하기도 했다.

이후 청석고 복4중창단은 우리가 졸업할 때까지 탄탄한 발전을 해나갔다. 당시 전교 1등 하던 주종혁이라는 친구가 매니저 역할을 맡아 외곽을 파수해주었고, 중앙여고에 다니던 박찬주라는 귀여운 여고생이 우리 중창연습 때 반주를 맡아주면서 조직이 제대로 정비되었다. 당시 이 지역의 교회마다 고등부가 주축이 되어 '문학의 밤'이라는 행사를 하는 게 유행이었다. 청소년들이 가을에 촛불 켜놓고 무드 잡으면서 시를 낭송하고 여러 문학 예술적인 장르로 순서를 짜서 행사를 벌였다. 그때 그 센티멘탈한 분위기는 청소년들의 메마른 정서를 축축하게 적셔주고 억압되었던 감성을 분출하는 좋은 해방구 역할을 했다. 그 교회 행사에 우리 중창단은 인기리에 초청받았다. 거기서 부르는 남성중창이란게 당시 저열한 청소년 문화의 현실에 매우 참신했고 우리가 부른 중창곡의 아름다운 화음은 많은 청소년 대중의 심금을 울리기에 충분했다. 우리 중창단의 명성이 청주 시내에 자자해지면서 학교도 우리의 위상을 인정했고 이제 태도를 바꿔 우리의 활동을 격려하며 지원하기까지 했다.

우리가 졸업한 뒤 청석고 남성복4중창단의 명맥은 줄기차게 이어져 35대 멤버까지 배출했다가 최근에 안타깝게도 그 맥이 끊겼다고 들었다. 한두 번 후배들의 초청을 받아 우리는 큰 강당에서 예전에 부르던 곡을 합창하는 감격스런 시간도 누렸다. 우리는 그 척박한 문화예술의 황무지에서 고등학생의 나이에 스스로 깃발을 들고 멋진 예술의 꽃을 피워 30년 넘게 후배들에게 그 유산을 물려준 영광스런 창단 멤버였다. 그 영광이여, 찬란하게 빛날지어다! 어린 시절 가난하고 폭압적인 환경에서 자란 나는 이 중창단 친구들과 어울리면서 아름다운 화음 속에 내 정서를 순화할 수 있었다. 특히 억압적인 환경에 굴하지 않고 아름답게 사는 영혼의 통풍구를 발견한 것은 큰 기쁨이자 희망이었다. 참 감사한 은총의 경험이 아닐 수 없다.

내가 이로써 음악을 사랑하게 된 이래 그 정서적 감화력은 이후 대학에 가서도 꾸준히 지속되었다. 우리 중창단의 유능한 단장이자 절친이었던 이정희의 형 또한 피아노도 잘 치고 거의 프로 수준의 테너 가수였다. 그는 당시 서울대 혼성합창단 지휘를 했는데 어느 여름방학에 청주에서 만나 우리는 잠시 그에게서 중창 지도를 받은 적이 있다. 바로 그 짧은 인연으로 나는 대학에 가서도 합창단에 적을 두며 열심히 활동하였다. 우리는 성악 비전공자로 구성된 아마추어 합창단이었지만 그만큼 순수한 열정을 불태울 수 있었다. 나는 내 전공학과 친구들보다 합창단 친구들과 친하게 오래, 지속적으로 어울렸고 그 폭압의 세월을 견디며 함께 노래 부를 수 있어 행복했다.

무엇보다 대학 1학년 때 전국대학합창단 경연대회에 나가 우리 합창단이 "Elijah Rock"과 "뱃노래"를 불러 대상을 탄 일을 잊을 수 없다. 내가 2학년이던 1983년 열린 합창단 정기공연이었을 것이다. 공연장인 숭의음악당에 수천 명의 청중이 모여 우리 정기공연중 가장 많은 관객이 집결한 자리 아니었나 싶다. 거기서 나는 "Hava Nagila"라는 노래의 곡중 솔로를 맡아 괴성을 지르며 우리 단원과 청중을 모두 깜짝 놀라게 했는데 우레와 같은 박수 갈채를 받은 행사로 잊을 수 없는 멋진 순간이었다. 그때 내 국사학과 지도교수였던 정옥자 선생님이 화사한 꽃바구니를 선물로 가져오셔서 얼마나 감사하고 황송했는지 몸 둘 바를 모를 정도였다. 이 공연에서 내가 일으킨 이 솔로 쇼크는 이후 합창단 내에서 전설처럼 인구에 오래도록 회자되었고, 나도 두고두고 회고할수록 참 감격적 경험이었다. 이후 4학년 때 기독교100주년기념관에서 개최한 정기공연에서도 나는 한국가곡 "뱃노래"의 솔로를 맡는 등 맹렬하게 활약했다.

고등학교 때 고전음악에 대한 내 교양 지식과 감상의 수준은 고작 모차르트의 교향곡 몇 가지를 당시 유행한 워크맨 카세트테이프로 즐기는 수준이었다. 그러다가 대학에 들어가 합창단 활동을 하면서, 또 이강숙 교수의 "음악의 이해"라는 수업을 들으면서, 고전파와 낭만파 음악에서 드뷔시 이후 현대 음악까지 이해하며 소화할 수 있게 되었다. 점점 나이 들면서 바흐의 나른한 음악 속에 흐르는 그 권태로운 리듬과 선율마저 깊이 들렸다. 거기서 더 진화하여 판소리와 각국의 다양한 음악에 귀가 열렸고 지금은 재즈를 포함해 모든 장르의 음악을 웬만큼 즐길 수 있는 열린 귀를 갖게 되었다.

음악을 비롯해 문학예술이 얼마나 인간의 삶을 풍요롭게 할 수 있는지 나는 이런 줄기찬 탐구와 실험의 여정에서 내 몸으로 깨달았다. 지금도 심히 고마운 은총의 선물로 음악의 향기를 나누던 그 모든 시간을 소중하게 기억한다. 합창단 선배들과 밤늦도록 신림4거리 '두줄'이란 호프집에서 새벽까지 맥주 마시며 대화하던 그때, 그 다정한 공간, 밤중에 거리를 걸으면서 멋진 화음을 만들며 보헤미안처럼 노래하던 우리 기쁜 음악의 청춘들, 그들과 함께 잠시라도 그곳으로 돌아가고 싶다. 처음으로 만들어낸 우리의 화음에 스스로 놀라며 미친 듯이 기뻐했던 고등학교 시절 우리의 남성복4중창단의 그 열정적이던 노래 현장도 담벼락 하나 넘으면 금세 재현될 것만 같다.

36.
교회와 기독교 신앙

내가 교회라는 곳을 처음 가까이 접하게 된 것은 안동네에서 아버지가 '범표신발'이란 가게를 차릴 무렵이었다. 집에서 옛 철둑길 따라 걸어가다 보면 길가에 한 침례교회가 있었다. 거기서 손으로 땡땡땡 치는 종소리가 가끔 멀리 퍼져 우리 동네까지 희미한 환청처럼 들려올 때가 있었다. 부활절이나 성탄절이면 그 교회에 아이들이 가서 맛있는 사탕, 과자 등 선물을 받아온다는 소문이 있어 한두 차례 그 교회 마당을 밟은 적이 있었다. 그러나, 앞서 언급한 대로, 내가 교회에 규칙적으로 다니기 시작한 것은 중학교 3학년 때였다. 엄마가 심장질환으로 고통을 당하던 중 한 여집사님의 전도를 받아 사창동의 순복음교회를 다니게 된 것이 기독교 신앙에의 첫 입문이었다. 이로 인해 부친과 나를 포함한 모든 자녀들이 반강제적으로 그 교회에 출석하면서 신앙생활을 시작했다. 이 교회의 위치는 내수동 고개 너머 시계탑 부근이었는데 담임 교역자는 초등학교 선생을 하다가 시골교회 한 여선지자의 기도 응답으로 뒤늦게 소명 받은 중년의 전도사님이었다. 그 교회

는 전도사님 일가가 살던 초가를 개조해 임시 예배당으로 사용했
는데 1970년대 중반 교회를 개척했을 즈음에 교인은 불과 대여
섯 가정뿐이었다. 그러다가 이 교회에 기도로 질병을 고치는 신유
의 기적이 일어난다는 이야기가 입소문을 타면서 가난하고 병든
사람들이 많이 몰려들더니 짧은 기간에 급성장하기 시작했다. 우
리가 이 교회에 출석한 것은 그 초가를 헐고 교인 200명 정도 수
용할 만한 예배당을 갖춘 아담한 콘크리트 교회를 막 건축할 즈
음이었다.

부모님은 이 교회의 각종 예배와 부서 활동에 참여하면서 봉사
에 열심을 냈고 나도 고등부에 배치되어 각종 모임에 적극적으로
참여해 나중에 부회장으로 선임되기도 했다. 이 교회에서는 순복
음교회 특유의 스타일 그대로 성령대망회라는 이름의 부흥 집회
를 자주 가졌고, 절박한 소원 성취를 위해서는 산에다 지은 기도
원에 들어가 금식하며 기도하는 것을 중시했다. 그 가운데 병든
자들이 치유되고 각종 신비스러운 영적인 체험을 하며 사업이 번
창하고 물질적인 복을 받는 등 주로 기복적인 신앙이 강조되었다.
자연스레 설교 메시지도 하나님이 문제 해결사로서 인간의 갈급
한 필요를 채워주고 그 고달픈 삶을 위로하는 신적인 권능을 주
로 부각시키는 경향이 있었다. 나는 고등학교 1학년 때 미호천의
맑은 물가에 천막을 치고 세례식을 거행할 때 아직 우리 전도사
님이 목사 안수를 받지 못한 상태라서 서울의 여의도순복음교회
에서 집회차 내려오신 김상호 목사님께 세례를 받았다. 마침 그때

가 8월 15일 광복절이었고 내가 받은 세례는 물속에 온몸이 잠기는 침례의 방식이었다.

이 청소년 시절 나는 주일예배는 물론 수요저녁예배, 금요철야집회, 매일 새벽예배, 산상기도회, 각종 부흥성회 등 모든 예배에 참여하려 무척 애를 썼고, 새벽마다 자전거를 타고 내수동 고개를 낑낑거리며 올라 새벽기도회에 참석한 뒤 별을 보며 내려오던 날들의 연속이었다. 하나님이 그런 열심에 특별한 보상을 해주시리라는 천진한 믿음을 그렇게 표현한 것이리라. 어떤 날은 오기가 생겨 새벽기도회 마치고 전도사님보다 더 오래 기도하려는 욕심으로 끝까지 남아 기도하는 순서로 1등을 하기도 하였다. 부활절에는 특별행사로 삶은 달걀을 나눠줘 좋았고, 성탄절에는 각종 칸타타를 부르며 들뜬 축제 분위기가 또 마냥 즐거웠다. 내가 대원으로 활동한 찬양대로서는 좀 무리한 헨델의 메시아에 나오는 '할렐루야'를 연습하며 죽을 쑤던 그때의 기억도 선연하다. 그 추운 겨울 텅 빈 공간에 냉기가 돌았지만 연탄난로 위에 끓고 있던 바께스의 가루우유 냄새는 참 구수했고 이를 매개로 훈훈한 성령의 임재를 느끼기에 충분했다. 또 평상시에도 내가 중창단에서 갈고닦은 노래 실력으로 찬양대 테너 파트를 맡아 곧잘 뽐냈고 가끔 예배 시에 특송을 불러 무대 체질을 키워가기도 했다.

고등부 활동을 할 때는 귀엽고 예쁜 대학생 누나가 선생님이 되어 토요일마다 모여 꾀꼬리 같은 음성으로 우리에게 성경을 가르쳐주었다. 그 뒤로는 약간 혼혈처럼 보일 정도로 피부가 하얗고

두상이 멋진 남자 선생님이 우리를 가르쳤다. 그는 미국 신사처럼 키가 훤칠하고 잘생겼는데 목소리가 맑아 찬양을 부를 때 옆에서 함께 부르면 절로 감화가 될 정도였다. 우리 고등부에는 활기찬 남녀 학생들이 많이 모여들어 주말마다 함께 어울리며 신앙심을 다졌다. 나는 성경공부와 신앙적 열심 이외에도 이런 모임에서 여고생 자매들과 만나 대화하고 기도하며 어울리는 재미로 교회를 자주 찾았고, 어떤 때는 교회에서 살다시피 할 정도로 열심을 냈다. 전도사님이 어느 날 창밖으로 내가 교회 마당에 어슬렁거리는 걸 보시고 집에 가서 공부하라고 염려하기도 했다.

이후 서울에 올라가서도 나는 3년여 동안 모교회에서 배워 익숙한 대로 봉천동 언덕배기에 있는 한 순복음교회를 한 2년간 다녔다. 담임목사는 몸무게가 좀 나가는 통통한 분이었는데 전형적인 부흥강사 스타일로 설교했다. 머리에 기름을 바르고 옷매무새가 단정한 장로 한 분은 안기부에서 일한다고 들었다. 당시 대학은 매일 최루탄이 터지고 군부독재 물러가라고 외치며 학생들이 폭력에 희생당하던 때였는데 이 교회는 그런 고통스런 세상사에 아무런 관심이 없는 것 같았다. 그저 축복의 복음을 줄창 강조했고 수시로 외치는 성령 충만의 구호는 어떤 피안의 도피처로 안내하는 팻말처럼 들렸다. 국사학과에 다니면서 사회의식이 깨이고 역사라는 무게를 느끼기 시작할 무렵 나는 이런 교회의 분위기에 좀 싫증을 느꼈고, 기복주의 신앙의 한계를 두고 깊이 고민했다.

이후 캠퍼스 선교단체인 CCC에 가담해 활동하면서 1983-1984년경 서울 중심부에 위치한 정동채플을 1년 정도 다닌 것으로 기억한다. 사회학과 소속 선배인 이효재 순장님의 극진한 돌봄이 있었고 나는 이 단체의 활동 일환으로 한 번은 충북 영동에서 개최한 심천수련회에 참여해 한 주간 훈련받고 경기서 화성군 봉담면에 파송받아 이른바 '거지순례' 방식의 전도 활동을 벌이는 등 열심을 내기도 했다. 주일이면 버스를 타고 관악캠퍼스에서 정동채플까지 가서 김준곤 목사님의 설교 말씀을 듣고 예배 후 이 단체의 형제자매들과 어울리며 그곳의 분위기에 익숙해지려 애썼다. 그러나 그 가운데 전시되는 여러 상냥한 신앙적 언어와 경건의 포즈가 그냥 가식적인 포즈로만 느껴져 내 취향과 맞지 않는 듯했다.

그러다 졸업반이 되면서 나는 내 자취방과 가깝기도 해서 대학 후문 쪽 낙성대 아래 위치한 봉천제일교회를 다녔다. 그즈음 나는 적잖은 시간 정서적 방황과 신앙적 회의를 딛고 안식처를 간절하게 찾던 중이었다. 마침 내가 살던 근처에서 자취하던 합창단 친구 박철과 함께 그 교회를 다니기 시작했는데 한 1년 반 정도 잘 정착해 열심히 다니며 찬양대 활동도 하였다. 그곳의 장세윤 목사님의 청교도적인 인상과 설교 메시지가 감동적이었지만, 그때 이미 나는 무슨 설교라도 듣고 눈물을 흘릴 준비가 되어 있을 만큼 매우 가난한 심령의 상태였다. 친구 박철과 새벽기도회도 한동안 열심히 다녔는데 그때 새벽에 나와 기도하던 분들이 대부분 중년

여성이란 사실을 알고 그 이유를 깊이 숙고한 적이 있다. 지금도 여전한 현실이지만 아마도 한국의 가부장체제에 눌린 그들이 내면의 우울한 심사를 달랠 길 없어 하나님 앞에 나와 이렇게 수시로 아뢰며 울부짖지 않으면 견딜 수 없는 나름의 사연들이 많이 있겠거니 짐작되었다.

37.
신학적 자전기

당신은 왜 신학을 공부하게 되었냐고, 어떻게 목사가 되는 길을 걷게 되었냐고 사람들이 물어올 때마다 나는 적잖이 당혹스러워 지곤 한다. 나름대로 준비된 모범답안이 없는 건 아니지만 그 답변 이후에도 수상한 질문은 질문대로 고스란히 남기 때문이다. '과연 그런가' 하는 성찰의 촉수가 깊이 내 자의식을 건드리면서 말이다.

대학 3학년 내내 나는 열심히『맹자』강독을 하면서 한문 실력을 키워갔다. 국사학과 대학원 진학을 위해 이런 예비적 준비가 필수적이라는 선배들의 권고가 나를 압박하던 터였다. 그러다가 삐딱한 옆길로 새는 계기가 찾아온 것은 4학년 1학기 때였다. 1982년 봄, 시국이 어수선하던 때 입학하여 3년 내내 방황의 세월을 보낸 뒤 졸업 후 진로를 모색하던 나는 거의 코너로 몰려 별 선택의 여지없이 다급해진 상태였었다. 그때 나는 마지막 두 학기를 남겨두고 종교학과의 과목을 두어 개 수강하게 되었는데 그것이 변고였다. 내 인생의 진로가 그 강의실에서 보낸 한두 학기로 뒤틀리게 될지 당시에는 나도 전혀 예상할 수 없는 노릇이었다.

첫 번째 과목은 나학진 교수님이 가르치시던 "현대신학사상"이란 과목이었다. 슐라이어마허 이후 근현대 신학의 대표적인 인물들의 주요 사상과 핵심 개념을 중심으로 통시적으로 개괄해주던 강좌였다. 그들 가운데 유난히 본회퍼가 내 뇌리를 자극했다. 아니, 내 심장을 타격했다고 표현하는 게 더 적절할 것이다. 이후 그의 저작들을 모두 구해서 탐독한 것을 보면 내가 본회퍼의 신학사상에 꽤 매료되었던 모양이다. 실제로 그는 내가 국사학과 대학원 진로를 접고 방향을 틀어 신학 공부에 입문하는 데 결정적인 공헌을 한 '신학적 영웅'이었다.

학교에서 일과를 마치고 저녁에 봉천동의 자취방으로 돌아오면 그 침침한 공간은 짙은 외로움으로 가득 차 있었다. 밤중에 잠들 때 간간이 가위눌림이 찾아오면 나는 외마디 절규 속에서 '하나님'을 부르곤 했다. 푸석거리던 얼굴과 함께 몸이 허약해질수록 이상스레 삶의 무게는 더 무거워졌다. 내 남루한 실존적 자의식은 이와 같은 고독을 질료 삼아 내 영혼의 가난함에 눈뜨게 해주었고, 이즈음 뭔가 역사와 함께 역사를 초월하는 세계 속으로 막연한 동경을 심어주었던 것 같다. 그것이 막다른 골목에서 허우적거리던 내게 희미한 불씨가 되었고 본회퍼 독서는 그 불씨에 투여된 연료와 같았다.

지금도 그의 옥중서신에서 만난 '종교 없는 기독교'의 논제는 내 신학과 신앙의 중요한 실천적 과제로 남아 있다. 유학 시절 박사과정 공부할 때 독일 출신이었던 내 지도교수(Hans Dieter Betz)는 그의 연구실에서 긴 시간을 나와 대화하면서 더러 논쟁하길 즐겼다. 한 번은 내가 어쭙잖은 지적인 이력을 공개하면서 본회퍼의 바로 저 개념을 옹호하듯 발언했더니 그는 이견을 제시했다. 그것은 본회퍼가 처한 특수한 격랑의 상황에서 돌출한 생각의 편린이었지 평범한 삶의 질서와 일상의 리듬이 반복되는 자리에서 종교를 배제한 기독교가 현실적으로 가능하냐고 반문했던 것이다.

그렇지만 21세기에 접어들면서 본회퍼의 저 발상이 외려 제도권 기독교의 대안으로 더 절박해지고 있는 게 아닌가 하는 의문을 품게 된다. 지난 기독교 역사를 통틀어 2000년 동안 두터워진 종교의 장벽이 점차 무기력한 장식품처럼 인식되고, 종종 하나님의 진경(眞景)을 가리는 역기능을 하는 게 아닌가 싶은 것이다. 기독교를 종교로 만들어주는 온갖 의례와 교리적 체계는 물론이려니와 심지어 종교적인 상투어로 습관적으로 남발되는 말들조차 하나님을 더 가까이 붙들어두기 위한 인간의 고육지책으로 비쳐 안타까워질 때 그런 의혹은 더 깊어진다. 특히 종교가 아수라의 혼탁한 지형을 형성해온 현재 한국교회의 현장에서 본회퍼의 저 사상적 편린은 나를 극단의 질문 앞에 불러 세우곤 한다.

너는 하나님을 말하지 않고 하나님을 드러낼 수 있는가. 제 정체성을 변증하는 온갖 종교적 전통과 제의적 실천을 통해 자신의 경건한 종교성을 드러내지 않고서 예수 그리스도의 복음과 하나님 나라를 네 평범한 삶의 자리에서 우려낼 수 있는가. 종교라는 제도와 교회라는 빤한 울타리 없이 너는 어떻게 영성의 전위적 기관으로 숨겨진 하나님의 은밀한 비의를 발견하고 전파하는 매개로 살 수 있는가. 하나님을 지시하는 온갖 종교적 기표와 실천적 관행을 포기한 채 이 세상의 드넓은 삶의 층층켜켜 속에서 하나님의 깊은 심연에 다다르는 것이 비약적으로 가능한가.

본회퍼에 연원을 둔 이 질문들은 다시 신학적 주체로서 내가 역사적 예수를 만나면서 '종교 이전의 기독교' 내지 '종교 이후의 기독교'를 탐문하는 역사적 상상력 가운데 더욱 광활하게 번져 나갔다. 예수가 기독교라는 종교를 세우려고 이 땅에 오신 것이 아니지 않은가. 이 단호한 외마디 질문 앞에서 본회퍼는 '종교 없는 기독교'의 화두를 품고 20세기적으로 부활했던 것이다.

이제 먼 세월이 흘렀지만 당시 내 가슴을 뜨겁게 달군 본회퍼 공부는 한동안 내게 흥미로운 일과였었다. 지금 다소 냉각된 상태에서 그때의 감회를 되새겨 보니 본회퍼 신학의 매력은 무엇보다 당시의 민감한 역사적 현실을 외면하지 않고 진지하게 부대끼면서 신앙과 삶을 최대한 일치시키려고 애쓴 그의 치열한 대결의식에서 풍겨왔던 것 같다. 나치의 독재체제가 가속화되고 전쟁의 광기가 기승을 부리던 압제의 그늘에서 그는 그 현실의 변두리가 아니라 한가운데 서고자 하였다. 목숨을 걸고 그 압제의 현실과 싸우고자 한 그의 도전적 의욕은 오로지 신앙적 용기에서 발원한 것이었다. 그에게 신앙은 무엇보다 불의를 향해 투신한 용기의 모험이었고, 그의 신학은 그 모험의 결과를 사색적으로 반추하면서 후대로 갈수록 점점 더 현장의 싸움에 기반하여 전위적으로 심화되어갔다.

본회퍼 신학의 또 다른 매력은 그 미완성의 체계에 있다. 그의 신학은 아예 특정한 체계의 포박을 거부하는 미완성의 실험을 추구해나간 과정이었다고 볼 수 있다. 동시대 칼 바르트의 신학에 비해, 그의 공생애 중기 이후 아카데미아의 안정된 학문 활동을 떠난 그의 신학은 어지러운 투쟁의 상황에서 부실하게 취합된 짧은 원고 속에 파편적인 단상의 형태로 표출되었다. 멀리 토마스 아퀴나스의 『신학대전』에서 모범을 보였고, 칼뱅의 『기독교강요』에서 다시금 빛을 보았다가 칼 바르트의 『교의학』을 통해 정점에 다다른 체계의 신학에 대해 그 신학사적 성과와 무관하게 나는 그때나 지금이나 별 매력을 느끼지 못한다. 그것은 단순히 그 책들의 위압적인 분량 때문은 아니다. 그 이유의 한 구석에는 본회퍼의 신학적 미완성으로 소급되는 미학적 유산이 자리하고 있다.

미완성은 곧 결핍이다. 그것은 어쩌면 체계와의 의도적 불화일는지 모른다. 모든 것을 질서정연하게 체계화하여 하나님의 모든 세계를 일목요연한 범주와 유형으로 마름질하려는 시도는 어쩐지 하나님의 자유와 어긋나고 인간의 역동적인 존재 양식을 배반하는 것처럼 보인다. 이러한 취지에서 당시 나는 모자라게 보이는 결핍의 생이 외려 역설적으로 하나님의 충만을 담보할 수 있는 자유의 여백이라고 믿었던 것 같다. 마찬가지로 신학의 풍경 역시 종국적으로 결핍으로 말미암는 미완성의 여운이 도리어 그 학문의 본질적 성격에 더 어울리지 않을까 싶었던 모양이다.

나는 대학 4학년 기간의 불안한 정서적 방랑을 애써 즐기면서 한동안 슈베르트의 미완성 교향곡을 늘 귀에 꽂은 채 들으며 산보할 정도로 그 음악적 정조에 깊이 침윤되어 있었다. 이 작품은 완성되었다면 망쳤을 곡처럼 느껴졌다. 그 미완성이 그것의 결핍과 함께 이 음악을 완성품으로 만든 것이었다. 본회퍼의 신학적 진화 과정 역시 슈베르트의 미완성 교향곡이 비극적 삶의 징조 가운데 스러져간 불우한 예술가의 안타까운 결핍을 미학적 여운으로 승화시킨 것과 유사한 내면적 진정성을 잉태한 것처럼 내겐 보였다. 본회퍼의 신학적 여정을 탐사하는 가운데 항상 내 독서의 배음처럼 깔려 있었던 슈베르트의 또 다른 명작 "겨울나그네"도 잊을 수 없다. 그의 음악이 아무리 서사적 완성을 지향하더라도 나그네를 주인공으로 호명하는 한, 본회퍼의 신학도, 내 독서도, 불완전한 떨림과 서늘한 울림을 동반한 결핍의 산물일 수밖에 없었다.

나학진 교수님의 강의를 통해 서구신학자 몇 명의 이름을 겨우 알게 되고 그들 모두를 간략히 개관한 얇은 영문원서를 떠듬거리며 읽어나간 그때의 강의실과 도서관을 기억한다. 거기서 관통한 희미한 계몽의 빛도 기억한다. 물론 그렇게 진행된 내 초보적 공부는 신학이란 영역에 입문한 수준도 못 되었다. 그때까지 나의 인생에 신학은 전혀 존재하지 않았다. 그렇다고 내 신앙적 이력이 화려한 것도 아니었다. 내 신앙의 기원은 허다한 장삼이사들처럼 모태신앙도 아니었고, 감동적인 아무개들처럼 극적인 회심을 거친 뒤 불타는 사명감으로 이글거리는 충량한 복음주의자와도 거리가 멀었다. 그저 엉거주춤한 포즈로 나는 우울한 낭만의 겨드랑이를 긁적이며 신학이란 낯선 세계를 엿보고자 두리번거리던 변두리의 한 어설픈 이방인에 불과했다.

38.
대학 생활과 그 이후의 청춘

내가 청주의 변두리 시골 마을에서 도랑에서 미꾸라지나 잡던 땅
꼬마 소년으로 자라 은총에 덧입혀 서울대학교에 입학이 확정되
던 날이었다. 나는 결과가 궁금하고 마음 졸이던 차에 발표 당일
박홍순 등 몇몇 고교 친구들과 고속버스를 타고 인문대 건물 외
벽에 깨알만 한 글씨로 써서 붙인 합격자 명단을 간신히 확인하
고 긴 안도의 한숨을 내쉬었다. 매서운 관악산 찬바람을 등에 맞
으면서 교문을 향해 내려오던 중이었는데 가끔 눈발이 얼굴을 스
쳤던 것 같다. 멀찌감치서 익숙한 인상의 얼굴에 작달만한 키의
어른이 우리 쪽을 향해 올라오고 있는 모습이 시야에 잡혔다. 가
까이 다가서니 내게 어려서부터 모질고 강압적이었던 부친이었
다. 만나자마자 어떻게 되었냐고 그는 물었고 나는 합격했다고 간
략하게 대답했다. 그때서야 긴장한 얼굴이 펴지더니 내가 추워 보
였는지 입고 있던 털코트를 벗어 내게 입으라고 주고 아버지는
먼저 내려갈 테니 친구들과 여유 있게 놀다가 함께 오라는 말만
남기고 휭하니 사라지셨다. 이후 나는 어엿한 대학생이 되어 교문

앞에서 289번 버스를 타고 강남터미널을 경유해 청주로 오가는 객지 생활을 4년간 이어갔다.

대학 생활은 주입식 교육과 암기식 공부에 익숙했던 고등학교 때와 매우 달랐다. 방대한 캠퍼스는 쉴 새 없이 다리품을 팔며 돌아다녀야 목적지를 찾을 수 있을 만큼 복잡한 건물들로 빼곡했다. 누가 내 개인의 동선을 상관하지도 않았지만 그렇다고 세심하게 챙겨주는 사람도 없었다. 그 막막한 자유를 감당할 길 없어 땀 뻘뻘 흘리면서 좌충우돌하며 소모적인 시간을 많이 보냈다. 학기 중에는 수강 신청한 수업 듣고 점심때 기숙사 식당에 가서 후닥닥 밥 먹은 뒤 다시 다른 과목 수업 들으러 다니는 패턴이 반복되었다. 그 틈새 시간에 도서관에 가서 이곳저곳 기웃거리거나 책을 보고 리포트를 쓰며 가끔 내가 가입한 합창단 써클룸에 들러 노래를 불렀다. 피아노 앞에 옹기종기 서서 국내외 가곡도 불렀고 가끔 오페라 아리아도 불렀다.

함께 써클룸을 공유했던 '메아리'라는 다른 운동권 써클은 기타를 치면서 우리와 경쟁하듯이 악을 쓰며 운동가요를 불러댔다. 기타가 피아노를 이길 수 없어서 심통이 났는지 한 번은 메아리 애들이 우리 피아노 건반에 막걸리를 부어 행패를 부린 적도 있었다. 우리 단원들은 써클룸에 들를 때 '일지'라는 공용노트를 두고 거기에 각종 사적인 감상이나 의견, 공지 사항을 남기며 소통했다. 봄가을이면 주로 북한강 강촌 쪽으로 MT라는 걸 갔고, 방학 중에는 설악산이나 한적한 먼 곳으로 이동해 뮤직 캠프라는 걸 했다. 나는 어설픈 포즈로 이런 행사에 열심히 참여하면서 좋은 친구들을 여럿이 만났고 지금까지 꾸준히 소통하며 교류하고 있다.

여름방학 기간에 학과에서 가는 농촌봉사 활동에도 한 차례 참여해 중노동을 했다. 목적지는 전북 진안지역 시골 마을이었다. 또 국사학과는 학기 중에 한 번씩 중요한 역사문화 현장을 찾아다니며 고적답사라는 행사를 치렀다. 내가 1학년 때 인문2계열로 들어와 2학년 때 국사학과에 전공학과를 배치받은 이래로 매학기 1회씩 도합 6번이나 고적답사 여행을 다녔다. 내가 예비답사를 가서 각종 예약을 했던 중원문화권 답사를 비롯하여 가장 인상적이었던 동학혁명전적지 답사, 부여와 공주 일대를 돌아다닌 백제문화권 답사, 경주 남산 일대를 포함한 신라문화권 답사 등 참 다양했다. 한편으로 이 기회를 선용하면서 또 개인 여행의 기회를 덧보태 나는 대학 생활 4년간 남한 땅을 군 단위로 거의 전부 돌아다니는 지리적 체험을 할 수 있었다.

특히 2학년에 간 동학혁명전적지 답사가 아주 인상적이었는데 고부, 백산, 황토현 등을 경유해 전주를 마지막 코스로 잡아 들렀다. 그때 전주 남문시장 입구의 풍남문 앞에서 사진을 찍는 순간 내 일생에 가장 심오한 데자뷰의 체험을 했다. 분명 그때 전주를 처음 와 봤는데 신기하게도 풍남문과 그 주변이 내게 너무 친숙하게 다가오는 것이었다. 그 뒤로 나는 동학농민군이 되어 전주성 전투 때 완산칠봉 쪽으로 쫓기며 관군과 싸우다 죽는 꿈을 반복적으로 꾸었다. 이런저런 의식적 무의식적 특이 체험이 인연의 빌미가 되었는지 나는 그 뒤로 전주에 정착해 지금까지 다른 도시들보다 훨씬 더 오래 26년째 살고 있다.

대학 시절은 내 사생활의 반경으로 치면 기숙사 1년과 자취생 2년, 하숙생 1년 정도로 압축된다. 모두 봉천동 달동네와 봉천4거리 주변이 내 앞에 펼쳐진 일상의 생활 무대였다. 많이 외롭고 지치고 고민스럽고 고통스러운 날들의 연속이었다. 나는 객지생활자로서 서울에서 사는 친구들과 달리 정서적으로나 경제적으로 비빌 언덕이 없었다. 이렇다 할 남성적 매력이 없고 별 재미없는 나 같은 사람이 좋다며 곁이 되겠다고 자원할 여자친구도 없었다. 그럼에도 오래 대화하며 위로가 되었던 친구 몇 명이 끝까지 함께해준 것이 지금도 늘 고맙다. 캠퍼스는 1년 내내 최루탄 가스 가실 날 없는 투쟁의 지옥이었다. 전투경찰이 무슨 갑각류 동물처럼 전투복을 입고 상주하였고, 사복경찰도 수시로 누비며 정보를 수집하였다. 일부 학생들까지 포섭해 이용해 먹는다는 소문도 파다했는데 그들은 '짭새'라는 불명예스런 이름으로 불렸다. 많은 학생들이 투쟁이란 이름으로 다쳤고 붙잡혀 감옥에 갇혔다. 일부는 군대에 강제 징집당했고 또 다른 일부는 시위를 주도하다 죽었다. 나는 그게 장렬한 전사로 보이지 않고 마냥 궁휼한 상황으로 비쳤지만 어디서나 개인의 감상적 의견을 제시하는 게 허락되지 않는 비장한 분위기였다. 내 국사학과 동기들 40명은 나중에 졸업생 사은회 할 때 세어보니 절반만 살아남았고 나머지 절반

20명은 이런저런 거친 시국의 파도에 휩쓸려 사방으로 흩어지거나 실종된 상태였다.

그러나 그 험한 세월, 거친 삶의 와중에도 합창단 친구들, 선후배들도 포함하여 캠퍼스 여기저기서 익명의 청춘남녀들은 자칫 놓칠 수도 있는 가장 화려한 20대의 젊음을 누리기 위해 서로 눈을 맞추고 연애를 했다. 아기자기한 이야기로 제각각의 삶을 수놓으며 다양한 추억을 구석구석에 남겼을 것이다. 취하지 않으면 견딜 수 없다는 듯, 너도나도 신림동 순대마을로 가서 소주를 마시고 신림사거리 '두줄' 같은 데서 시간을 죽이며 밤새도록 맥주로 마셨다. 캠퍼스 바로 옆 관악산 계곡에 물이 흘렀는데 그 골짜기 너머를 우리는 '강 건너'라고 불렀다. 당시 이 캠퍼스의 학생들은 매캐한 최루탄 가스를 피해 '강 건너'로 가서 막걸리와 파전을 시켜 하염없이 먹고 또 마셨다. 먹고 마시며 울었고 또 노래하며 탄식했다. 관악사로 불린 기숙사 뒷문 쪽에도 낙성대 근처 길가에 나란히 자잘한 음식점들이 들어서 있었는데 그곳에서도 각종 튀김과 전을 팔아 그것을 안주 삼아 먹고 또 마셨다.

국사학과 교수님들은 대체로 보수적이었다. 군부독재의 시국을 개탄하고 교실과 복도, 연구실까지 전투경찰이 치고 들어와 폭행을 가할 때는 분개했지만 강하게 저항하지는 않았다. 아니, 교수들의 멱살까지 잡고 폭력을 일삼는 그들에게 저항할 수 없었을 것이다. 학생들과 간담회 할 때도 학과 간부들이 강경한 어조로 발언을 하며 시국을 성토해도 교수들은 멀리 내다보라고 학생들을 권고했을 뿐, 대체로 묵묵히 듣기만 했다. 그런 무반응이나 소극적 반응 속에 당시 뜨거운 학내 쟁점들이 흐지부지되곤 하였다. 그들의 역사 수업은 과거의 사실을 해석하여 복원하며 그 당대적 의미와 의의를 따지고 평가하는 데 초점이 맞추어졌다. 그러나 그것이 오늘날의 역사적 현재에 어떻게 적용되고 접목되어 어떤 윤리적 결단을 촉구하는지는 대체로 침묵하였다. 나는 이렇게 화석화된 과거의 칙칙한 자료에 파묻혀 옛날 타령을 하는 역사학자의 길에 점점 더 회의적인 생각이 들었다. 차라리 이쪽의 전공을 작파하고 다른 진로를 개척해야 할지 두 갈래 길에서 막막했고 4학년이 되면서 시간에 쫓겼다. 금요일마다 학과 사무실에서 외래강사를 초청해서 '맹자' 강독 등으로 한문 공부하던 시간이 눈에 선하다. 조선 시대 훈장 같던 그때 그 선생님은 이 수업시간에 과자를 하나씩 집어 드시면서 우리가 전혀 모르는 동양고전의 깊은 뜻을 풀어 가르쳐주셨다. 우리는 옥편 찾아가면서 그 문장을 우리말로 새기기에도 버거웠다.

기숙사에 살던 때 시내에 한 번 나가면 버스정류장에서 기숙사까지 오르는 길이 가파르고 꽤 멀었다. 기숙사 근처에 큼직한 바위들로 덮인 봉긋한 산봉우리가 있었는데 어느 날 그 길을 밟고 돌아오다가 그 바위틈에서 흘러나오는 맑은 샘물 한 줄기를 발견하고 아무도 모르라고 감추어둔 적이 있다. 그 뒤로 나는 시내 나갔다가 돌아올 때면 그곳에 꼭 들러 엎드려 그 샘물을 마시며 목을 축이고 피곤을 달래곤 하였다. 생각건대, 이 알뜰한 나만의 샘물은 안동네의 유년기로 거슬러 올라가 그 시절의 싱그런 물줄기를 상기시켜주는 맞춤한 천연의 안식처였다. 그 물은 시원하고 달고 청량했다. 내 청춘의 목마름이 틈틈이 해갈되어 한숨을 돌렸다면 그 은혜의 일부는 내가 발견해 나만이 누리던 그 바위틈 샘물에 빚진 것이라고 고백한다.

이후 2학년 시절 반지하 자취방에서 나는 잠자면서 자주 가위눌림에 시달렸고, 칙칙한 벽면에는 곰팡이가 자주 피어올랐다. 그렇게 시달리다가 어느 날 목욕탕에서 내 몸무게를 재니 59킬로그램이 나왔다. 장발로 흩어진 머리카락이 산만해 보였고 퀭한 눈은 객지 생활이 늘어날수록 우울한 빛을 더해갔다. 한때는 낮과 밤을 바꾸어 살면서 문학 독서에 심취한 적이 있는데 몇 주간 그런 자학적인 무드 가운데 당시 지적인 대표작가로 꼽히던 이청준의 모든 소설을 다 독파하기도 했다. 그렇게 갈팡질팡하면서 4년이 다 지났다. 얼마 전 페이스북에서 자신의 20대 사진을 올리는 게 유행이어서 나도 동참해볼까 하다가 사진도 없고 찾더라도 볼품이 없을 듯싶어 몇 글자로 끄적이며 대학 생활에서 시작해서 미국 유학 시절까지 포함한 내 20대의 비망록을 직관적인 어조로 단숨에 적어보았는데 여기 그대로 옮겨본다.

가난하고 자주 외로웠다.

관악사 가동에서 바둑 고수와 아홉 점 깔고 종종 접바둑을 두었지만 매

번 쳤다.

기숙사, 도서관, 강의실을 뱅뱅 돌다보니 1년이 갔다.

합창단에서 노래 부르는 일이 유일한 위안이었다.

최루탄 가스 가실 날 없는 캠퍼스를 벗어나 신림4거리 '두 줄'에서 밤새
도록 몇 명 선배, 동기들과 맥주 마시며 떠든 날들의 기억이 찐하게 남아
있다.

봉천동 언덕배기 반지하 자취방엔 곰팡이가 자주 피어났고 비 내리는
날이면 창밖을 응시하며 죽어라 일기를 썼다.

극소수 애틋한 친구들이 있어 가위눌림의 공포와 자살 충동을 이겨냈다.

선생들의 학문은 죄다 보수적이었고 강의는 별 감흥을 주지 못했다.

그나마 금요일 맹자강독과 종교학과 수업에서 발견한 엘리아데와 본회
퍼가 지적인 갈증에 단비 같았다.

두어 주간 낮과 밤을 거꾸로 바꿔 살면서 오로지 특정 작가의 소설을 다
읽어낸 건 소박한 광기의 발현이었다.

아름다운 여학생이 몇 명 눈에 띄었지만 연애는 짝사랑이나 신파로 겉돌다가 진도가 나가지도 못한 채 파산해버렸다.

겨울방학 때 함박눈을 맞으며 고적한 캠퍼스를 길게 홀로 걷고 나니 졸업이 코앞이었다.

24세에 다시는 돌아올 수 없을 것 같은 비장함으로 태평양을 건넜다.

절반은 이민자로, 절반은 유학생으로 생존을 목표로 매일, 매주, 매달을 전전긍긍했다.

시카고 로렌스가에 닻을 내린 첫날, 맥도날드 주변에서 풍기던 양담배 냄새 같이 기묘한 이국적인 냄새를 잊지 못한다.

불안한 영어와 희랍어 텍스트에 지치면 모국어의 갈증을 달래려 뭐든지 한글로 된 것들을 찾아 읽고 한글로 쓰곤 했다.

마음을 터놓고 대화한 몇 명의 미국인 친구가 있었지만 서로간 충실성의 결여로 우정의 관계가 이드거니 지속되지 못했다.

이민교회와 캠퍼스와 부모님의 낡은 아파트 사이를 돌며 오락가락 하다보니 또 몇 년이 흘렀다.

세미나리에서 석사과정 3년 졸업하고 박사과정 3년 코스웍 마친 뒤 어느 날, 하이드파 싱글 기숙사에서 새벽 4시경 잠이 깨어 맑은 정신으로 블라인드 사이로 창밖의 검푸른 거리를 내다보며, 내가 너무 오래 홀로 방랑하며 외롭게 살았구나… 외마디 탄식을 토하는 순간 내 20대가 막 저물고 있었다.

39.
두 번의 자살 시도

시대의 우울은 필연코 개인의 정서적 우울과 만난다. 19년간 작은 도시의 울타리를 벗어난 적이 없던 내가 서울이라는 막막한 세계에 무방비로 노출된 환경이 방황을 필수적인 코스로 만들어 버렸다. 외로워서 헤맸고 막막해서 또 헤맸고, 서러워서 헤맸고 괴로워서 또 헤맸던 것 같다. 캠퍼스는 4년 내내 시위와 군홧발 소리에 점령당했고 등하굣길은 최루탄 가스로 뿌옇게 시야를 가렸다. 그나마 숨 쉴 만한 곳을 찾아다니다 보면 이곳저곳으로 헤매는 내 초라한 꼬락서니가 내 의식 속에 자화상처럼 현상되었다. 첫 자취방이 있었던 봉천7동 달동네의 반지하 방으로 향하던 걸음은 꼭 재래시장을 통과했는데 거기서 간간이 삶의 활력을 얻어 근근이 방황으로 소진된 에너지를 살려 버텨가곤 했다. 워낙 세상이 폭압적이고 거칠다 보니 그 시장바닥의 한구석에 있던 미장원에서 내 머리를 깎던 청바지 차림의 푸근한 아줌마 표정만으로도 위로가 되던 시절이었다. 그러나 음습하던 그 반지하 방 벽지의 곰팡이와 좌충우돌 돈키호테처럼 사람 무서운 줄 모르고 덤비며 부대끼다 얻은 훈기의 상처는 내 가난한 생기마저 갉아먹고 마침내 시린 영혼을 벼랑 끝으로 내몰고야 말았다. 일상의 나른한 틈바구니로 꽂히는 권태와 무의미가 내 생명의 에너지를 고갈시키는 절망적인 독소가 될 수 있다는 걸 그때 처음 알았다.

이 방황과 방랑의 시절, 나는 불효막심하게도 내 생명을 스스로 마감하려는 극단적인 짓을 마치 모험하듯 저지르려고 두 번이나 벼랑 끝으로 성큼 다가간 적이 있다. 1984년 가을, 내 나이 22세 때, 사는 게 부질없이 느껴져 만만한 친구 놈 하나를 꾀어 북한산에 동반 자살하러 들어갔다. 소주를 한 병 비우고 그 병을 깨서 내 손목의 동맥을 그을 생각이었다. 막상 일을 결행하려니 친구 놈이 무서웠는지 차비를 들고 도중에 튀어버렸고 나 혼자 뻘쭘해져 일을 저지르지도 못한 채 툴툴거리며 하산했는데 온종일 먹은 게 없어 기진맥진하다가 홍제동 지하보도에서 탈진해 뻗어버렸다.

안간힘으로 몸을 일으켜 지나가는 여중생에게 동전을 얻어 공중전화기에 다가가 한 선배형에게 전화를 걸었다. 가톨릭 사제가 되겠다고 서원했다가 그래도 결혼은 해야겠다며 돌아온 학과 선배였다. 당시 형은 운동권이었지만 여느 운동권 사람과 달리 온화했는데 평소 그 따뜻한 인상으로 별로 친하지도 않았던 형을 떠올려 불러냈던 것 같다. 기력이 없어 대뜸 수화기에 내 사정이 여차여차하니 와서 좀 도와줄 수 없냐고 간신히 한마디 했고, 형은 득달같이 택시를 타고 강남에서 먼 거리를 달려왔다. 내가 탈진해 몸을 움직이지 못하는 걸 알고 형은 늘어진 내 몸을 부축해 인근 분식집에 데리고 가서 칼국수를 한 그릇 사줬고, 나는 약간 기력을 회복한 뒤 택시로 형네 집으로 가서 한 이틀 요양한 뒤 살아 돌아왔다.

이후 먼 세월이 흘러 전주에 살아오던 중 나는 급한 상황인데 지갑을 잃어버렸다며 길 가는데 택시비를 좀 대줄 수 없냐고 다가온 여고생과 유사한 비상 상황에서 도움을 청한 낯선 젊은이 등에게 몇 차례 군말없이 지갑을 열어 돈을 내준 적이 있다. 예전에 내 불우한 청춘의 날 내게 동전 몇 개를 건네준 그 여중생 생각이 퍼뜩 떠올라서였다.

그때 나를 데리러 와서 칼국수를 사주고 자기 집에 요양시켜 회복하도록 도와준 그 선배 형은 우리나라에 국가 기록관리의 틀을 만들고 최근 세월호 사건 관련 구술기록을 총 정리해 집대성한 기록학 박사 1호 김익한 교수(명지대)이다. 내가 학부 졸업논문의 주제로 1801년 신유박해를 잡은 것이나, 이후 내 인생에서 가톨릭 사제와 교우들을 공대하며 존경하게 된 것도 순전히 이 형에게서 받은 감화의 유산이려니 한다.

이때의 실패를 교훈 삼아 그해 겨울 나는 좀더 주도면밀하게 이 땅에서 아무도 모르게 내 생명의 자국을 지워버리려는 두 번째 기획에 돌입했다. 대학의 마지막 학기를 마친 뒤 성탄절을 한 주 앞두고 나는 혼자 제주도로 무전여행을 떠났다. 이왕이면 아름답고 멋진 곳에서 몸을 던져버리자고 스스로 다짐하며 탐미적 허무주의의 열정을 불태웠다. 용산역에서 신명훈이라는 합창단 친구의 배웅을 받고 자정 가까이 목포행 완행열차에 몸을 실었다. 이 친구는 내 여행이 좀 불안했는지 내가 그 초라한 야간열차에 몸을 실을 때까지 자중자애하라고 마음을 다독여주었다. 나는 자살하는 자가 마지막으로 신발 따위의 자기 소지품을 가지런하게 정리해놓는다든지, 가족이나 친구에게 미묘한 문자메시지를 남긴다든지 하는 예비적 징후와 관련된 이야기를 들어 잘 알고 있었다. 아마도 그 친구에게 내 마지막 생의 흔적을 남기려는 무의식적 동기로 내심 인상적인 이별의 순간을 연출해보고 싶었는지 모르겠다.

기차는 느렸고 자주 섰다. 연말에 귀향객들이 많아서인지 좌석은 물론 입석까지 빡빡하게 꽉 차서 서 있는 것조차 불편할 정도였다. 사람들 몸 냄새 사이로 숨구멍을 찾기 어려웠고 답답한 실내 공기에 실려 취객들의 날숨이 섞였는지 시금털털한 악취도 풍겨왔다. 휘청거리며 두어 시간을 서 있다가 나는 누추함을 무릅쓰고 열차 내 변소로 들어가 그곳의 비좁은 공간에 몸을 의지해 잠깐 앉았다가 노크 소리 나면 다시 일어나 자리를 피해 주길 반복했다. 그만큼 군중 속의 고독에 지쳤고 나 혼자만의 순전한 절대 고독이 그리웠다. 서서 흔들리다가 변기 옆에 앉아서 졸다가 밤새 그렇게 견디다 보니 새벽녘 열차는 목포항에 도착했다. 나는 바깥으로 나가 잠시 바닷바람을 쐬고 제주행 배편을 알아본 뒤 시장 바닥에서 두리번거리다 국밥으로 빈속을 달랬다. 이것이 내 몸이 누릴 수 있는 마지막 식사라고 생각하니 눈물이 글썽여졌다.

　작은 동력선에 수십 명 승객이 탔고 배는 출렁거리면서 느리게 움직였다. 도중에 멀미가 심했던지 토하는 사람도 있었다. 나는 배 한구석에 내내 서서 드넓은 수평선을 바라보며 아름다운 한 시점과 멋진 한 지점을 선택하느라 여기저기 두루 살폈다. 목포와 제주도 중간쯤 지날 때 나는 탁 트이고 드넓은 이쯤이 좋겠거니 여기고 좌우를 살핀 뒤 심호흡까지 마치고 물속으로 뛰어들 만반의 준비가 되어 있었다. 막판에 신발을 벗어야 할지 그냥 신고 있어야 할지 잠시 망설였던 것 같다. 바로 그 순간, 내 이름을 부르는 호출 소리가 들려왔다. 처음에는 이명인가 했다. 아니면 죽음을 거부하는 내 속의 어떤 본능이 극적인 무의식의 에너지와 결합하여 스스로 만들어낸 환청인가 싶기도 했다. 워낙 소리가 뚜렷하여 뒤돌아보니 대학 동기인 고고학과 친구가 거기 서서 내 이름을 부르고 있는 게 아닌가. 그 친구는 학과는 달랐으나 문무대 들어가서 군사훈련 받을 때 같은 팀에 소속되어 안면이 익은 상태였는데 같은 배에 탑승해 있었는지 전혀 몰랐었다.

　뜻밖의 만남이라 반갑게 인사하고 이런저런 밀린 이야기를 나누다 보니 배는 어느덧 제주항에 가까워졌고 오전에 목포항을 떠났는데 해는 어느덧 뉘엿뉘엿 서편으로 기울고 있었다. 이 친구를 갑작스레 만나는 바람에 마음이 흐트러져 내 자살 계획은 바닷속의 물거품처럼 흐지부지되어버렸다. 애당초 무전여행이었고 제주항에 도착할 수 있을지 불확실했던 터라 무슨 계획이란 게 있을 리 없었다. 그래서 배에서 만난 그 친구 집에 들러 하루 신세를 졌고 길 위에서 이동 중 어부였던 그의 부친이 고기잡이배를 타고 나갔다가 물에 빠져 죽은 이야기 등 서글픈 가족사 이야기를 들었다.

이때 나는 제주행이 처음이기도 했고 그 아름다운 곳곳의 풍광에 호기심이 동했던 터라 버스를 타고 성산포 쪽으로 움직였고, 거기서 다시 서귀포 쪽으로 이동해가면서 발걸음을 옮겨나갔다. 도중에 만장굴 근처 김녕굴이 당시 미개발지역이라 내 일기장을 태워가면서 앞으로 나가는 무모한 탐험을 약간 시도하기도 했다. 그곳이 똬리 구조로 층층이 돌아가는 굴이라 혹여 그렇게 앞으로 걷다 보면 낭떠러지에서 떨어져 아무도 모르게 실종되는 방식으로 생을 마감할 수도 있지 않을까 싶었던 것이다. 그러나 괴기한 그 동굴의 분위기에 스멀거리는 도저한 암흑의 공포가 내 머리카락을 곤두세웠고 등 뒤로는 식은땀이 흘렀다. 아마도 2백 미터를 채 전진하지 못했을 것이다. 나는 그 공포에 심장이 눌려 도저히 견딜 수 없어서 더 이상의 탐험을 단념하고 그냥 돌아 나오고야 말았다. 성산포에서 멀리 보이던 한라산을 내 일기장에 펜으로 스케치한 뒤 서귀포로 향했다.

서귀포에서 만난 현권수는 합창단 베이스 파트를 담당한 친구였는데 큰 키에 여드름을 많이 달고 있었고 늘 선한 미소를 띤 표정이 일품이었다. 그의 부친은 교회 장로로 큰 귤 농장을 운영하고 있었는데 마침 수확철이라 나도 일손을 돕겠다며 나서서 귤을 따드렸다. 알려준 방식대로 과수원 농장에 들어가 귤을 따고 새참 먹은 뒤 또 따면서 그 현장에 내 몸의 에너지를 집중해 보았는데 처음 진지하게 해보는 그 육체노동이 내게 생명의 활기를 공급해 주었다. 땀을 흘리며 몸을 쓰다 보니 식욕이 돋았고 다시 살고 싶어졌다. 내 사연을 대강 전해 들은 친구 아버지와 누이들은 한 며칠 그곳에서 내 생명을 품고 돌봐주면서 신실한 말씀으로 격려해주셨다. 내게 감귤과 키위 몇 봉지, 낑깡이라 불리는 금귤 묘목, 키위 묘목 몇 개를 희망의 선물로 주셨다. 내 품삯보다 분명히 비쌌을 텐데 여수공항까지 가는 비행기 표도 끊어주셨다.

버스는 눈 덮인 한라산 5·16 도로를 간신히 넘어 공항에 도착했다. 나는 다시 여수행 비행기를 타고 여수로, 여수에서 전라선 열차를 타고 다시 조치원까지 나아갔고, 조치원에 도착한 열차에서 내려 청주 집에 도착하니 자정이 넘은 시각이었다. 가족들이 다들 잠든 시각 내가 초인종을 누르자 아닌 밤중에 홍두깨 격으로 놀란 부모님이 파자마 차림으로 나와 귀신같이 우두커니 문 앞에 서 있는 나를 맞이주셨다. 열흘간 무작정 떠난 방랑 여행이 그렇게 끝났고 결국 죽지 못한 나는 겁쟁이라고 스스로 자학하면서 기나긴 죽음의 터널을 살짝 빗겨나 헤매다가 나를 낳아준 부모의 둥지에 몸을 던졌다. 그날 밤, 혼곤한 꿈속에 많이 시달리면서 죽는 게 이렇게 힘든 일이라면 밑져야 본전일 테니 그 힘을 모아 한번 살아보자고 다짐했다. 집 앞의 겨울 벌판에는 틈틈이 눈보라가 쳤고 찬바람 지나는 소리에 멍하니 앉아 귀를 쫑긋거리곤 하였다.

40.
시카고 디아스포라의 세월 1:
메코믹신학교와 그 주변

내가 최초로 나라 밖으로 출국하던 날 김포공항에 내 대학 시절 합창단 친구와 후배 몇 명이 나와주었다. 1986년 5월 4일이었다. 나는 누나와 함께 부모님이 이민자로 여동생들 셋 데리고 1년 전 건너가 살던 시카고로 가기 위해 비행기를 기다리면서 마지막 인사를 나누었다. 마치 다시는 만나지 못할 것 같은 비장하고 서글픈 분위기가 감돌았다. 내가 비비안 리 같다며 아름다운 눈빛을 예찬했던, 그러나 속으로만 은근히 좋아했던 여학생은 이미 며칠 전 명동성당에서 만나 스파게티로 식사를 나누고 헤어졌다. 큰 가방을 내게 선물로 건네주었다. 이후로도 꽤 오래 이역만리 떨어져 외톨이로 살던 내게 편지를 보내주어 얼마나 큰 힘이 되었는지 모른다.

나는 시애틀 공항에 먼저 도착해 통관 절차를 밟은 뒤 영주권에 서명했고, 시카고로 이동하는 미국 국내선 비행기로 갈아탔다. 시카고 오헤어 공항에 마중 나온 부모님을 따라 당도한 곳은 한국 이민자들이 많이 살던 로렌스가의 3층짜리 한 낡은 목조아파트였다. 마룻바닥이 삐거덕거리는, 지은 지 100년은 족히 넘어 보이는 구식 아파트였다. 내 침대는 거실에 임시로 꾸며졌다. 부모님은 부엌 쪽 여유 공간에 침실을 놓았고 방 하나는 세 여동생이 함께 나눠 썼다. 새벽녘 창밖 뒷골목으로 새소리에 묻혀 생선 썩는 냄새가 공기를 타고 들어오면 이곳이 낯선 이국의 땅이로구나 비로소 실감이 났다. 대낮에 심심할 때 인근 공원을 산책했고 아파트 앞에 있는 맥도날드에 가서 햄버거와 감자튀김을 사 먹기도 했다. 그 주변에는 환후인 양 낯선 이국적인 냄새가 풍겼는데 나는 그 냄새가 양담배 냄새 같다고 줄곧 상상했다.

아파트 근처 베다니교회라는 한인교회를 찾아 목사님께 인사를 드렸고, 그의 추천과 소개로 미국장로교단의 중서부 대표 신학대학원인 매코믹세미나리에 그해 9월 가을학기 교역학 석사과정(M.Div.)에 용감하게 입학했다. 1400E. Dorchester라는 주소에 자리한 5층짜리 기숙사에서 3년간 살았다. 입국하자마자 영어로 강의를 듣고 영어책을 읽으며 영어로 또 페이퍼를 써 제출하는 일이 버겁고 힘들었다. 룸메이트들이 친절하게 도와준 덕에 매 학기 땜질하듯 넘어갈 수 있었다. 학기 중에는 주말마다 한인타운의 베다니교회 교육전도사로 일하면서 한 달에 3백 달러의 사례금을 받아 생활비에 보탰고, 방학 중에는 흑인가 옷가게나 빨래방 등에서 아르바이트를 해서 추가로 용돈을 벌었다. 여기서 번 돈으로 타이프라이터를 샀고 나중에 엡손 컴퓨터를 사서 원고지에 만년필로 글을 쓰던 나는 타자기로, 다시 간단한 데스크탑 컴퓨터로 이동하면서 내 손가락을 낯선 도구에 적응시켜나갔다.

3년간 우리가 1400빌딩이라고 부르던 이 기숙사 건물에서 많은 일이 있었다. 나는 남미 콜럼비아의 공산 게릴라 출신의 하비에르(Javier)라는 라티노 룸메이트를 만나 그의 서툰 영어와 손짓 몸짓으로 그 나라의 풍토와 문화, 역사 이야기를 들었다. 기타를 잘 치고 스페인 복음송을 잘 부르던 그는 원래 오순절 교단 출신으로 이미 목사 신분이었는데 메코믹신학대학원에서 남미 출신 학생들에게 장학금 혜택을 주어 오게 된 것 같았다. 신학은 보수적이지만 맥주를 잘 마시고 아직 젊은 나이에 머리털이 앞부분 절반 정도 벗겨진 데다 콧수염이 진한 트리니티신학대학원에서 전학온 짐(Jim)이라는 룸메이트도 만났다. 이 룸메이트는 스페인어를 잘해 라티노 룸메이트 하비에르와 자주 어울리며 스페인어로 대화하길 즐겼다. 또 한 명의 룸메이트는 덩치가 엄청나게 큰, 그 이름 또한 짐(Jim)이라는 친구였는데 우리는 앞의 짐을 체구가 비교적 작다고 해서 사전 양해를 구해 편의상 '스몰 짐'이라고 불렀고, 덩치 큰 다른 짐을 '빅 짐'이라고 부르면서 혼선을 피했다. 이 빅 짐은 동성애 교단에 소속되어 있었고 메코믹신학대학원이 리버럴하다고 해서 입학한 친구였는데 여기서 신학을 배워 호모포비아를 퇴치하는 것이 자신의 선교적 사명이라고 했다.

빅 짐이 동성애자라는 걸 알고 나서 보수적인 스몰 짐과 남미 출신 하비에르는 그가 없는 자리에서 쉬쉬하면서 그를 경계하는 눈치가 역력했다. 가까이하면 마치 에이즈 병이라도 옮을 듯 다소 경기 들린 반응을 보였다. 나는 이 신학교에 동성애자 학생들이 남녀 통틀어 대략 20% 이상 있다는 소문을 듣고 적잖은 문화적인 충격을 받았다. 심지어 수요일 정기채플을 마치고 나서 인사 나누는 자리에서 동성애 커플이 공공연하게 키스를 하는 장면을 목격하기도 했다. 나는 나이브하게도 그들을 회심의 대상으로 삼았다. 처음에 일단 내 룸메이트인 빅 짐에게 접근해 성경의 로마서를 펼쳐 보이며 동성애에 대해 이렇게 성경이 말씀하지 않냐며 담대하게 그를 훈계하고자 했다. 그러나 그것은 쓸데없는 분란을 일으켰고 논쟁이 뜨거워지면서 빅 짐에게 감정적인 상처를 안겼다. 방은 따로 썼지만 화장실과 부엌, 거실을 함께 사용하던 우리 사이는 서로 회피하면서 급작스레 썰렁해져 여간 불편한 게 아니었다. 물론 다른 두 룸메이트도 평상시 그를 일관되게 왕따하는 분위기였다.

여러 날을 고민하다가 나는 전략을 바꾸어 이 빅 짐과 나의 공통점을 찾아보기로 했다. 다행히 그와 나는 둘 다 음식을 만드는 것과 노래 부르는 걸 좋아한다는 걸 알게 되었다. 그러던 어느 날 나는 공손하게 점심으로 스파게티를 만들어 함께 먹자고 제안했고 그는 흔쾌히 내 제안을 수락했다. 식사기도 대신 두엇 곡을 화음 맞춰 그와 함께 부르니 분위기가 화기애애하게 좋아졌다. 함께 만든 음식을 맛있게 먹고 대화하던 중 나는 자연스레 그의 라이프 스토리를 듣게 되었다. 그는 본래 가톨릭 신자로 모태신앙이었다. 어려서 그의 엄마가 가톨릭 사제에게 성적으로 추행당하는 일을 겪은 뒤 그것을 계기로 자신이 게이가 되었다고 했다. 그 둘 사이의 인과관계가 다소 모호했지만 무슨 깊은 가족적 트라우마와 함께 보통 사람 두 배 이상 되는 그의 비대한 몸이 또 다른 변수로 맞물리면서 이성애와 다른 성적 지향을 갖게 된 것이려니 추측되었다.

그는 메코믹신학대학원을 졸업하지 않았고 도중에 자퇴했다. 빅 짐과의 마지막 이별도 썩 개운하지 못했다. 그는 비대한 몸집 탓에 명민하게 움직이며 공유한 공간을 비롯해 주변 환경을 정갈하게 정돈하는 경우가 드물었다. 화장실에도 게이 잡지와 피 묻은 팬티가 널려 있기 일쑤였고, 부엌에 설거지해야 할 접시는 늘 지저분하게 높이 쌓여 있었다. 그는 전화세의 자기 분담 몫을 지불하지 않은 채 어느 날 야반도주하듯 퇴실해버렸는데 무엇보다 그 침대 밑에 잔뜩 들어찬 쓰레기를 치우느라 무척 애를 먹었다. 그가 지금쯤 동성애 교단 목사가 되어 호모포비아 퇴치 사역에 매진하고 있을까. 그때 사귀던 역시 덩치가 엄청나게 크던 게이 버디와는 지금도 행복하게 잘 지내고 있을까. 하비에르는 사랑하던 여자친구와 결혼해 지금 시카고의 스패니쉬 신앙공동체의 목사로 사역을 잘 감당하고 있을까. 스몰 짐은 또 어디서 무엇을 하며 어떻게 살고 있을까.

나중에 들어와 나와 단둘이 한두 학기 함께 살았던 또 다른 룸메이트는 20대 후반의 미국인 히피였는데 갈색 머리 꽁지를 늘어트린 스타일로 기타 치며 펍이라는 대학촌 술집에서 노래하는 촬리(Charlie)라는 이름의 가수였다. 그가 함께 사귀던 여자친구는 그보다 적어도 15살 이상 많아 보이는 몸집이 상당히 비대한 흑인 여자였다. 20대의 날씬한 백인 미남이 큰누나뻘 흑인 아줌마랑 함께 사귀는 이유를 내 상식으로 헤아리기 어려웠으나 그 두 사람은 각별한 사이 같았다. 이 히피 룸메이트는 평상시 눈동자가 좀 풀려 있는 상태에서 흐느적거리는 몸으로 창밖의 미시간 호수를 쳐다보며 기타 반주에 맞춰 "Look at the lake"이란 후렴구를 반복하는 노래를 불렀는데 나는 그가 무엇인가에 취해 있다는 걸 알아챘다. 그런데 그는 술에 취한 게 아니라 마리화나 등의 마약에 취해서 무슨 영감을 얻어 작사 작곡을 하고 황홀경에 잠겨 노래도 부른 것이다. 한 번은 나도 그가 줘서 호기심에 대마초를 몇 모금 빨아보았는데 머리만 아프고 아무런 황홀경도 찾아오지 않아 이내 시큰둥한 느낌이었다.

룸메이트는 아니었지만 메코믹신학대학원 3년간 나와 가장 많은 시간을 보내고 가장 많은 대화를 나눈 친구는 독일계 미국인으로 나와 같은 프로그램에 동급생이었던 아놀드(Arnold)라는 친구였다. 그는 나에게 무뚝뚝한 표정이었지만 친절했다. 나랑 노는 걸 좋아해서 백인 학생인데 여느 다른 백인 학생들과 달리 이 친구는 왜 나 같은 변두리 학생을 친구 삼아 어울려주는 걸까 의문이 들기도 했다. 나중에 알게 되었는데 이 친구는 어려서 자폐증을 앓아 어려움을 겪었고 커가면서 많이 극복했으나 여전히 사람을 대하는 게 부자연스러웠다. 그런 이유로 그는 나를 대화의 스파링 파트너로 삼은 것이었고, 나 역시 완벽하지 않은 영어로 말하는 걸 꺼려하지 않으면서 담대하게 대화할 스파링 파트너로 그만큼 적절한 상대도 없었던 셈이었다. 그렇게 친해진 우리는 펍에가서 맥주도 가끔 함께 마셨고 미시간 호숫가를 걸으면서 산책도 종종 함께 했다. 걸으면서 다양한 화제로 대화를 나눴는데 가끔 학문적인 소재를 화두 삼아 진지한 학구적 토론을 하기도 했다.

나중에 그의 집을 방문했을 때 나는 그의 부친이 시카고대학교 신학부의 저명한 신약성서 학자인 베쯔(Hans Dieter Betz) 교수라는 사실을 알고 깜짝 놀랐다. 그는 소파에 앉아 있다가 나를 소개받고 일어나 손을 내밀어 악수를 청했다. 작은 키에 큰 머리, 총기가 스민 동그란 눈동자가 첫인상으로 강렬했다. 이런 우연찮은 계기로 우리 둘 사이에 희미한 인연이 싹텄고 그 연장선상에서 그는 나중에 시카고대학교 신학부의 박사과정에서 나를 제자로 받아들여 6년간 공부를 살펴준 지도교수가 되었다. 아놀드는 메코믹을 졸업한 이후 밴더빌트대학 구약학 박사과정에 진학해 학위를 받았고 테네시의 작은 전원도시에 위치한 한 대학에서 교수직을 얻어 가르쳐왔다. 내가 학위 받고 나서 한 번 우리 부부가 그곳을 방문해 아놀드 부부와 함께 회동하였는데 그 뒤로 소식이 끊겼다.

참 혼란스러운 좌충우돌의 세월이었다. 바람 많고 눈 많이 오는 이 도시에서 부실했을망정 3년간 얻은 학점으로 나는 목사가 되기 위한 과정에서 한 매듭을 지었다. 또 순전히 좋은 친구 만난 덕분에 그 은혜로 당시 경쟁률 100:1이라는 시카고대학 신학부 박사과정에 진학해 본격적인 학문 수련을 받을 기회를 붙잡았다.

41.
시카고 디아스포라의 세월 2:
메코믹 이후, 시카고대학교의 학풍

메코믹신학대학원 졸업을 앞두고 내 20대 인생에 가장 큰 시련이
찾아왔다. 'Research Seminar'라는 과목은 수강 학생 각자가 특
정 분야에서 졸업논문을 준비하면서 연구 프로포즐을 만들어 발
표하는 세미나 수업이었다. 평소 유색인종을 은근히 차별하고 도
도하기로 소문이 자자한 부르크하르트 교수가 다른 주니어 교수
와 팀을 이뤄 이 과목을 담당하였다. 그는 내 순서에서 발표가 다
끝나지도 않았는데 도중에 끊어버리며 멸시적인 어조로 내가 노
력해 준비한 내용을 뭉개듯 냉소적인 논평을 했다. 그 논평 자체
보다 그의 냉소적인 태도가 심히 무례하고 오만하게 다가왔다. 나
는 혈기왕성한 20대 신학생답게 발끈한 어조로 교수의 논평을 반
박하며 저항했고 그의 무례한 태도를 무참하게 일갈했다. 이에 붉
으락푸르락하던 그의 얼굴빛을 느꼈고, 그는 이 과목에서 내게 치
욕적인 D+학점을 주었다. 3년간 수강한 대부분 과목이 A학점이
었던 내게 이 점수는 큰 치욕이었다. 나는 그에게서 사적인 감정
의 복수심을 읽었고, 이후 이 교수의 평소 수업 태도와 학생들, 특

히 유색인종 학생을 무시해온 사례들을 수집해 이 신학교에서 축출하려는 혁명적 봉기를 집요하게 획책했다. 총장과 부총장에게 민원을 제출했고 학생회를 움직여 저항해보려 노력했다. 하지만 그는 이미 종신직(tenure) 교수로서 합법적인 퇴출이 불가능한 상황이었다. 이 외로운 투쟁으로 나는 심신이 많이 지쳐 마지막 학기 내내 우울했다. 아마도 그로 인한 파괴적인 영향 탓이었는지 그해 겨울방학 크리스마스 시즌에 끔찍한 환상 체험을 하고 말았다.

그 백인 교수와의 갈등이 생긴 뒤 그는 거리에서든, 식당에서든, 내 시선을 피하며 나를 무시하며 멸시하는 태도로 일관했다. 모든 백인 학생들이 그의 그 오만한 태도에 암묵적으로 동조하는 듯 보여 내 피해의식은 깊어졌고 내 영혼은 앙상하게 메말라갔다. 나는 평소 안면이 있던 흑인 친구 집을 찾아 대화하면서 간신히 위로받으며 버티고 있었다. 어느 날 늦은 오후, 석양 무렵이었다. 나는 기숙사 내 침대에 베개를 베고 비스듬히 누워 라이너 마리아 릴케의 시집을 읽고 있었다. 성탄절 휴가철을 맞아 당시 내 룸메이트는 노스캐롤라이나 집에 가서 아직 돌아오지 않은 상태였다. 네 명이 머무는 기숙사에 나 혼자 있는 것이 너무 쓸쓸한 듯해 나는 일부러 내 방의 스탠드 전등뿐 아니라 복도와 부엌, 거실 등 모든 곳에 불을 다 켜놓은 상태였다. 그때 내가 켜놓은 스탠드 불빛이 탁, 하는 소리와 함께 꺼지더니 누운 몸의 발목 부분에 무엇인가 스멀거리는 듯한 수상한 느낌을 받고는 고개를 살짝 위로

들었다. 바로 그 순간, 컬러 사진보다 더 선명한 색채와 윤곽의 무서운 형상이 내 침대 끝에 앉아 나를 조롱과 멸시 가득한 눈으로 내려다보고 있었다. 내가 그때까지 생시에 본 적이 없던 가장 무서운 이미지였다. 얼굴과 몸체 전면은 붉은색이었고 머리 위에 뿔이 있었던 것으로 기억한다. 나는 그 눈빛과 대면하는 순간 불과 3초를 버티지 못하고 그 자리에 기절해버리고 말았다.

몇 시간이 흘렀을까. 바깥에서 문을 두드리는 소리에 깨어나 나가 보니 노스캐롤라이나에 갔던 룸메이트가 돌아와 바깥에서 문을 열어달라고 했다. 문을 열고 무섭고 황망한 마음을 쓸어내리며 그 친구에게 내가 좀 전에 당한 공포스런 사건을 이야기하기 시작하자 순식간에 정전되었던 실내의 모든 등불이 찰칵하는 소리와 함께 다시 환하게 빛을 발했다. 이 일은 과학적으로 성경을 연구하며 합리적인 신학을 추구해온 내게 두고두고 해결해야 할 무거운 과제였다. 도스토예프스키의 명작 『카라마조프가의 형제들』에 나오는 대심문관의 등장 부분 중 어떤 장면이 겹쳐졌다. 마르틴 루터가 종교개혁 하면서 마귀의 조롱하는 언사에 발끈하여 잉크병을 집어 던지며 그를 내쫓았다는 에피소드도 전해 들었다. 내가 본 마귀도 그런 종류가 아닐까 막연하게 생각했다.

그러나 내가 도달한 가장 과학적인 해석은 구스타프 융의 정신분석 이론에서 배운 어떤 설명대로 내 가운데 억눌린 원한의 감정이 내면 깊이 꽁꽁 응어리져 있다가 낮과 밤이 갈리는 시간대에 밖으로 투사되어 시각화된 환상 체험이라는 관점이었다. 무엇보다 이 체험 이후 달라진 내 신체적 증상을 면밀하게 자가진단하면서 두뇌 속의 신경회로 중 미세한 끈이 하나둘 끊어지거나 충격을 받아 무감각해진 것은 아닐까 의심이 일었다. 그도 그럴 것이 그 뒤로 나는 정신 나간 사람 같이 멍하니 있을 때가 잦았고 일상의 많은 일을 즉각 챙기며 처리하는 순발력이 적잖이 떨어진 것 같았다. 정신과 의사 장로님과의 상담 결과도 내 직관 결과와 유사했다.

얼마 지나지 않아 이런 공포 괴기담의 후유증을 상쇄할 만한 소식이 날아들었다. 어느 날 새벽 시카고대학교 신학부에서 만나자는 베쯔 교수의 전화가 온 것이다. 잔뜩 긴장하고 찾아가니 그는 내 '지적 에세이' 페이퍼에 깊은 감명을 받았다며 박사과정 학생으로 받아줄 테니 열심히 해보겠느냐고 제안했다. 여기에서의 박사 공부는 세미나리 수준의 석사과정과 달리 공부의 부담이 매우 크고 퇴출의 위험도 있다며 약간 도전적인 어조로 나를 밀어붙이기도 하였다. 나는 뽑아만 주면 최선을 다해보겠다고 답했고, 그는 관대하게 당시 1년에 한화로 5천만 원 정도 하는 등록금 중 75%나 면제해주는 장학금의 기회까지 주었다.

이후 나는 이 선생님의 지도에 따라 세미나 수업을 듣고 연구 페이퍼를 써냈으며, 3년의 코스웍을 마친 뒤 가까스로 독일어, 불어, 히브리어, 헬라어 시험도 잘 통과했다. 연이어 너덧 개 전공 분야에 걸쳐 종합시험을 우수한 성적으로 합격한 뒤 논문 계획서를 제출할 자격을 얻었다. 서럽고 고된, 그러나 기적 같은 경험들이었다. 내가 종합시험과 함께 4명의 교수들 앞에서 구두시험을 마치고 밖에 대기하고 있는데 문이 열리더니 지도교수인 베쯔 교수가 다가와 내 손을 꼭 잡으면서 이렇게 말했다. "내가 자네를 맨 처음 만났을 때는, 헬로, 안녕하시냐 정도로 몇 마디 못하는 소박한 학생이었는데, 지난 5년간 막대한 진보를 이루었다네. 자네가 정말 자랑스럽다네." 오래 혹독하게 나를 연단하면서 지켜봐 준 선생의 이 말 한마디에 눈물이 쏙 빠질 정도였다. 이후 독한 마음으로 1년간 집중하여 나는 마가복음의 겟세마네 이야기를 주제로 삼아 학위논문을 완성했다.

시카고대학 신학부는 미국 내에서 하버드대학교 신학부와 함께 종교와 신학 분야에서 랭킹 1,2위를 다퉈온 최고 명문 아카데미로 자체 내 자부심이 대단했다. 그러나 학문의 관점과 방법론은 서구 백인 위주의 신자유주의 신학이 대세여서 예수보다는 아리스토텔레스의 논리적 탐구법이 중요했다. 키다카와, 토니 유, 미르체아 엘리아데 등 동양과 동유럽 출신의 탁월한 학자도 있었으나 교수진과 학생 대부분은 앵글로색슨 서구 계통이었다. 그나마 내 지도교수는 예수의 신학에 대한 학문적 뿌리를 확립하여 그것이 플라톤-아리스토텔레스의 학문 전통과 무관치 않음을 논증해 보여주었고, 그것이 또 1세기 전후 유대교의 전통과 어떻게 만나고 있었는지 구체적인 연구 성과로 논증했다. 나는 시카고 종교사학파의 본산지에서 책과 사람들을 통해 서구학문의 뿌리와 줄기와 열매를 많이 배우고 깊이 맛보았으며, 그 한계도 어림잡아 직관할 수 있었다. 지금도 시카고대학 캠퍼스의 정중앙에 위치한 스위프트홀에서 예닐곱 명의 대학원생들과 함께 헬라어 신약성서 책을 강독하면서 베쯔 교수의 강의를 경청하던 시절이 그립다. 나는 그때 그 놀라운 배움의 순간마다 얼마나 긴장하며 얼마나 전율하였던가.

나는 본래 친수성이고 산을 좋아한다. 산속으로 들어가면서 만나는 그 오밀조밀한 지형과 굴곡에 내 몸은 최적화되어 그곳을 뛰어다녀도 좀처럼 넘어지지 않고 균형을 잘 유지한다. 그런데 내가 10년간 살았던 시카고는 밋밋한 평지 지형이었다. 그나마 탁 트인 광대한 미시간 호수와 드넓은 녹색공원이 없었다면 나는 그 단조로운 환경 속에서 숨이 막혔을 것이다. 가끔 시카고 다운타운 부근의 세련된 도시건축과 아트 인스티튜트 등의 문화예술 시설도 내 숨구멍을 틔워주었다. 그러나 미국의 디아스포라 생활에 점점 익숙해지면서 이 거대한 대륙을 여행할 기회가 내게도 1년에 한두 차례 주어졌다. 그때마다 나는 좋은 차를 빌려 가족들과 함께 원거리로 주행하면서 미국 내 광대한 산맥과 동굴, 계곡과 바다에 다양하게 들어찬 국립공원의 경이로운 자연과 각종 아름다운 풍광을 즐길 수 있었다. 그 모든 빼어난 국립공원 중 대략 90% 정도를 섭렵하면서 나는 종횡무진 달리고 또 달렸다. 내 발걸음이 닿는 곳, 제각각의 그 물상마다 신의 계시가 되었고 역사의 섭리로 거듭났으며, 토실한 문화적 의미로 내게 다가왔다.

지금도 시카고 북쪽 교외 에반스턴의 고즈넉한 가을 나무와 단풍, 아름답고 평온한 주택들이 몽실몽실 떠오르곤 한다. 생선 썩는 냄새 나던 로렌스가의 뒷골목과 엄마와 함께 다니던 앨디의 싸구려 식료품 쇼핑, 플라스키 길과 포스터 길이 만나는 일대에 넓게 펼쳐진 녹지 공원… 그 구석에서 뜯던 미국산 참나물과 민들레 나물… 아버지가 글렌뷰 교외에서 작은 집을 장만한 뒤 그 일대에서 내가 자전거 타고 누비던 승마코스와 모세혈관처럼 미세하게 사방으로 뻗은 오솔길들… 나와 그곳에서 함께 낮잠 자던 아기사슴… 그 일대에 널리 퍼져 자라던 머루넝쿨과 그 까만 열매들, 어느 날 동네 근처 미지의 땅을 탐사하다가 발견한 달래밭의 싱그러운 자태… 결혼한 뒤에 처가가 살던 플로리다 잭슨빌을 중심으로 수없이 헤집고 다니며 잡아대던 대서양의 각종 물고기들… 이 모든 디아스포라의 추억들이 내 몸의 세포 깊숙이 어딘가에 숨어 지금도 숨 쉬고 있다. 그리움의 저편 잊었던 것들이 시시때때로 번개 치듯 뇌리를 스치면 내 영혼은 몸살을 앓는다. 어지러운 파편이 되어버린 그 모든 순간의 기억들을 뚝 떼어 영원의 무대 위에 현상하고 싶어 하는 몸부림을 통째로 품고 다닌다. 내 육체는 세월 따라 더 시들고 늙어가겠지만 그 몸부림이 있기에 내 정신의 나이는 여전히 그때 네 살배기 소년에서 20대의 방황하는 청춘 사이에 걸려 지금도 출렁이고 있다.

42.
이민교회(1)

나는 시카고에 체류한 기간(1986~1996) 동안 두 군데의 이민교회에서 전도사로, 또 잠시 부목사로 복무했다. 한 곳은 베다니교회라는 곳으로 로렌스가 인근의 한인타운 내에 자리한 교회였다. 부모님이 사시던 아파트 인근의 교회로 당시 이종욱 목사님이 담임으로 이 교회를 섬기고 있었다. 내가 이 교회를 찾아가게 된 구체적인 동기는 기억이 희미한데 아마 가까운 위치에 있는 미국장로교단(PCUSA)의 교회였기 때문이었을 것이다. 어쨌든 그 교회에서 가장 먼저 주일예배를 드렸고, 목사님께 내 사정을 이야기하니 대뜸 신학교 진학의 여러 노하우를 들려주셨다. 말로만 알려주시지 않고 몸소 차를 몰아 나를 시카고 남부의 하이드 팍으로 데려가 메코믹신학대학원의 입학 담당 직원에게 소개해주면서 차근차근 입학 절차를 밟을 수 있도록 도와주셨다. 당시 이 목사님은 연로한 연세에 자식이 없어 다소 적적했음인지 나 같은 이민 초년생에게 온정을 베풀어주셨다. 당신의 자동차를 끌고 미시간 호수 주변에 가서 내게 운전을 가르쳐주시기도 했다. 이런 인연으로 나는 메코믹신학대학원에 교역학석사(M.Div.) 과정에 입학해 3년간 목사 예비 교육을 받을 수 있었다. 동시에 이 목사님이 시무하시는 베다니교회에 교육전도사로 3년간 일할 수 있도록 주선해주셨다.

베다니교회의 이 목사님은 젊어서 미국으로 건너와 처음에는 사업에 손을 대서 부동산 재산을 상당히 소유하고 있었다. 신학은 보수적인 틀을 벗어나지 못했고 설교는 대체로 고루한 편이었다. 나는 가끔 교역자 모임 때 이런 목사님의 답답한 면을 대담하게 꼬집어 비판적인 논평을 날리기도 했는데 당시 환갑을 넘은 목사님은 20대 중반의 새파란 전도사의 이런 도발적인 언행을 관대하게 용납해주셨다. 베다니교회는 이 목사님의 고루한 분위기를 많이 닮은 탓인지 역시 우중충한 면이 많았다. 대개 이 목사님의 친인척들이 주축이 되어 그들과 직간접으로 얽힌 분들이 함께 세운 출석 교인 100여 명 남짓의 이민교회였다. 이 교회는 식자층이 별로 없고 이민 초창기에 세탁업이나 식당업 등의 소소한 비즈니스를 하거나 공장에 다니는 서민 신자들이 다수였다. 이 목사님의 적극적인 환대 사역으로 이민자들의 초기 정착 생활에 도움을 받은 교인들이 한동안 견디다가 침침한 교회 분위기와 고루한 예배 및 설교 메시지에 질려 교회를 다른 곳으로 옮기는 사람들이 적지 않았다. 그렇다고 교회를 쇄신할 동력이 담임목사님과 그 친인척 장로들에게 나오지도 못했다. 대부분 평신도 역시 노쇠해진 상태라서 활달한 청장년을 유입하지 못한 교회의 인적 구조상 한계는 결국 새 담임목사가 부임하기 전까지 극복되기 어려워 보였다.

나는 이 교회에서 3년간 전도사 사역을 하면서 유년주일학교 2세 자녀들의 주일예배를 주관해 인도했고 영어설교도 맡아서 했다. 어린 2세 자녀들 앞에서 영어로 첫 설교를 하던 주일예배의 긴장된 순간을 잊을 수 없다. 1세 어른들의 집회는 수요일 저녁예배 때 내 순서가 돌아오면 가끔 설교를 맡아 하는 정도였다. 토요일 새벽예배 때도 역시 교역자 3명이 돌아가면서 제각각 순서를 맡아 설교했다. 나는 볼펜이나 만년필로 종이 위에 설교 원고를 작성해서 원고 중심의 설교를 했다. 지금 다시 그 원고를 살펴보면 부끄럽기 짝이 없는 내용이지만 그때 당시는 꽤 진지하게 말씀을 준비하고 선포했다. 교인들은 지루한 담임목사의 설교 대신 내 패기 넘치는 설교를 참신하게 듣는 눈치였지만, 나는 그로 인한 심리적인 부담도 느꼈다. 이로 인한 정치적인 긴장 상황을 고려하여 매사 조심하는 게 현명했겠지만 내 잘못이 없는데 스스로 마음의 감옥을 만들어 비굴해지기도 싫었다.

내가 메코믹신학대학원의 석사과정 3년을 마치고 시카고대학교 신학부에 박사과정(Ph.D.) 입학이 기정사실이 되면서 나는 3년 만에 한국을 방문했다. 명분은 결혼할 짝을 한국에서 찾아보겠다는 것이었지만 3년간 보지 못했던 친구들을 만나 오랜만에 고국의 산천을 밟으면서 자유롭게 여행을 하고 싶은 이유가 컸다. 실제로 그 여행은 제대로 이루어졌다. 대학 친구 둘과 자동차를 구해 한국을 길게 한 바퀴 돌면서 푸짐한 여행을 하였지만 적절한 짝은 만나지 못한 채 쓸쓸하게 나 혼자 시카고로 되돌아와야 했다. 내가 한국을 방문하기 전에 이 목사님께 앞으로 한국에서 돌아와 박사과정을 공부하는 기간에도 이 교회에서 계속 전도사로 일할 수 있는지 여쭈었을 때 긍정적인 답변을 들었었다. 그런데 내가 한국에 나가 있는 동안 담임목사님은 교회로 내 엄마를 불러 내가 시카고로 돌아와서 전도사로 계속 일하기 힘들겠다는 메시지를 전했다. 원격 해고를 당한 셈이었다. 나는 일자리가 날아가 버린 탓에 마음이 급해졌고 그 뜬금없는 원격 해고 소식에 마음이 좀 상했다. 교회란 데가 이렇게 냉정한 곳인지, 한 동역자의 생계와 직결된 사안에 담임목사의 입으로 약조한 말이 그렇게 가벼운 허언이 될 수 있는지, 이 일을 계기로 나는 조금씩 교회 내부의 비인간적인 현실을 깨닫게 되었던 것 같다.

나는 시카고로 돌아와 내가 교회 전도사 사역을 계속 떠맡지 못한 사유로 내가 박사과정을 공부하는 시카고대학의 신학적 학풍이 리버럴해 장로들이 싫어한다는 이야기를 담임목사로부터 들었지만 나중에 확인한 바로는 그것은 외형적인 핑계였다. 그 당시 한국에서 신학 공부를 위해 막 도착한 담임목사의 유학생 조카가 있었는데 제한된 예산으로 모두에게 전도사 직을 줄 수 없어 나를 내보내고 내 자리를 그 조카에게 주고자 그런 고육지책을 썼던 것이다. 나는 팔은 안으로 굽는다는 인지상정의 차원에서 이런 상황을 이해했고 지난 3년간 이 교회와 담임목사를 통해 받은 은혜를 감사하게 여기고 쿨하게 베다니교회를 떠나 새 교회를 찾아보기로 했다. 마지막으로 이 목사님을 뵌 날 그는 내게 미안했는지 내 눈을 똑바로 보지 못한 채 공중으로 시선을 던지며 작별의 악수를 했다. 오래전 돌아가신 그 목사님 부부는 그 많은 시카고의 부동산 재산을 조카 등 친척들에게 증여하고 공수래공수거 했을 것이다. 장례식 때 조의 메시지조차 보내지 못한 것이 송구하다.

나는 이 베다니교회의 전도사 재직 시절(1986-1989) 인턴 과정으로 미국감리교회(UMC) 소속이었던 대학목회(Chicago Korean-American Campus Ministry)라는 기관에서 잠시 적을 두고 일했다. 주로 1.5세인 그곳의 교포 대학생을 대상으로 함께 성경을 공부하고 대화와 토론을 나누는 프로그램에 주기적으로 함께했고, 그들을 주축으로 개척한 한마음교회에서는 찬양 인도를 담당했다. 또 몇 년 뒤 시카고대학에 개척한 유학생 중심의 성경공부 모임에도 함께 하여 그곳의 유학생들과 대화하며 교유하기도 했다. 이 모든 사역을 책임지며 대표한 담임 교역자는 김정호 목사님으로 그 스스로 고등학교 때 미국에 온 1.5세였다. 그는 광주민주화 운동 이후 운동권 인사들과 친분을 쌓으면서 해외 민주화운동, 통일운동 등에 가담해 열심히 활동하였다. 그는 여러 기관과 조직의 일에 관여하면서 예리한 비판 정신으로 시카고 교포사회에서 깨인 목회자로 살기 위해 바지런히 기동했다. 내게는 수퍼바이저로서 성실한 자문 역할을 해주면서 그 특유의 낙천적 기질과 활달한 성품으로 적잖은 감화를 주었다. 그의 리버럴한 신학과 내 리버럴한 성품이 잘 맞아떨어져 가끔 목회 현장 바깥으로 자유롭게 탈주하기도 했다. 함께 낚시도 다녔고 수요 저녁예배를 빠지고 다운타운에 영화를 보러가기도 했다. 그때 그와 본 영화로 잊을 수 없는 것이 빔 벤더스(Wim Wenders) 감독이 만든 명작 "Wings of Desire"(원작명은 "베를린 천사의 시")로 내 영화 보기 체험의 한 정점을 찍은 작품이다.

김 목사님은 후덕하고 센스 있는 사모님과 잘 어울렸는데 예쁜 두 딸과 쌍둥이 아들을 낳아 다복한 가정생활을 영위하셨다. 이후 그는 자신의 목회 열매가 빈약한 걸 깊이 성찰하면서 시카고를 떠나 애틀랜타의 문제 많은 교회로 적을 옮겼다. 특유의 낙천적인 기질로 열심히 목회의 밭을 일군 결과 그는 그 문제 교회를 미국 남부지역에서 가장 모범적으로 성장한 튼실한 교회로 탈바꿈시켜놓았다. 내가 한국으로 돌아와 오랜 세월이 흐른 뒤 쌍둥이 아들 하나가 대학생일 때 교통사고로 세상을 떠났다는 끔찍한 소식을 들었다. 이 소식이 계기가 되어 나는 몇 년 전 김 목사님께 이메일 서신 연락을 취해 한국에서 거의 30년 만에 다시 재회할 수 있었다. 현재 내가 재직하는 대학 채플과 목회하는 교회에 김 목사님을 강사로 초빙해 설교를 들었다. 설교 중 옛날 시카고에서 김 목사님과 쌓은 추억이 다시 새삼스럽게 회상되었다.

김 목사님을 처음 만났던 그 기간에 한국은 여전히 전두환/노태우 군부독재 체제가 지속되고 있었는데 그와 함께 어울린 주변 사람들의 만남 자리에는 자못 비장한 분위기가 종종 연출되었다. 시카고에서 한 번은 한국의 시국 상황에 응답하면서 나는 박종철

열사 추모식에 참석해 "타는 목마름으로"라는 노래를 선택해 살 떨리는 음성으로 조가(弔歌)를 부르기도 했다. 또 김 목사님을 매개로 이곳 시카고 동포사회의 운동권 인사들, 국내에서 방문한 유명 인사들을 가끔 만나 교유하는 기회를 얻기도 했다.

43.
이민교회(2)

내가 베다니교회를 떠나 박사과정 공부하는 동안 전도사와 부목
사로 사역한 교회는 미드웨스트장로교회였다. 1989년 9월에 전
도사로 부임하여 1996년 봄에 떠났으니 이 교회에 대략 7년 가까
이 일했던 셈이다. 이곳에서도 나는 유년주일학교의 주일예배를
주관하며 영어설교를 맡아 했고, 교사들을 돌보는 일도 겸했다.
어른 모임은 수요일 저녁예배를 맡아 한 달에 한 번 정도 설교를
했다. 이곳의 담임교역자는 김대균 목사님으로 연세대학교와 장
로회신학대학교를 거쳐 장로회신학대학교에서 조교수까지 역임
한 분이었다. 김 목사님은 장로회신학대학의 당시 학장이 유학 기
간에 장학금을 도와주겠다는 약조를 지키지 않아 박사 공부를 이
어가지 못했다. 그렇다고 다시 한국 신학대학으로 돌아가지도 못
한 채 부득불 이민교회를 맡아 목회를 하게 되었다고 했다. 이 교
회는 내가 막 전도사로 부임했을 때 시카고 도심지의 써니사이드
가에 위치한 크리스천 사이언스 빌딩에서 예배를 드리다가 이후
시카고 북서쪽 서버브의 파크릿지 마을 옥턴가에 위치한 현재의

건물을 사서 이사했다.

미드웨스트교회는 이전의 베다니교회와 달리 식자층이 많은 편이었다. 계성고와 경북대 의대 출신의 의사분들이 장로로 봉직하였고, 프린스톤신학대학원의 조직신학자로 재직 중이던 이상현 박사가 시카고에 체류할 적에 그 일가친척들이 주축이 되어 개척한 교회였다. 이후 시카고 교포사회의 대표적인 한인 신학자들 세 명이 돌아가면서 설교하는 집단목회 체제로 한동안 많은 교인이 몰렸지만 이후 이런저런 불리한 계기로 교세가 많이 위축되었다. 내가 부임했을 때 주일예배에 200명 전후의 교인들이 모이는 정도였다. 이 교회는 장로들이 각 위원회의 위원장이 되어 각 부서를 총괄하는 시스템으로 운영되었는데 그만큼 평신도 리더십을 독려하고 일반 교우들의 목회 참여를 활성화한다는 취지였다. 그러나 그 기대만큼 효율적인 성과가 나타나지는 못했던 것 같다. 위원장의 개인 역량과 은사에 차이가 있었고, 담임목사가 위원회에 귀찮은 사안을 떠넘기고 자신의 목회적 책임을 방기하는 식으로 공전할 우려가 있었기 때문이다. 전도사로서 나는 담임목사에게 목회를 배우는 목사 수련생이 아니라 위원장 장로가 통솔하는 교육위원회의 한 부속품 직원처럼 여겨져 그런 관료적인 위계체제에서는 자존감을 살려 목회적 리더십을 살려내기가 쉽지 않았다.

마침내 사단이 일어나고 말았다. 담임목사의 사례비는 최대치로 올려놓았는데 그가 목회에 열심을 내지 않고 심방을 게을리하며 주일예배 설교라는 최소치 수준의 사역만 감당하려 하는 등 소극적인 태도로 일관했기 때문이다. 당회 장로들의 반발과 저항이 점증하면서 마침내 장로들 대다수가 담임목사가 그만 교회를 떠나주었으면 한다는 치명적인 일격이 가해졌고 그로 인해 담임목사와 장로들 사이에 대치 전선이 형성되었다. 김대균 목사님은 본래 점잖은 성품에 신사적인 중후한 인상을 지닌 분이었는데 막상 생존의 기로에서 코너로 몰리면서 동물적인 근성이 불거진 탓인지 그 뒤로 언행이 자못 거칠어졌다. 이른바 정치적 공작이라 할 만한 꼼수를 동원해 자신에게 창끝을 들이댄 장로를 결국 교회에서 추방했다. 내가 교육전도사 수습 기간을 끝내고 시카고노회에서 목사 안수 건을 논의할 시점에 교회에 이런 곤경이 닥쳤다.

제 한 몸 건사하기도 힘들었음인지 담임목사는 내 목사 안수 건에 대해 결코 호의적이지 않았다. 피상적 사유는 교회 재정이 부족하다는 것이었지만 내가 목사로 임명돼 교회 내 정치적인 역학 구도에 자신에게 조금이라도 불리한 변수가 생기지 않을까 염려하는 의혹이 짙었다. 담임목사를 두둔하는 장로를 시켜 은근히 나를 억압했고 담임목사 스스로 내게 노골적으로 목사 안수를 포기하고 교회를 떠날 것을 종용하기도 했다. 나는 이러한 상황에서 또 한 차례 심각한 정신적 외상을 입었다. 담임목사와 부교역자는 영적인 사제관계와 다를 바 없는데, 세상의 조폭들만도 못한 이런 야수적인 생존게임을 조장하고 서로 밀어내고 죽이기에 급급하다면 교회는 이 세상의 상식적인 장삼이사의 조직만도 못한 수준으로 전락해 희망이 없어 보였다. 우여곡절 끝에 내가 신학대학에서 강의하는 절반의 사역과 교회에서 목회하는 나머지 절반의 사역을 통합적으로 계산해서 시카고노회에서 규정한 지침대로 구색을 갖추고 식당 사업하시는 한 장로님이 물꼬를 터주어서 간신히 목사로 안수받기는 했지만 나는 그 시점에 이미 교회란 곳에 오만 정이 다 떨어진 상태였다.

미드웨스트교회에서 목사 안수를 받은 지 1년쯤 지나 나는 시카고를 떠나 다시 한국으로 돌아왔다. 10년 만의 귀향이었다. 교회에서 전도사, 부목사로 받은 상처가 적지 않아 교회란 곳을 가급적 멀리하려고 은근히 애썼다. 시카고뿐 아니었을 것이다. 미국의 이민 사회를 교회라는 투시경을 통해 조망해 보건대 그곳은 대양에 부유하는 작은 섬과 같았다. 2세들은 인종적 장벽에 부대낄 때마다 자신들의 정체성에 혼란을 느끼며 방황하는 것 같았다. 미국인과 한국인으로서 당당하게 이중적 정체성을 견고하게 세워 씩씩하게 살아가는 교포들도 더러 있었지만, 그 소수의 성공이란 장막 아래 다수 이민자는 종종 신음하고 있었다. 1세들은 한국에서 쌓아온 웬만한 교육 수준이나 웬만큼 살던 경제 수준과 비교해 미국에서의 삶은 그 기대치는 높으나 이민 생활 가운데 겪는 실제 현실은 너무 열악하다. 그 균열이 인지부조화(cognitive dissonance)의 긴장 어린 일상을 만들어 매일 그들의 폐부를 짓누르는 게 아닐까 하는 생각이 들곤 하였다. 그것이 정서적 외로움과 겹쳐 위로받을 곳을 찾아 교회에 많이들 나오지만 교회가 그들의 인정욕구를 배설하는 공간이 되면서 적잖은 문제가 생겨났다.

실제로 내가 한국에 들어온 뒤 시카고 지역에서 가장 크게 성장하여 부러움을 사던 한 이민교회가 내분에 휩싸이면서 공중 분해되었다는 슬픈 소식을 듣게 되었다. 이 교회는 내가 공부하던 시절 장학금을 주었던 고마운 교회로 담임목사가 헌신적인 열정으로 교세를 키웠던 이민교회였다. 그러나 담임목사는 목회 인생 30년 넘도록 한 번도 휴가를 가지 않고 에누리 없이 빡빡한 일정 속에 비범한 희생을 치르며 교회를 섬긴 다부진 분이었다. 은퇴를 앞두고 그의 계산명세서가 당회에 제출되었고, 거기 담긴 각종 보상의 목록을 용납하기 어려운 교회의 입장이 담임목사의 요구와 부대끼면서 갈등은 봇물 터지듯 교회를 뒤흔들기 시작했다. 그 갈등이 교회 교단의 각종 법적 절차와 세속의 법적 절차를 거치는 동안 교회는 사분오열과 해체라는 서글픈 종말로 귀착되고 말았다. 나는 이민교회의 여러 가지 경험을 통해 사람의 자연스러운 욕망을 강제로 억압하면서 희생을 강제하는 것이 그 생명체에도 해롭지만 결국 그가 몸담은 조직 전체를 잡아먹는 파괴적인 독소로 나타난다는 이치를 터득했다. 희생과 폭력이 따로 노는 것이 아니었다.

인간의 욕망은 그 어떤 인간이라도 넉넉하게 달래지거나 채워지면서 그것이 탐욕으로 넘어가지 않도록 적정선에서 절제되는 것이 건강하고 행복한 삶에 도움이 된다. 개개인의 행복은 그 질적 수준에 비례하여 그 개인들이 소속된 공동체의 전반적 복지의 질을 결정하지 않겠는가 싶다. 기독교의 복음도 고난과 헌신의 가치를 일방적으로 강요하다 보면 그 불가피성을 볼모 삼아 희생을 윽박지르기 쉬운데 이는 극복되어야 할 신학적 과제다. 차라리 주어진 현실 가운데, 그것이 은혜의 몫이든, 희생의 몫이든, 최대치로 공평하게 나누면서 서로 합력해서 향유 지향적 삶의 본질을 이루어 나가려는 전향적인 태도가 중요하리라 본다. 그것이 내가 이민교회를 10년간 경험하고 내 파란만장한 청춘의 경험 가운데 각종 담론을 조명하고 살피면서 발견한 인간의 존재론적 의미이다.

44.
후기: 아스라한 디아스포라의 나날들

나는 갓 태어나 엄마 젖 먹으며 자란 고향 집을 떠난 뒤 내 나이 19세 고등학생 때까지 세 번 이사했다. 이사 간 집이 모두 행정구역상 청주시 사직동 내에 있었지만 그 지리적 거리보다 정서적 거리가 더 아득하게 느껴졌다. 대학을 서울에서 다니면서 1학년 때 기숙사에 입사한 뒤로 자취-하숙-자취를 번갈아 하면서 관악구 봉천동 내에서 네 번 이사 다녔다. 1980년대 초반 그 험악한 군부독재 시절, 가난한 내 몸뚱이의 무게는 대학 4년간 59kg을 넘어서지 못했다. 대학 졸업 후 미국으로 떠나기 전날 밤, 나는 좀처럼 잠을 자지 못했다. 태평양을 건넌다는 것이 지금처럼 그렇게 간단한 일이 아니던 때였다. 그곳으로 이주해 가서도 시카고에 10년간 살면서 나는 일곱 번이나 옮겨 다녔다. 다시 유학 및 이민 생활을 마친 뒤 박사학위 받고 나서 직장을 따라 아무 연고 없는 전주에 정착한 뒤에도 지금까지 네 번을 또 이사했다. 지난 60년 가까운 세월 도합 18번을 이사 다닌 내 삶의 행로는 유목민이 철을 따라 부득불 떠돌아다닌 디아스포라의 궤적을 방불케 한다.

이 열여덟 번의 이사는 장기 거주처만을 따져 계산한 것이고 그밖에 내가 그동안 40개국 가까이 해외의 이런저런 곳을 다양한 사유로 여행하면서 돌아다니고 다양한 사람들과 이런저런 만남과 스침의 인연을 쌓아온 세월의 뒤안길을 훑어보니 아득한 시간이 먼지처럼 가벼이 내 상상의 앞마당에 고스란히 쌓인다. 이런 무궁한 유랑 동선의 골짜기에서 나는 어렴풋이 자신의 성채를 열심히 지어서 그 울타리 안에 고요히 안주하는 삶, 모험의 열정과 탐험의 의지가 사라진 밍밍한 삶은 구도자의 길과 무관하며 결국 태만한 자세로 생명을 고갈해가는 저열한 길이라는 생각을 굳혀온 것 같다. 그래서 자꾸 떠나고 또 떠나면서 길 없는 길을 만들어 여기까지 온 것이리라.

그런데 어느 날, 그렇게 고상할 것도 없는 이 역마살의 연원이 어디에 있을까 묵상하는 중에 '안동네'의 그 고향 뒷산과 앞 벌판에 기차가 다닐 때, 그 기적소리에 달라붙은 무한을 향한 막연한 동경과 영원을 향한 내 유년의 그리움이 자양분이 된 것은 아닐까 하는 결론에 다다랐다. 자연친화적이고 생태지향적인 내 삶의 자세 역시 그곳의 수더분한 시골 풍경에 박힌 자연환경에서 유래한 것이었고, 인위적인 조작과 기계적인 작위, 정치적인 조종을 싫어하는 기질도 그런 신토불이의 이치 가운데 자생한 것이었다.

그러나 30세를 고비로 결혼을 하고 자식을 낳아 가정을 꾸려오면서 보낸 그 이후의 또 다른 30년 가까운 세월 동안 나는 늘어난 주름살에 비례하여 이 세속의 호출과 부탁에 종종 순응하면서 정신의 순수한 지분을 많이 놓아버린 건 아닌지 심상찮은 성찰의 순간이 종종 내 의식 가운데 틈입했다. 새롭게 떠나고자 하는 가난한 심령의 결기도 무뎌지고 죽어가는 것들을 두루 품고 사랑하려는 시적인 정의의 감각도 퇴락해가는 게 아닐까 하는 위기의식이 새벽녘 틈틈이 엄습했다. 그것은 좋게 정당화하면 성장이고 성숙일 텐데, 그 과정에 치른 비용은 어쩌면 내 생명의 온기를 좀먹고 발랄한 생기를 풍화시켜온 결손으로 충당된 것일 터이다. 그 대차대조표 속에 치러온 내 생의 감가상각이 마냥 떳떳한 것일까. 내 외적인 이미지 속에 회칠한 무덤의 몫과 능구렁이의 간계는 또 그 어른스런 능청과 함께 얼마나 많이 축적되었을까. 이제 이런 질문을 던지며 내 디아스포라 나그네 생의 절반이라도 정리할 필요를 느낀 것이다.

담백하게 고백하건대 나는 별로 잘난 사람이 아니다. 나도 알고 남들도 안다. 그래서 자서전을 써서 동네방네 떠들 형편도 못된다. 그러나 누구든지 자신의 삶이 소중하다면 그 삶이 스친 흔적들에 소박한 의미를 부여하며 성근 문장이나마 얼마만큼이라도 표현해주는 자기애의 시도가 그리 나쁘지 않으리라 본다. 그동안의 삶에 묻은 더러운 얼룩을 반성하는 의미도 있을 테고, 앞으로 남은 생을 낭비하지 않으며 살뜰하게 꾸려가려는 의욕의 다짐으로서도 괜찮을 듯싶다. 나는 내 몸이 견딜 수 있는 한계 내에서 다시 떠날 열정이 아직 어느 정도 남아 있다. 그 불씨가 꺼지지 말라고 이렇게 이런 누추한 글이라도 남겨서 나를 독려하며 채근하고 싶은 것이리라.

　앞으로는 온기와 밝기를 머금은 빛이 아름답다는 걸 더 자주, 깊이 체감하며 예찬하고 싶다. 그 빛을 받아 자라는 이 땅의 모든 생명체마다 형형색색 얼마나 신비한지 감탄하며 또 감사하며 살고 싶다. 너무 막막하고 막연하여 내 운명과 거리가 먼 듯 보이는 무한과 영원의 시공간, 저 까마득한 삼라만상의 세계에 대한 호기심과 탐구욕도 거두지 않으련다. 그리하여 존재하는 모든 만유의 한 가운데, 그 만유와 함께, 만유를 넘어 충만으로 흐르는 하나님의 신성한 기미에도 더 민감해질 수 있으리라 기대해 본다. 그 아득하고 아늑한 품에 생명이 피고 지는 순간의 감격을 찾아 다시 길을 떠난다. 날은 또 저물고 길은 멀다.

잃어버린 그리움의 저편

초판 1쇄 발행 2022년 5월 5일

지은이 차정식
펴낸이 한종호
디자인 임현주
인쇄·제작 영프린팅

펴낸곳 꽃자리
출판등록 2012년 12월 13일
주소 경기도 의왕시 백운중앙로 45, 207동 503호(학의동, 효성해링턴플레이스)
전자우편 amabi@hanmail.net
블로그 http://fzari.tistory.com

Copyright ⓒ 차정식 2022
* 이 책은 저작권법에 따라 보호받는 저작물이므로 무단 전제와 복제를 금합니다.

ISBN 979-11-86910-37-5 03810
값 15,000원